一　隠岐騒動

❶主人公の井上甃介《しゅうすけ》。撮影時期は明治時代末、70代と思われる。蜂起時は33歳

❷隠岐島後《どうご》（島根）。北前船でにぎわった天然の良港、西郷港を望む　p 18

❸水若酢《みずわかす》神社。大宮司の忌部正弘が隠岐騒動の総指揮となる　p67

❹隠岐騒動の指導者の一人、庄屋の横地官三郎　p33

❺島後の庄屋有志が購入した『大日本史』の現物　p52

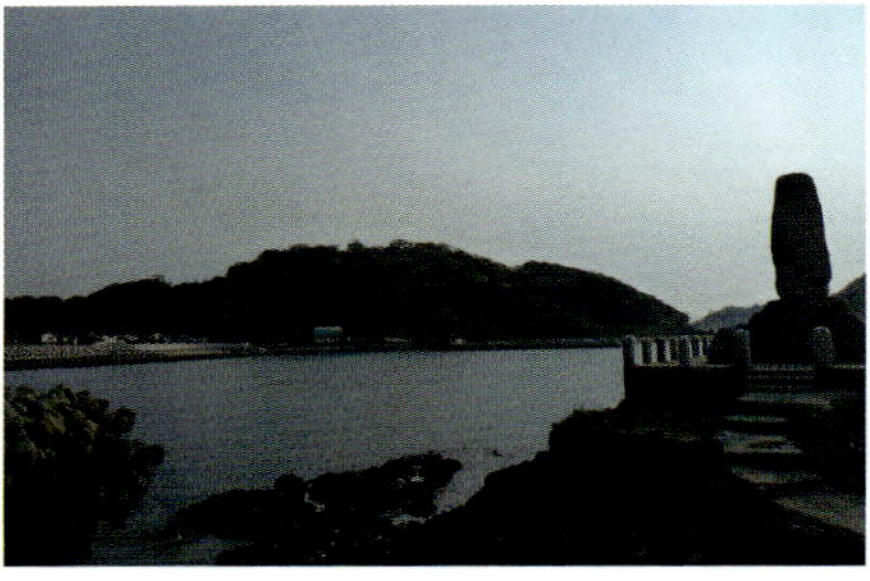

❻甃介らの船が避難した浜田港(島根)、長州戦争で燃え落ちた浜田城の城山(正面)　p134

❼浜田の船問屋「清水屋」。鷲介が長州藩から鳥羽伏見の戦いの脱走兵と疑われる　p 197

❽隠岐騒動勃発地の碑。ここに松江藩の陣屋があり、武装農民３千人が包囲した　p 281

❿玉若酢命神社の億岐《おき》家。大黒柱に松江藩士が刀で９段斬りつけた跡　p 339

❾玉若酢命神社。宮司の億岐有尚が自治政府の会議所長老となる　p 292

⓫明治２年の廃仏毀釈で切断された島後の隠岐国分寺の仏像　p 386

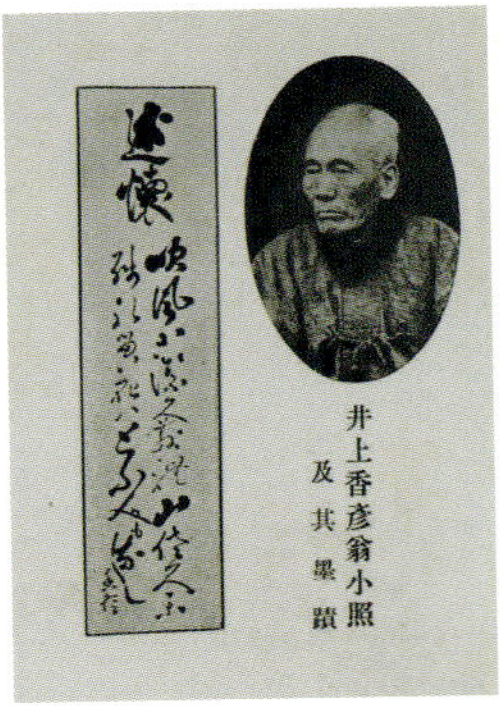

⓭漢医となった鶩介（井上香彦）の治験を医師が著述した書『臨床漢法医典』。巻頭に「吹く風に潔く散れ山さくら」の直筆和歌　p 439

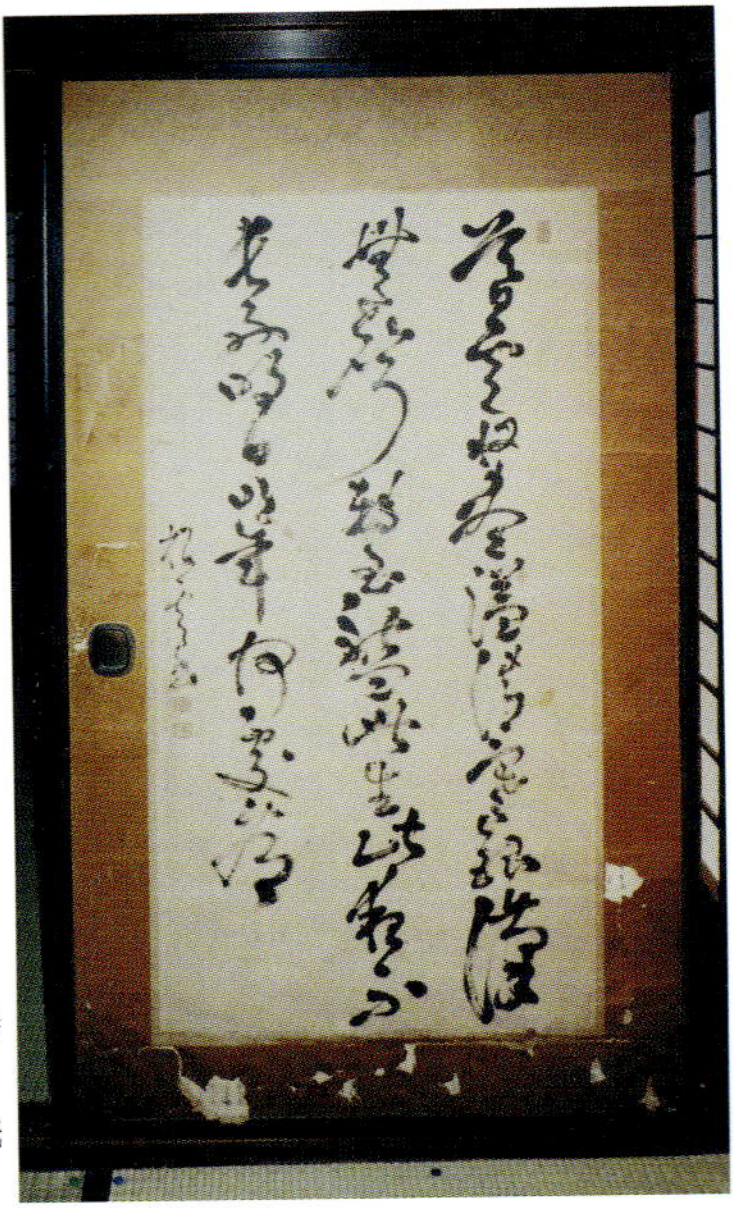

⓬井上鶩介・作筆の漢詩「暮雲収尽溢清寒……」。大久村庄屋の斎藤家に残る　p 437

⓮井上甃介の屋敷にて、子孫の井上菊彦氏（左）、毛利彰氏（右）と著者

二　京都と中沼了三

⓯隠岐騒動の思想的指導者・中沼了三肖像画。鳥羽伏見の戦いの出陣姿。征討大将軍・仁和寺宮から賜った陣羽織と浅見絅《けい》斎《さい》の太刀　p 183

⑰御所東側、奈良十津川屋敷跡。蜂起をなしとげた甃介と恩師の了三が13年ぶりに再会　p 308

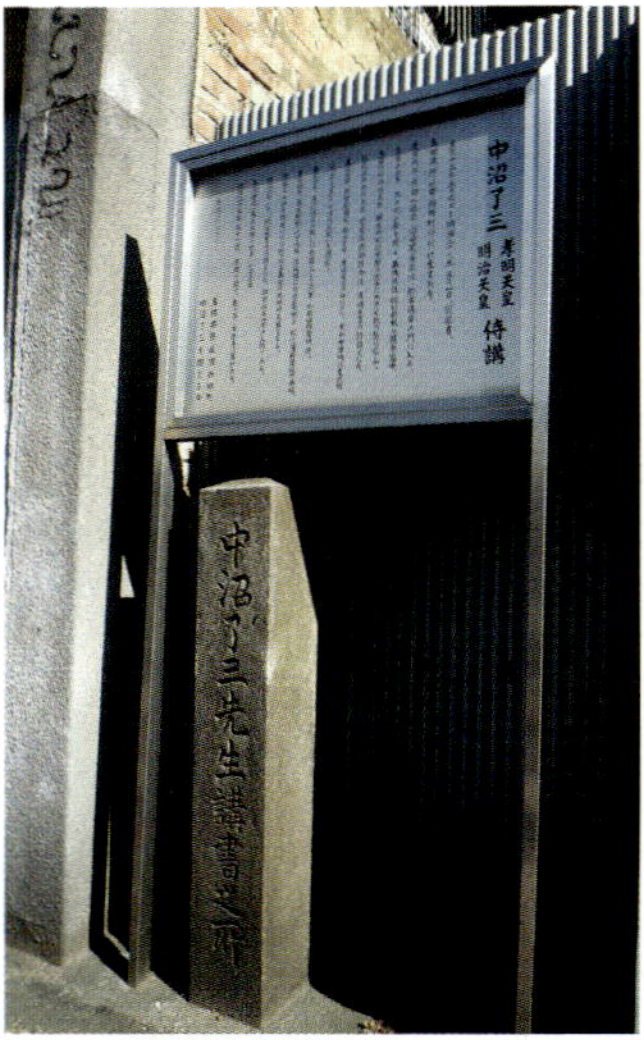

⑯京都御所近く、中沼塾跡　p 42

⑱京都の教王護国寺（東寺）。慶応４年１月、鳥羽伏見の戦いで新政府軍の本営が置かれ、征討大将軍の仁和寺宮嘉彰親王、軍事参謀の了三らがここから出陣した　p 183

三　松江藩

⑲最後の松江藩主・松平定安。松江藩松平家は家康の子孫・松平直政を祖とする　p 56

⑳国宝松江城、江戸初期1611年築城。甃介が復讐攻撃を企てる　p 58

㉑家老大橋が切腹を免れた安来《やすぎ》市常福寺　p 211

㉒隠岐騒動の責任をとり、藩命で切腹した松江藩士・山郡宇右衛門は無縁墓に眠る。松江市善導寺
p 354

四　鳥取藩

㉓尊王攘夷派の鳥取藩士「因幡二十士」。鷲介と松江藩逆襲を企てる足立八蔵は２列目　p 363

写真……❶井上菊彦氏、❹・❺・⓭・⓯隠岐の島町教育委員会提供、⓳『松平定安公伝』松平直亮著、私家本、昭和９年、㉓鳥取県泉龍寺蔵、他は松本侑子撮影。

光文社文庫

島燃ゆ　隠岐騒動

『神と語って夢ならず』改題

松本侑子

光　文　社

島燃ゆ　隠岐騒動

目次

隠岐《おき》

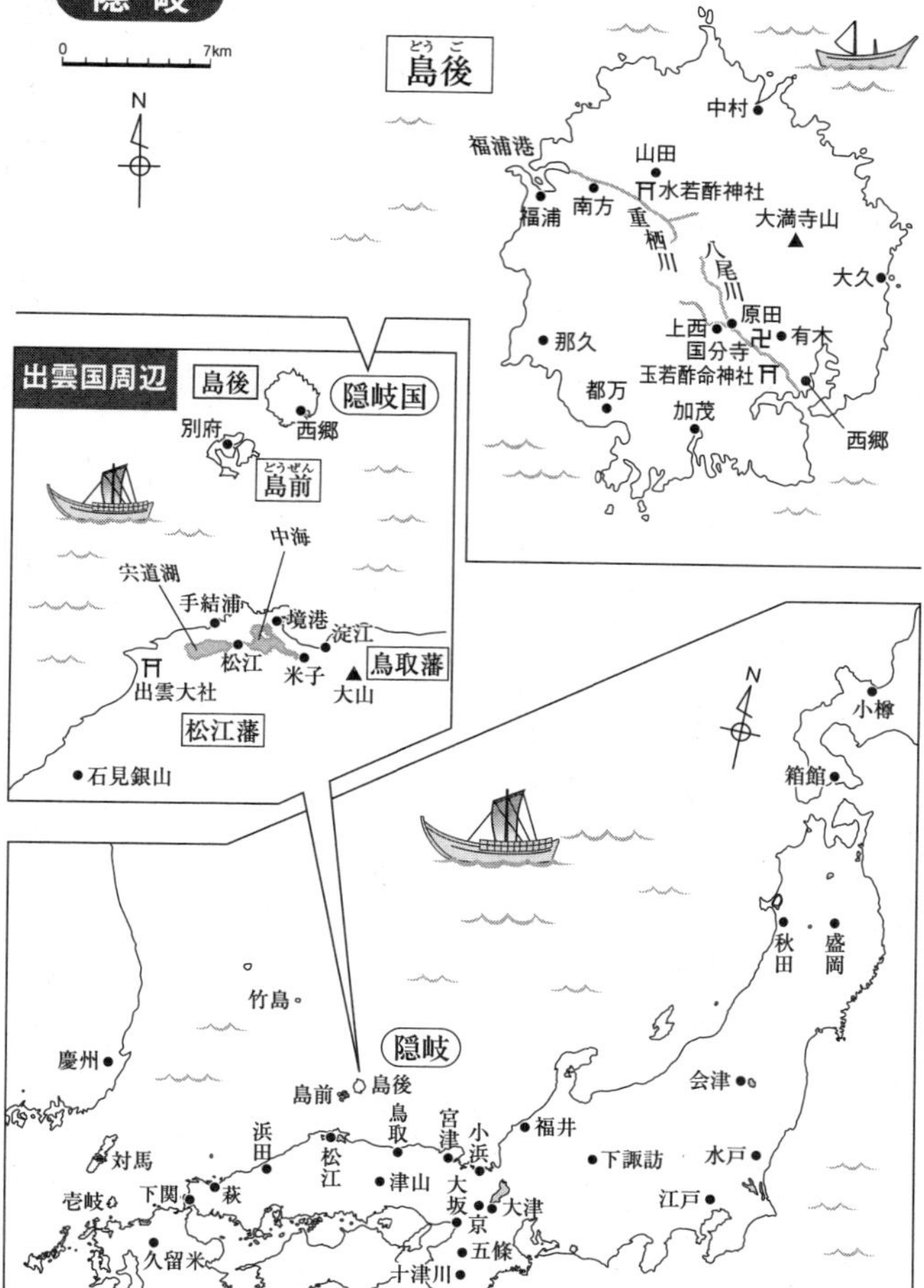
0
7km
N
島後《どうご》
中村
福浦港
山田
水若酢神社
福浦
南方
重栖川
大満寺山
八尾川
大久
原田
上西
国分寺
有木
那久
玉若酢命神社
都万
加茂
西郷
出雲国周辺
島後
隠岐国
西郷
別府
島前《どうぜん》
中海
宍道湖
手結浦
境港
淀江
松江
米子
鳥取藩
出雲大社
大山
松江藩
石見銀山
N
小樽
箱館
秋田
盛岡
竹島
隠岐
慶州
島前
島後
会津
鳥取
宮津
小浜
福井
浜田
松江
対馬
下諏訪
水戸
津山
壱岐
下関
萩
大坂
大津
江戸
京
五條
久留米
十津川

主な登場人物

◇日本海の隠岐島《おきのしま》 ～ 勤王《きんのう》・倒幕の志士

井上甃介《しゅうすけ》……主人公。加茂村《かもむら》庄屋の息子。京へのぼり尊王攘夷を志す。天《てん》保《ぽう》七年生まれ

中西毅男《はたお》……山田村の庄屋家に生まれ、上京して中沼了三の塾へ。激烈な る勤王家

横地官三郎《かんざぶろう》……上西村《かみにしむら》の庄屋、造り酒屋に生まれる

●出雲国《いずものくに》の松江藩 ～ 徳川幕府に忠義をつくす武士

松平定安《まつだいらさだやす》……最後の藩主。松江藩松平家は、徳川家康の血をひく名門

大橋筑後《おおはしちくご》……家老。先祖は、関ヶ原の戦いで家康の東軍として戦う

山郡宇右衛門《やまごおりうえもん》…上級武士。隠岐の最高責任者・郡代《ぐんだい》として島に赴任する

◇京のみやこ ～ 尊王の志士、公家

中沼了三《なかぬまりょうぞう》……儒者。私塾を開き勤王の大義を指導。孝明・明治天皇に仕える。隠岐出身

岩倉具視《ともみ》……倒幕をめざす公家
西郷従道《つぐみち》……薩摩《さつま》藩士、中沼了三の愛弟子《まなでし》、西郷隆盛《たかもり》の弟
西園寺公望《さいおんじきんもち》……公卿《くぎょう》。官軍の山陰道鎮撫使《ちんぶし》の総督となり、松江へ鎮圧にいく

◇鳥取藩 〜 外様《とざま》の大藩
池田慶徳《よしのり》……最後の藩主。水戸藩主の五男、最後の将軍・慶喜《よしのぶ》の異母兄
因幡二十士《いなばにじっし》……過激な尊攘派の侍《さむらい》二十人。詫間樊六《たくまはんろく》、河田左久馬《かわたさくま》、足立八蔵《あだちはちぞう》など

本文挿絵／中　一弥

島燃ゆ　隠岐騒動

……隠岐島《おきのしま》の事件は、
維新後、数年間における日本の経験の縮図である。
ハーバート・ノーマン著
『日本の兵士と農民』原著・一九四三年

一　黒船来《く》

嘉永六年（一八五三）陰暦二月　隠岐島後《おきどうご》

井上蟄介《しゅうすけ》は、刀をたずさえて西郷《さいごう》への山道を走っていた。

菅笠《すげがさ》のした、月代《さかやき》のそりあとも青々として、まだほっそりした肩をした数えの十八。中背《ちゅうぜい》にして、理知の面《おも》ざしだが、目つきの鋭さに、利かん気の性分がうかがえる。

父の真剣を無断で持ち出したものの、刀の重みに体がふらつき、上り坂の石ころに足をとられそうになりながら、暗い杉林を抜け、峠を越えていた。

蟄介は、隠岐《おき》の島後《どうご》南部に大きな湾を擁《よう》する加茂村《かもむら》に、四代つづく庄屋家、井上権之丞《ごんのじょう》の長男である。

近くの都万村《つまむら》の私塾で漢学をまなび、剣術を稽古している。師は、備前《びぜん》岡山藩の閑谷黌《しずたにこう》にて、儒学をおさめた神官、古木志摩之亮《ふるきしまのすけ》だ。

その朝も、甃介は屋敷の庭で、白い息を吐きながら、竹刀《しない》の素ぶりをしていた。

そこへ、漁師が日焼けした顔を不安げにゆがめ、よろめくように走ってきた。

一礼して、

「子持ち鰈《がれい》を、加茂の湾を出たとこへ、とりにいっちょりましたら、大けな船を見ました。黒い煙を吐いて、東へむかっとります。恐ろしほど、大けな鉄の船でごぜます。異人が上陸するかもしれません。親方《おやかた》さまに、おとりつぎを」ふるえる声で言う。

母屋から、父があらわれた。

「よう報《しら》せに来た。煙を吐いていたなら、異国の船であろう。東へむかった……、西郷の港に、入るかもしれぬ」

家人も集まり、口々に騒いでいると、裏山に、耳をつんざく爆音があがった。

一同、息の根もとまる思いで、ふり返った。

入江をかこむ山の尾根から、白煙が立ちのぼっている。

「あれは、なんでござんすか」母が恐ろしげに身をかがめる。

「烽火《のろし》だ。黒船が来たのだ」甃介が、若い声で叫んだ。

異変を、村から村へ伝える合図だ。

昼は、竹筒に火薬をつめて火を投じ、煙を空高くあげる。

夜は、赤く燃える火を打ちあげる。

隠岐では古くより、新羅《しらぎ》、高麗《こうらい》、蒙古《もうこ》の襲来にそなえて、烽火が整えられていた。徳川時代となって二百年以上、とだえていたが、近年、異国船が接岸するようになり、海辺では復活していた。

蟄介は奥座敷にもどり、ひそかに父の刀をとって風呂敷に巻いた。姉に握り飯をたのみ、打飼《うちが》い袋にいれて背負うと、裏庭から駈《か》けだした。西郷へ行かねばならぬ。あの港町には、おきよがいる。夷狄《いてき》の男どもが、乱暴を働くかもしれぬ。

おきよの黒目がちの目、桃のような頰《ほお》を、蟄介は思い浮かべた。十四歳のおきよは、正月明けから、西郷の親戚に泊まっているはずだった。夷人《いじん》が町に来たら、刀で追い払わねばならぬ。

杉林の峠をのぼりきると、西郷湾へくだる坂道につんのめりながら、走りつづけた。道ばたの藪《やぶ》に、うっすら雪が残っていたが、蟄介の額《ひたい》には汗が流れていた。

蟄介が生まれる前より、いや、父の権之丞が生まれる前から、隠岐には、泰西《たいせい》の異国船が姿をあらわしていた。

どこの国から、どんな大海原をわたり、はるばる日《ひ》の本《もと》の国まで、航海してきたのか。

禍々《まがまが》しいほど大きな船体には、異邦の文字がしるされている。

甲板にならび、遠めがねでこちらを探《さぐ》る水夫は、赤ら顔に赤い髪、さながら赤鬼のごとき形相《ぎょうそう》だ。

ふくらんだ木造船の横っ腹から、大砲の筒を三本つき出し、陸へむける軍艦もある。

沖に浮かんで、岸辺の様子をうかがう不穏な異国船を、村人は眉を曇らせて見守った。


その黒船が、近ごろ、頻々《ひんぴん》とあらわれる。

隠岐は、本土に近い島前《どうぜん》に三つの島、島後に大きな島がひとつ、あわせて四つの人の住む島と、百八十の無人の小島からなり、広大な海域にわたっている。

そこに船溜《ふなだ》まりの港をさがしてか、四年前、嘉永二年（一八四九）の二月、となりの島前、西《にし》ノ島《しま》の沖合に、異国船が碇泊《ていはく》。小舟を漕《こ》ぎだして、六人の夷人が上陸して、浜近くの村は騒然となった。

その五日後にも、二艦が接岸した。

翌三月には、ここ島後へ、大型艦が三隻、来たのである。

四月には、ふたたび島前にあらわれた。

隠岐をおさめる対岸の出雲国《いずものくに》（島根）松江藩は、砲術士《ほうじゅつし》を島へ送りこみ、岬々に、遠見台《とおみだい》をつくった。


松江藩は、西郷に、役所にあたる陣屋を置いている。そこに隠岐全島を治める上級武士の郡代《ぐんだい》と、部下の代官らの藩役人が、二、三年の任期で、松江から赴任している。

鷲介の父は、西郷の陣屋によびだされ、松江の藩役人から、黒船に警戒するよう、お触《ふ》れをうけたのだった。


加茂から走ってきた鷲介の前に、西郷湾が見えてきた。寒々とした曇り空をうつして海松《みる》色に沈む水面《みなも》に、すばやく目を走らせる。

一瞥《いちべつ》したところ、あやしい船影はない。

地方廻船《じかたかいせん》の百石船、二百石船が碇《いかり》をおろし、順風の吹くころあいを待っている。

だが西郷湾は、港町を中心に、八の字を描くように、東西二つの大きな湾にわかれている。ここは西の湾。むこうにひろがる東の湾に黒船は入ったかもしれない。

鷲介は、西の湾にそってのびる寂しい一本道を、港町へむかって足を早めた。

西郷は、隠岐最大の港町で、諸州の船が集まってくる。

〽西郷の港に　船が百ぱい着きゃ
帆柱も　百本本《ひゃっぽんぽん》
とまる烏《からす》も　百羽羽《ひゃっぱっぱ》

と、隠岐の謡《うた》にあるように、春から秋の港は、船で埋めつくされ、帆柱が林のように立ちならぶ。

大坂《おおさか》と蝦夷地《えぞち》（北海道）を往復する北前船《きたまえぶね》が、入ってくるのだ。

年明けのころ、上方《かみがた》の米、酒、塩、木綿、古着を満載した千石船が、大坂をたち、下関をへて日本海を北上していく。夏の盛りに、涼しい蝦夷地について、高値で売る。

売上金を元手に、蝦夷松前《まつまえ》の身欠《みが》き鰊《にしん》、塩鮭、昆布を買いこんで、北国をはなれ、晩秋に大坂へもどって、年の瀬に売りさばく。

その往復の途中、春から秋にかけて、各地の名産を積んだ千石船、二千石船が、西郷に入ってくる。

船乗りの休憩のため、水と食糧の補給、嵐からの避難、順風を待つため、荷を売り買いするためだ。

冬も、隠岐の海産物を積んで本土へむかう商船、松江、伯耆国《ほうきのくに》（鳥取）の境《さかい》港《みなと》、石見国《いわみのくに》（島根）の浜田を行き来する地方船《じかたぶね》、漁の船が、白浪を曳《ひ》いてゆきかう。

年に、二千の船が出入りする西郷は、大勢の船乗りでにぎわい、めし屋、風呂屋、宿屋、商家、そして花街が、栄えていた。


この港町に、蟄介は好んで出かけるのだった。

船乗りにとっては風待《かざま》ちの港でも、好奇心旺盛な若人《わこうど》にとっては、諸国の船がもたらす未知の物語が、新しい風となって吹いてくる町だった。

茶店《ちゃみせ》で一服する船方《ふなかた》が言った。

「清国《しんこく》は、イギリスという国と、阿片《あへん》の取引で戦《いく》さになって、負けたあげくに、港町の香港を、ぶんどられたそうな」煙草盆《たばこぼん》にキセルの手をのばし、忌々《いまいま》しげに音をたてて灰を落とした。

清国といえば、孔子《こうし》、孟子《もうし》の国だ。歴史ある大国を打ち負かしたイギリスとは、どんな国だろう。蟄介が思ったそのとき、隠岐の船子《ふなこ》がつづけた。

「そのイギリスだが、フェートン号という船が、長崎に来て、騒動を起こしたげな。オランダの旗をひらひらさせて、お国を偽って湾に入ってきたもんで、お役人が、オランダの船なら貿易が許されている、と思うて応対したところ、いきなり襲いかかって、やれ水を出せ、やれ食い物を出せ、と要求するやら、湾内を測量するやらの好き放題。お奉行さまが、責任をとって腹を切られたげな」

西郷の廻船問屋が所有する千石船は、長崎へも航行している。

隠岐の干鮑《ほしあわび》、海鼠《なまこ》をゆでて干した煎海鼠《いりこ》が、高級食材の俵物《たわらもの》として長崎へ送られ、さらに清国へ輸出されるのだ。

甃介の暮らす加茂でも、干鮑は、銀貨をもたらす貴重な産物だ。長崎が襲われたなら、無関心ではいられない。

「イギリス人は、常陸国《ひたちのくに》（茨城）、薩摩国《さつまのくに》（鹿児島）にも上陸して、物を盗《と》ったり、村人を殴ったりしたそうな。恐ろしことじゃ」

「イギリスは、ビルマという国とも戦さをして、海ぞいの土地をとったげなよ。気をつけろや。イギリスの旗は、赤、白、青の三色十文字だぞぃ」

「ロシア人も、蝦夷に来て、淡路《あわじ》の高田屋嘉兵衛《かへえ》という船問屋を、つかまえたらしいぞな」

隠岐の船問屋は、蝦夷地とも交易をしている。船主がみずからの商才で売れ筋の荷を、港々で買いつけてはこび、売るのだ。たとえば西郷の蔵屋《くらや》は、小樽《おたる》の住吉神社に、狛犬《こまいぬ》を寄進するほど、利益をあげていた。

異国船の出没は、海の男の命と商売にかかわる大事《だいじ》である。それぞれが知るところを交換して長い航海にそなえるのだった。

こうして鷲介は、黒船の傍若無人のおこない、戦争をしかけて国土を奪いとる悪《あく》辣《らつ》ぶりを、耳にしていた。

今日の黒船は、なにをもとめて来たのか。西郷の町をさして走りながら、思いをめぐらせた。

水か、薪《まき》か。異人は血のしたたる牛の肉を喰らうというが、家畜をうばいに来たか。女をさらうつもりか。男を労役につかせるのか。お国は、イギリスか、ロシアか……。

ロシアの国なら、鷲介は、書物で読んだことがあった。

林子平《はやししへい》の書いた『三国通覧図説《さんごくつうらんずせつ》』だ。

日本周辺の三国、すなわち朝鮮、琉球《りゅうきゅう》、蝦夷の地図と解説の書で、ロシアの南下にそなえて国をまもるため、蝦夷を開拓すべし、と説いていた。

隠岐は、日本海防衛の最前線である。有木村《あらきむら》庄屋の黒坂弥左衛門《やざえもん》は膨大な蔵書の一冊としていた。それを借りたのだった。

黐介は、加茂から西の湾にそって一里半（約六キロメートル）を走り、ようやく港町にそそぐ八尾川《やびがわ》の河口にたどりついた。

烏賊《いか》釣りの小舟、延縄《はえなわ》の漁船が、青緑色に透きとおった水辺に、ぎっしり浮かんでいる。

町に入ると、杉皮ぶきの屋根に、竹をわたし、石をおいた家々が軒をつらねている。

大通りへ進むと、こちらは、瓦屋根に白壁の商家がならぶ。

奉公人や前かけ姿の女将《おかみ》が忙しく働き、姉さまかぶりの娘が、藍のれんから顔をのぞかせる。魚売り、山家《やまが》の猟師、薪を背おった木こりがゆきかい、子どもが走り、やせ犬が吠えかかる。

いつもと変わらぬたたずまいだ。

どうやら、黒船は来なかったらしい。おきよも無事だろう。

黐介は、やっと駆け足をゆるめたが、それでも、波止場へむかってみた。

竹籠《たけかご》の塩鰤《しおぶり》をよりわける漁夫《ぎょふ》にたずねた。

「ああ、異人船が来たぞ。湾のむこうから、こちらをうかがっちょったが、ゆっくり北へ行った。西郷は大きな町ゆえ、まもりが固いとみたのだろう。どでかい船で、いっときは、ここも大騒ぎだった」

黥介は肩を大きく上下させて、安堵《あんど》の吐息をついた。

安心したら、急に腹がへった。

船着き場の石段に腰をおろし、握り飯にかぶりついた。

目の前にひろがる日本海の空に、いろいろな形の雲が浮かんでいる。

如月《きさらぎ》の空に厚い雲がかかって、日が翳《かげ》ると、港は灰色に沈む。雲の切れ間から淡い日がさすと、砂金をまいたように、海面がちらちら瞬《またた》く。

この日はかすんで見えなかったが、むこう岸には、本州が横たわっている。

黥介は、一度しか島を出たことがなかった。

遠い国からはるばる海をわたってきた黒船のゆくえが、気になった。

せっかくここまで来たのだ。もうひとっ走りして、黒船というものを見てやろう。北へむかったなら、大久村《おおくむら》の港かもしれぬ。

腹ごしらえをした黥介は、西郷の町をでて、さらに山あいを二里、東海岸の大久へ、急いだ。

そのころ、黒船は大久の港に入っていた。

若き庄屋、斉藤村之助《さいとうむらのすけ》は、村役を召集し、全戸に命じた。

「家の雨戸をたてよ。女子どもは隠れろ」

さらに早馬《はやうま》をだして、西郷の陣屋へ、急使を送った。

急報がとどいた陣屋では、帆船《ほぶね》に、櫓《ろ》の漕《こ》ぎ手をつけた急ぎの飛船《ひせん》を松江城へ送りだし、藩の応援部隊をもとめた。

藩都の松江までは、山陰沖をわたり、境港の水道《すいどう》から中海《なかうみ》へぬけて、十五里。早ければ半日で、宍道湖《しんじこ》に面した城下町につく。

おり返し、藩船が松江をたてば、今夜には、武装した兵が来るはずだ。

西郷の陣屋では、五十人の藩兵が渡海すると見こんで、武器弾薬をしたくした。宿、食糧、馬と人夫《にんぷ》、炊きだし、松明《たいまつ》、漕ぎ船は、庄屋の村之助に命じた。

村之助は、大久村の富農の屋敷を、五十人の宿泊先として手配して、藩兵の受けいれ態勢を整え、港の黒船をにらみながら待ちうけていた。


鷙介が大久の海岸につくと、小山のごとき異国船が、入江に黒々と影を落としていた。

浜には、村人のなかでも血気さかんな百姓と漁師が、青ざめた顔でならんでいる。

「異人は、岸にあがりましたか」鷙介が問うと、

「いまのとこは、まだだ。だが、大砲をこちらへむけちょる」口々にかえる。

甃介は伸びあがるようにして、船を見やった。気がつくと、人垣をかきわけ、波打ちぎわまで出ていた。

三本の高い帆柱に、横帆《おうはん》がたたまれている。船べりには大筒《おおづつ》がならんでいた。

なんと大きな船だろう。千石船の十倍はあろうか。黒く塗られた船体の異様さにも、威圧される思いで、目を見はった。

かくも巨大な鋼《はがね》の船をつくる技、その巨艦を、何千里、何万里と航行させる知恵が、異人にはある。国もとには、さぞ高度な学問があろう。

すぐれた学識をおさめて船をつくり、たくみにあやつる異人への畏敬の念が、甃介にきざした。その深い知識をまなびたいと、強烈なあこがれもわきあがった。

だが、かような船が、船団を組んで島に襲来すれば、ひとたまりもないだろうと、恐れにも引きさかれる。

やがて甲板に水夫があらわれ、帆をはっていく。煙筒から灰色の煙があがり、港の山々にこだまして汽笛が鳴った。黒船は大波を起こして動き出した。浜の男たちからどよめきがあがった。

船が芥子粒《けしつぶ》のように小さくなっても、甃介は放心の面もちで立っていた。

その近く、二刀をさして仁王立ちになり鋭いまなざしで、黒船を見送る男がいた。

庄屋の村之助である。この時、二人はまだ、たがいを知らない。

その日、松江藩の兵は来なかった。次の日も、船影さえあらわれなかった。六日たって、ようやく藩兵は、村之助に言わせれば、暢気《のんき》な、ゆるみきった顔でやって来た。

村之助は、藩役人を前に、怒りの声をあげた。

「このたびは黒船が去ったゆえ、事なきを得たものの、夷人が上陸していたら、どうなったか。

大至急、藩兵が来ねば、役にたたぬ。かように悠長な対処では、危急存亡《ききゅうそんぼう》の秋《とき》に間にあわぬ」

「やはり、あの殿様のせいであろうか……」村役たちも、不服の声をあげた。

そのころ、松江城では、藩主をめぐって、家老衆が分裂していた。

時の殿は、九代藩主の松平斉貴《まつだいらなりたけ》。

参勤交代をなまけて、国もとに帰らず、江戸は赤坂見附《あかさかみつけ》の上屋敷や別邸で、西洋の機械時計の蒐集《しゅうしゅう》、電信機と写真機の実験に凝《こ》り、江戸の祭り囃子《ばやし》、鷹《たか》狩りにのぼせている。酒食と淫蕩《いんとう》にも耽溺《たんでき》して、藩政をおろそかにするあまり、見かねた家臣が、いさめるために切腹をしたほどだった。

蘭癖《らんぺき》の秀才とも、遊蕩三昧《ゆうとうざんまい》の狂人ともいわれる殿のやんちゃぶりは、出雲のみならず、隠岐にも伝わり、心ある庄屋たちの不信をまねいていた。

とはいうものの、松江藩も、遅ればせながら、隠岐の海防を増強した。

西郷の港を一望におさめる陣屋上の高台に、見はりの番小屋をかまえた。

湾の入口を両腕でかかえるようにのびる左右の岬には、大砲の台場も建造した。

ところが、費用は、島の村々が負担せよ、というお達しだった。村人は年貢にくわえて、さらなる負担を強《し》いられることになった。

「松江藩は兵を送らぬうえに、台場も、島民の金《かね》でつくれというのか。ならば藩など、いらぬ。島は、わしらの手でまもる」村之助は憤然として言った。

村役も、そろってうなずいた。

「そもそも松江が隠岐を支配する、それが、筋ちがいじゃ」

隠岐は、古くは戦国大名が治めていたが、寛永十四年（一六三七）、徳川幕府の直轄領となった。

その翌年、松江藩主に、徳川家康の孫にあたる松平直政《なおまさ》が決まると、江戸城で、いとこにあたる三代将軍家光《いえみつ》から、隠岐をあずかり地として、まかされる。

以来、雲州《うんしゅう》松江藩が治めるようになった。

だが、あずかり地にすぎないため、島民は、松江藩の支配下にある、という意識にうすい。

というのも隠岐には、平安のころより、みやこの政変にやぶれた貴族や親王、さらに鎌倉幕府を討とうとした後鳥羽《ごとば》上皇と後醍醐《ごだいご》天皇も配流《はいる》され、幕府の忠民というより、勤王《きんのう》の気風に満ちている。

「わしらの島は、二人のみかどをお守りした隠岐国《おきのくに》だ。出雲国の侍《さむらい》に指図《さしず》されるいわれはない」村之助は言い切った。

初めて黒船を見た甃介が、興奮さめやらぬまま、日のかたむいた西郷へもどると、店の軒先につるした提灯《ちょうちん》に火が入り、めし屋は船乗りで混《こ》んでいた。魚を焼く香ばしい匂いが流れている。

甃介の腹が鳴った。手持ちを気にしながら、のれんをくぐった。

安い皿は、鯖《さば》の炙《あぶ》り焼き、値がはる品は、鰤の照り焼き。甃介は安いほうをたのんだ。

上方《かみがた》の船方《ふなかた》が、脂の乗った鰤に、舌鼓《したつづみ》をうちながら言った。

「風が吹かな、帆船《ほぶね》は、ちょっとも動きまへん。風が出るまで、十日も二十日も、港で足止めや。それがあの黒船ゆうたら、今日みたいな凪《なぎ》でも、平気の平左で進むんやさかいなぁ。蒸気船ゆうらしいわ。薪や石炭をたいて、その湯気で、船を動《いご》かすんやて」

ひとしきり汽船の珍らしさで盛りあがると、話は、漂流、海賊にもひろがった。船乗りにしてみれば、いつわが身にふりかかるとも知れず、人ごとではない。

隠岐の漁師が、朝鮮の漁民が流れつくことがあると言えば、疫病の出た異人船が、どこの町でも入港を断られるうちに、船員がすべて死に絶え、木綿帆もやぶれ、波間にかたむいて漂う姿を見たと、下関の船乗りが言う。

南蛮の海賊におそわれて荷をうばわれ、水夫はみな殺しになって岩礁に乗りあげた難破船を見たと、対馬《つしま》の老夫が語る。

土砂《どしゃ》ぶりで積み荷が濡れて大損した話、時化《しけ》で船が壊れて沈没し、浮き板につかまり九死に一生を得た話、異国船が船べりをよせて来て、異人と言葉をかわした経験を語る船頭《ふながしら》もいる。

「異人の船が見えたら、避《よ》けることじゃ。鎖国をしておるのだから」

「鎖国をさらに進めて、野蛮な外夷《がいい》を、撃退せよ。みやこには、そう語るお侍《さむらい》、町人も、いてはりますよ」近江《おうみ》（滋賀）の商人が言った。「攘夷《じょうい》と言うんですよ」

甃介にとっては、すべてが新しい風であり、目のくらむ冒険譚《たん》だった。

夕闇《ゆうやみ》をついて、銅鑼《どら》の音が聞こえてきた。

船出の合図である。風が出てきたのだ。

船乗りはどんぶり飯《めし》をかきこみ、出帆《しゅっぱん》の支度にかかった。

波止場のかがり火のもと、頭領《とうりょう》が声をかけて積み荷をたしかめる。縄を締めなおす人足、帆の縄をとく水夫《かこ》が、せわしくゆきかう。荷をひいてきた牛馬はいななき、物売りは店じまいのよび声をあげる。

首すじを白く塗った遊女も、惚《ほ》れた船方に別れを告げに、集まった。

〽忘れーしゃんすーな　西郷の港

三味線をかかえて、唄う芸者もあらわれる。

五百石船が厚地の木綿帆をつぎつぎとあげ、たそがれの湾を出ていく。船灯りの黄色い光が、黒い水面にうつって輝きながら、ゆらゆら遠くなる。

最後の一隻が去ると、港に静寂がもどった。

海は暗いいぶし銀にかげり、吹く風が、にわかに寒くなった。岸につんだ石垣によせる波のささやきだけが聞こえている。

衿《えり》もとをかきあわせ、首をすくめながら、甃介は思った。帰る前に、おきよの顔を見たい。

日暮れどきに不躾《ぶしつけ》ではないか……。ためらったが、足がむかっていた。

おきよは、隠岐国の一《いち》の宮《みや》、水若酢《みずわかす》神社の娘である。甃介とは、いとこの間柄だ。父の妹、つまり甃介の叔母おなつが、宮司《ぐうじ》のもとへ嫁いで、生まれたのがおきよである。

水若酢神社は、島の北西部、一宮村《いっくむら》に鎮座する。南の加茂からは四里もの道のり、しかも島後の中央にそびえる山々を越えたむこうだ。

田植え前の三月、豊作祈願の大祭があり、すべての村の庄屋が顔をそろえる。

加茂からは、父が泊まりがけでいく。甃介もせがんで遠路を歩いていくのは、おきよに会うためだった。

祭日は、人出でごったがえす。

氏子《うじこ》が、常世《とこよ》の蓬莱《ほうらい》が島をかたどった山車《だし》をひく。鶴亀の縁起もの、松竹、花で飾られている。

流鏑馬《やぶさめ》、巫女舞《みこまい》、相撲《すもう》が奉納され、祝歌《いわいうた》も唄われる。

四つ年下のおきよは、ちりめんの晴れ着を着せてもらい、長いまつげを伏せて、

「甃介さん、ようござんした（よくおいでになりました）」

きものの肩揚《かたあ》げもとれない子どものくせに、澄まし顔でおじぎをする。

おかしいやら、可愛いやらで、甃介は、その顔つき見たさに、山越えも苦にならなかった。

おきよの兄、忌部正弘《いんべまさひろ》に会うのも、楽しみだった。

男きょうだいのいない甃介は、六つ年かさの正弘を、兄と慕《した》っていた。

正弘は、上背《うわぜい》があって、風采がよい。神馬《じんめ》にまたがり、手綱《たづな》をとる姿も風格がある。濃い眉が凜々《りり》しく、どことなく凡人とは異なる気配をまとっていた。

神職の家だけに、国学にも明るい。

伊邪那岐命《いざなぎのみこと》と伊邪那美命《いざなみのみこと》の男女二神《にしん》によって、本州と隠岐をふくめて八つの島が生まれて日本になったと、『古事記』の国生み神話も、甃介に教えてくれる。

祭りには、庄屋や富農の息子も集まってくる。袖山に折り目のついた絹ものに、仙台平《せんだいひら》の縞《しま》の袴《はかま》である。手織り木綿のきものに、はだしの子とはちがい、旧家の息子らしい祭りのよそゆき着だ。

毎年、顔をあわせるうち、しぜんと親しくなった。

南方村《みなみがたむら》の藤田冬之助《ふゆのすけ》は色白で、瞳が明るい鳶色《とびいろ》に澄んでいる。身はやせているが、骨格がしっかりしている。

山田村庄屋家の中西毅男《はたお》は、地黒の角ばった顔で、目は細いが、笑うと愛嬌がある。背が高く、声が大きい。

上西村《かみにしむら》庄屋家の横地官三郎《かんざぶろう》は、役者にしたいような美男子である。豊かな白い頰に、鼻筋がすっと通り、涼しい目もと、上品にむすばれた唇も、形がよい。それを承知している官三郎は、みっともないふるまいもしない。

鍫介はこの三人と仲がよい。境内《けいだい》の裏につどい、袴をとって松の大枝にかけ、足袋《たび》もぬぎ、もろ肌ぬいで、相撲のまねごとをする。

拾った枝で、打ちあいごっこもする。

暑くなると、長着のすそをからげ、鮒《ふな》を追って、重栖川《おもすがわ》の浅瀬を水しぶきをあげて歩きまわる。元気のよい毅男はいつの間にか、下帯ひとつになっている。

春のあたたかな一日が暮れると、「また来年なっ」と口々に言って別れる。

宮司の家では、障子に夕日のさす座敷で、たすき掛けのおなつ叔母が、客人をもてなす。

ぬる燗《かん》の酒がふるまわれ、黒鯛《ちぬ》の刺身、貝と若布《わかめ》の酢のもの、小鯛の吸いもの、伊佐木《いさき》の塩焼きが、黒塗りの猫足膳ではこばれる。

鍫介は、奥の間で、正弘、おきよと一緒に、目の色を変えて、ごちそうのおこぼれにあずかる。

晩は泊まり、あくる日は、正弘に剣術の稽古をつけてもらう。そんなときも、松の木のもとで、猫を抱いているおきよを、甃介は目のはしで見ていた。年ごとに、おきよは面ざしも体つきも変わっていった。子ども扱いしていたはずが、まぶしくなった。

おきよが十三になった先年の初夏のこと……。

神社へ行く用があった。そのあと、菜園へむかうおきよについていった。長崎から届いた珍しい種を植えたら、赤い実がなった、オランダいちごだと、草の道を歩きながら、おきよは言った。

地面に藁《わら》をしいた一角に、甘い匂いが漂っていた。茂った青い葉の下から、細長い茎《くき》がのびて、赤い実がさがっている。

おきよは、形のいい手をのばし、大きく熟した実を、もぎとった。手ぬぐいでふいて、甃介の口もとにさし出した。

見慣れぬ果実に、あるいは、思いがけないおきよのしぐさに、ためらいながら、丸ごとほおばった。甘酸っぱい汁が、口のなかにひろがった。初めての味だった。

甃介も、ひとつもいで、おきよの唇に、不器用に押しあてた。

おきよは、半分に齧《かじ》った。赤い果汁がはじけて、唇にこぼれた。

その口もとから、甘い香りが立ちのぼった。蜜蜂が飛んできて、羽音が聞こえた。

あれからいく度も、思い返した。なぜだか、正弘にも、父にも、話さなかった。

西郷の宵のころ、町家の戸口にあらわれたおきよは、港町の髪結いにまかせたのだろう、ひと筋の乱れもない桃割《ももわれ》だった。

つやつやした黒髪に、朱の鹿の子絞《かのこしぼ》りをかけている。白い顔が小さく、美しく見えた。肩揚げも、おろしていた。胸高《むなだか》にむすんだ帯揚《おびあげ》の緋《ひ》色も、あざやかである。

黒船があらわれたと聞いて、おきよを案じて来た、と言うつもりが、見慣れぬあでやかな娘姿に、言葉が出なかった。

「甃介さん、刀なぞ持って、なにしたの」いくらかおびえた目をした。

「あいさつにきた。みやこへのぼろうと思ってな。しばらく会えんだろう」

自分でも意外なことを口走っていた。

いや、意外ではなかった。胸の底には、上京の夢を、雀《すずめ》が小さな卵を抱くように温めていた。

「何年ぐらい行くの」

「まだわからん」

おきよの目がゆるゆると潤んで、ふちが赤らんだ。泣き顔になると、やはり幼く見えた。

「泣かなくてもいい。きっと帰る」

暮れていく家路を、鴜介は、頬を火照《ほて》らせて歩いた。おきよの涙の意味を、思い返していた。

山道は急に冷えこみ、草鞋《わらじ》のつま先がかじかんだが、顔は燃えるように熱かった。

花やかなみやこへの憧憬、学問への志が、大きくふくらんでいた。

いずれ鴜介が庄屋となる加茂は、海に面している。大久村のように、いつか異国船が来るかもしれぬ。村をまもるには、世界を知らねばならぬ、京へのぼらねばならぬ。

夜の暗い杉林を歩きながら、ひたすらにつぶやいていた。

それから四か月後、嘉永六年六月。

アメリカの海軍軍人ペリーが、東インド艦隊の軍艦四隻をひきいて江戸湾に入り、浦賀沖に投錨《とうびょう》。開港をもとめる大統領の親書を、幕府に提出した。

鴜介は、加茂の浜から帆船に乗って藍を湛《たた》えた日本海をわたり、若狭《わかさ》（福井）をへて、上洛《じょうらく》していった。

天も地も揺動《ようどう》していく京へ……。

二　京《みやこ》の桜

安政二年（一八五五）陰暦三月　京

「甃介さん、かたくなな迷妄《めいもう》をひらかれよ。おぬしは、道学《どうがく》くさい時代遅れ、旧態依然のおろか者じゃ」

侮蔑の声が、甃介の胸に、憤怒《ふんぬ》とともによみがえっていた。

甃介は、東山《ひがしやま》のふもと、祇園社《ぎおんしゃ》（八坂神社）の境内を歩いていた。いにしえの出雲で、やまたのおろちを退治した須佐之男命《すさのおのみこと》などをまつるお社《やしろ》である。

春霞《はるがすみ》たなびく水色の空のもと、しだれ桜が花開き、うす桃の棉《わた》のように木をおおっている。通りかかる人みな、足をとめ、すぎゆく春を惜しんで見あげる。

みやこの桜は、愛《め》でられることに慣れ、それを喜んでいるのだろう。満開の花枝は、艶然《えんぜん》と微笑するようだった。

そよ風がわたると、花びらは枝を離れ、舞いながら甃介にふりかかった。

甃介は、紺地に白十字の弓浜絣《ゆみはまがすり》に袴をつけ、布袋におさめた竹刀をさげ、きびきびと歩みをはこぶ。一刀流の道場へ通うところだ。

男のこ二十歳《はたち》、肩幅はぐっと広くなり、精悍《せいかん》な顔つきに変わっていた。

友禅のきものの娘が、しなを作って口もとを袖でおおい、かれをふり返った。

みやこへのぼって二年、はんなりした京女の口ぶり、まなざしにも、少しは慣れた。四条河原町の人ごみで、女掏摸《すり》にもあった。遊里《ゆうり》も知った。

だが若い女は、いまだ不得手だ。なにを話してよいか、皆目《かいもく》わからぬ。

なにしろかれは、儒者《じゅしゃ》の門にまなび、やれ攘夷だ、やれ尊王だと、いっぱしの口をきき、塾生と天下国家を論じている。しかも『論語』読みだ。

「女人《にょにん》と小人《しょうじん》は、養いがたし」

女性《にょしょう》と小人物《しょうじんぶつ》は、親しくなれば遠慮がなくなって厚かましく、遠ざければ恨《うら》みがましく、扱いにくい。

だがおきよは、そうではないだろう、しとやかで気品がある。甃介は京にのぼっても、胸におきよの面影を、温かく宿していた。

嘉永六年に来日したペリーは、一年前の嘉永七年（一八五四）にも軍艦七隻をひきいて江戸湾に入り、幕府は、日米和親条約をむすんだ。イギリス、ロシアとも条約を締結した。

「われらは西洋の進んだ文明をまなぶべし」蟄介の通う塾で、開国派の門人が言った。江戸品川の海苔《のり》問屋のせがれ、貞治郎《さだじろう》だ。「蘭医学のみにあらず。航海術、天文学、地学、造船術、さらに数学、兵学まで、広くとり入れるべし。ために、開港をせねばならぬのだ」

　みやこへ来て、攘夷に傾倒するようになった蟄介は反論した。

「それは、西洋の学問、思想であろう。わしらには、東洋の学問、思想があり、そこに密接して日本人の魂がある。そもそも外夷《がいい》は、アジアの国々を軍事力で威嚇《いかく》し、侵略している。野蛮、かつ好戦的な夷狄《いてき》に、軍艦や大筒《おおづつ》で脅《おど》しつけられて港をひらくとは、幕府はあまりに卑屈。

　わしのふるさと隠岐では、異人の蒸気船が来て、大砲を岸にむけ、上陸の機会をうかがった。それだけで、どれほど人々がおびえ、恐れおののいたか……。

江戸湾の奥深くに、安穏《あんのん》と暮らす者は、日本海の荒波かかる島に生きる民《たみ》の不安を知らぬから、うかつに条約などむすぶのだ」

「蟄介さんは、異人を見たことがおありか」

江戸っ子の貞治郎は、田舎者を見くだすように、あごをあげた。

「ない。だがやつらは、けものの肉を喰らう不浄のもの。恥知らずにも、人前で女と腕を組み、口吸《くちす》いまでする、ふしだらな輩《やから》と聞く。穢《けが》れである。しかもその図体《ずうたい》のでかさは眉をひそめるほど、大げさな身ぶり手ぶりも慎《つつし》みがない、というではないか」

鼈介がまなぶ儒学の『中庸《ちゅうよう》』は、なにごとも中庸、すなわち、ほどほどが尊いと説《と》く。東洋の奥ゆかしい心がけだ。

思ったままを口にするあからさまな態度、世人《せじん》を驚かす大仰なふるまいは、粗暴な夷人《いじん》の悪風として、儒学では、卑《いやし》むのである。鼈介はつづけた。

「幕府は、アメリカと条約をむすび、有利な待遇を与えた。だがわが国は、先方から同じ扱いをうけてはおらぬ。不平等である、国辱《こくじょく》である。

尊い天子さまをいただくわが国の誇りを、幕臣どもは忘れたのか。不忠の逆賊である。腑《ふ》ぬけの幕府に、まつりごとは任せられぬ」

「鼈介さん、かたくなな迷妄をひらかれよ。おぬしは、道学くさい時代遅れ、旧態依然のおろか者じゃ。日本は、貿易によって、国を富まし、世界に冠たる国となる。それが正しい道ですぞ」

貞治郎は、やたらな自信を持って断言し、軽侮と嘲笑《ちょうしょう》の目でにらみつけたのである。

思い返すだに、忌々しい。道場についた甃介は、言い負かされた怒りをぶつけるように、竹刀を烈《はげ》しく面《めん》に打ちつけた。

剣術の腕前はいまひとつだが、甃介のやたらな気炎《きえん》に、相手は気圧《けお》されていた。

隠岐にいたころの甃介は、異国船から島をまもりたいと、庄屋の息子らしい愛郷心につき動かされていた。

だが京にのぼり、尊王攘夷の論拠を、儒学を通じて教わった。

師は、儒者の中沼了三《なかぬまりょうぞう》。隠岐島後《どうご》の人である。

了三は、文化十三年（一八一六）、島後北海岸の中村に、代々、漢方医をつとめる家に生まれた。

その祖父は、若いころに江戸へ出て医術をまなび、嫁を連れて帰った。小田原藩の金井島村《かないしまむら》にて、名主《なぬし》をつとめる豪族、瀬戸家の娘をめとったのだ。

東国《とうごく》からとついでくる花嫁を、人々は提灯《ちょうちん》をさげて港にむかえた。日没の浜一面に、ぼんぼりが灯《とも》ったようで、それは美しい光景だったという。

了三は、この祖母から、大江戸の花やかな風俗、珍しい文物を聞かされて育ち、広い視野を身につけた。

鍬《くわ》をかついで田へ出るときは、『論語』、『大学』を風呂敷に包んでさげていき、昼休みに、畦《あぜ》に腰をおろして読みふけった。

二十歳になった天保《てんぽう》六年（一八三五）、上京して、儒者、鈴木遺音《いおん》の門弟となり、頭角をあらわしていく。

師が老いて足が不自由になると、親身に世話をした。暖かな日よりには、小車にのせて野を歩き、慰《なぐさ》めた。

そして天保十四年（一八四三）、御所に近い烏丸《からすま》竹屋町に私塾をひらく。みやこのほぼ中央である。

了三のゆたかな学識、有徳かつ高風の人がら、なによりも真摯《しんし》にして求道的な指導が、乱れる世を生き抜く叡智《えいち》をもとめんとする門弟の心をつかんで、年ごとに評判が高まり、商人、町人、富農が、各地から教えを請《こ》い、集まってきた。

やがて名声は朝廷にも伝わり、弘化四年（一八四七）、みやこの御所に学習院がひらかれると、儒学の講師となった。

百人をこえる公家の子息を前にして、中国の歴代聖王のすぐれた言行《げんこう》をあつめた『書経《しょきょう》』を講じ、為政者がそなえるべき徳と規範を説いたのである。

英名はますます高まり、孝明天皇の侍読《じとう》として禁裏《きんり》にあがり、漢書の講読におつかえする官位もさずかった。

出世と栄達は、とどまるところを知らない。不惑の四十、男ざかりである。

もっとも、町医者のせがれは平民にすぎない。身分も後ろだてもない男が京へ出てきて、着実な仕事ぶり、目くばりのゆきとどいた処世で、二十年かけて、一歩一歩、拠《よ》って立つところを築いていった。

その間《かん》、世知辛《せちがら》い浮き世の醜さ、軽佻浮薄《けいちょうふはく》さ、権力を手にした者の驕《おご》りと冷酷さ、熾烈《しれつ》な政争に渦まく嫉妬《しっと》の恐ろしさを、目《ま》の当たりにした。それだけに慎重である。時勢と人を、よく観《み》る。

その了三の私邸に、甃介は書生として暮らしていた。師の配慮だった。隠岐から来た弟子は甃介のみである。庄屋の一人息子、それも初めてみやこにのぼった世間知らずは、手もとに置くほうがよかろう。同郷のものの気質は、良きにつけ、悪《あ》しきにつけ、同郷人にしか見えぬことがある。

島後の男は、血の気《け》が多い。

ことに甃介は、目つきに時おり、刃《やいば》のような光が走り、鼻っ柱の強さが感じられる。

近ごろはみやこも、いささか物騒になった。開国派と攘夷派が、鍔《つば》ぜりあいをしている。がらの悪い浪人にからまれ、刃傷沙汰《にんじょうざた》にでも、なりはせぬか。

そう考えた師の深慮も知らず、甃介は、朝早く起きて竈《かまど》の薪《まき》をわり、庭を掃《は》く。井戸水をくんで廊下をふき、白米の三杯飯を平らげる。島では、諸国の農村と同様、麦や豆をまぜた飯だ。京では、とれたての地魚は望めないが、白い米はうまい。

奥がたのくらも、島後の人だ。

「ようござんした」

上京した日、ふるさとの言葉で、甃介をむかえた。

隠岐から日本海の波をこえて、若狭国小浜《おばま》に上陸。若狭街道を琵琶湖北西の今津《いまづ》へむけて九里半歩き、また舟に乗り湖南《こなん》の大津へわたる。あとは京をめざして、東海道を歩いた。

心細いひとり旅のすえ、見知らぬみやこにたどりついた甃介は、なつかしい隠岐なまりに、ゆるゆる緊張のほどける心地がして、涙ぐんだ。

屋敷には、了三の長男、清蔵《せいぞう》もいる。いかにも育ちのよい落ちついた少年だ。ふたりは競うように遅くまで蠟燭《ろうそく》をともし、和漢の書を読むのだった。

中沼塾は、儒学の学び舎《や》だ。儒学は、春秋時代の人、孔子がひらいた政治と道徳の学である。

鷲介が、中沼塾で初めてうけた講義は、『論語』だった。孔子の教え、弟子との問答をつづった語録であり、漢学をならう子どもが最初にひもとく書だ。

なにをいまさら、と高をくくっていたが、了三の解釈は、古びた掛け軸を表装し直したように鮮《あざ》やかだった。

「子曰《しいわ》く、学んで時にこれを習う、また説《よろこ》ばしからずや。朋《とも》あり遠方より来《きた》る、また楽しからずや。人知らずして慍《いか》らず、また君子ならずや。

孔子はおっしゃいました。

学問の道は遠く、研鑽《けんさん》をつまねばなりませんが、ものを教わり習うことは楽しいものです。同学の士が遠くより訪れ、たがいに切磋琢磨して、学問と善が高まっていく。これまた嬉しいことです。やがて学徳が高まっても、人が自分を知らず、認められずとも、怒《いか》らず、恨《うら》まず、修練と勉強を重ねる。これが人格者の心がまえです。

みなさんは、幼い日に、この一節を読まれたことでしょう。しかしこれは、大人のための箴言《しんげん》であります。

学問を志した若き日の意気ごみを、老境にいたるまで忘れず、まなぶ悦《よろこ》びを、日々、新たにいたしましょう」

了三は張りのある声でさわやかに語り、鷲介は心洗われる思いだった。

師は、堂々たる偉丈夫《いじょうふ》、顔は大きく、耳も福々しい。儒者の総髪《そうはつ》で、黒々とした髪を太い髷《まげ》にたばねている。

内裏《だいり》にあがり、やんごとなき人々に教授する身だが、気取ったところがない。その自然体から、おごそかな風格と、成熟した男の温かさがにじみでる。

『論語』に「威《い》ありて、猛《たけ》からず」という。

大人《たいじん》は、あたりをはらう威厳があるが、居丈高《いたけだか》なところがなく、情けがある。まさに先生のようだ。甃介は、日ごとにうやまい、慕っていた。

了三の漢学は、徳川時代始めの儒者にして神道家の山崎闇斎《あんさい》がひらいた学統だった。

闇斎は、浅見絅斎《あさみけいさい》など多くの門人《もんじん》をそだて、崎門《きもん》学派と呼ばれる一派をなし、日本の朱子学《しゅしがく》を大成させたひとりである。

崎門学派の特徴は、中国の朱子学に、日本の神道をあわせ、垂加《すいか》神道をおこした点にある。

了三は語った。

「人は、朱子学の敬《つつし》みの徳を持つべし。と同時に、日本人は神道を尊ぶべし。これが垂加神道です。その核心は、皇統《こうとう》を永久《とわ》につたえることにあります」

また了三は、尊王と攘夷を語った。

「覇道《はどう》をしりぞけ、王道をもとめる。孟子の教えであります。

覇道とは、武力と権謀による支配。

いっぽうの王道とは、仁徳《じんとく》の天子による政道。

よってこの一節は、武家の支配をしりぞけ、天皇の徳政をもとめるべし、という意味です」

「先生、わが国は、将軍がおさめているはずでは……」品川の貞治郎がたずねた。

「征夷大将軍の職は、みかどが任命なさいます。よって将軍の上に、天皇がおわしますのです。

武家の覇者《はしゃ》というものは、鎌倉の北条家《ほうじょうけ》、室町の足利家《あしかがけ》、江戸の徳川家と、時流につれて滅び去り、うつり変わっていきます。

いっぽう天皇家は、いにしえより脈々と受けつがれています。ひとつの王朝が、万世一系とつづく国は類がなく、きわめて希《まれ》にして尊い、日本独自のすぐれた国体であります。

わたしたちは、神州の伝統をまもるため、礼節をわきまえず物質の利のみをもとめる俗物の外夷を追いはらうのです。

神道を奉じる闇斎先生は、仏教も批判されました。仏《ほとけ》の道は、天竺《てんじく》（インド）

の信仰、すなわち外来の異教であります」

了三の火を吐くような言葉に、門人は心ゆさぶられ、広間の空気が熱くなっていく。こうした塾に、鷲介はまなんでいた。

もっとも内裏にあがり龍顔《りょうがん》を拝する了三は、口をつつしみ、生々しい政治談義は避けていた。

たとえば、病弱と噂される公方《くぼう》の家定《いえさだ》様をしりぞけ、外夷排斥をうったえる今《きん》上《じょう》天皇が国政をとられ、アメリカやロシアの軍艦を撃退すべし、といった具体論は、さしひかえる。

中沼塾の近くに塾をひらく若狭小浜《おばま》藩出身の儒者、梅田雲浜《うんぴん》は、辛辣《しんらつ》な時局批判が話題をよび、尊王攘夷派がつどっていたが、天皇につかえる了三は、あくまでも、朱子学の基本を論じた。

朱子学は、幕府が保護する教学であり、安全でもあった。

鷲介は、徳についての講話も好んでいた。

「朱子学は、およそ七百年前、南宋《なんそう》の朱子がひらいた新しい儒学です。仁義礼智信《じんぎれいちしん》、人はこの五つの徳を実践すべし、と朱子は説《と》かれました。仁とは、人を思いやり、慈《いつく》しむ。

義は、正義と大義を心がける。

礼は、礼儀と秩序をたもつ。

智は、善悪を判断するかしこさをもつ。

信は、信頼にたる誠実な人がらである。

いずれも、人が人として、決して忘れてはならぬ道徳です。

儒学は、実践です。『論語読みの論語知らず』とは、行動がともなわぬ頭でっかちをいましめる一文です。みなさんも、みずから実践するのです」

了三の講義をうけるうちに、甃介は、ふるさとの加茂村を人徳で治めるような庄屋になりたいと思うようになった。

ときには、塾生と盃《さかずき》をかわした。

さきごろ島後の山田村から、中西毅男《はたお》が上洛して、中沼塾に入ったのだ。子どものころから水若酢神社の春祭りで遊んだ仲だ。

地黒の四角い顔は変わらなかったが、えら骨《ぼね》には意志の強さが、表情ゆたかな丸い瞳には朗《ほが》らかさがあった。

五月に甃介は帰郷するため、入れちがいだった。

「みやこじゃ、尊王攘夷の論がさかんだと聞いてな、いてもたってもおられんで、わしも出てきたぞな」大きな歯を見せて、毅男は笑った。

かれの実父、庄屋の中西喜六《きろく》は、天保年間に京の鈴木遺音《いおん》にまなび、いまは島後で私塾をひらいている。

殺男が養子に入った島後の中西淡斎《たんさい》も、若き日に遺音の家塾に通い、喜六とは同門の仲である。こちらも島の人々に勤王の大義名分を語っている。

尊攘の壮士《そうし》ふたりを父にもつ毅男は、先鋭だった。

「わしは死んでも、関東の地は踏まんぞ」気勢をあげる。

「なぜだい」品川の貞治郎が、けわしい面《つら》がまえになった。

「鎌倉と江戸は、武家の土地だけんな」と毅男。「お侍がえばっちょる東《あずま》へは、行かん。天子さまがござらっしゃる京におりゃ、ええが。その聖なるみやこを跋扈《ばっこ》する佐幕派は、斬るべし。天にかわって誅殺《ちゅうさつ》すべし」過激なことを言う。

「おいは、異人にまなんで国力を高めてから、攘夷をはかるのが、よかと思う」薩摩からきた門弟が口をはさんだ。

「馬鹿たれが。耶蘇教《やそきょう》の紅毛碧眼《こうもうへきがん》を、神州に入れたら、いけん。大和《やまと》民族の純血をまもらな。幕府は阿呆《あほ》でいけん」

毅男は声高だが、みやこの攘夷派の言いぐさを借りたにすぎない。

「じゃっどん、政治から遠ざかっておる長袖のお公家さんに、まつりごとができるとは、思えもはん。みかどを敬《うやま》いつつも、武士にまかせるべきでごわす」と薩摩隼人《はやと》。

「なに言っちょっだ。幕府にまかせたおかげで鎖国がとかれ、国論が二分して、混乱しちょるだないか」

お国なまりの青年たちは夜まで騒ぐのだった。

威勢のいい語らいを聞きながら、ほろ酔いの蛩介は頬杖《ほおづえ》をついて、さきざきを夢想する楽しみにふけっていた。それは未来ある若者だけの特権だった。

帰郷したら……、父を手伝い、庄屋の家業をおぼえよう。豊かな村を作ろう。百姓から農作を教わろう。勉学もつづけよう。加茂の入江で釣りを楽しみ、夏の海で泳ぎ、それから、おきよと……。蛩介はふとわれに返り、はにかんで、耳まで赤らめた。

みやこを離れる皐月《さつき》となった。

この二年の間、了三のもとで四書五経《ししょごきょう》を読み、尊王攘夷の理論をおさめた。

師の恩にむくいるためにも、ふるさとに帰っても、向学の有志と学業をつづけたい。

ある日、文机《ふづくえ》にむかう了三に相談すると、師は答えた。

「みなさんと輪読されるなら、『大日本史』がよいでしょう。隠岐にもゆかりの書です」

「水戸藩が編んだ歴史の書ですね」

「さよう」了三はうなずいた。

『大日本史』は、水戸黄門《こうもん》の異称で知られる二代水戸藩主、徳川光圀《みつくに》が命じて、明《めい》暦《れき》三年（一六五七）から、編纂《へんさん》がはじまった歴史書である。

光圀の死後も編集はつづき、すでに三百巻をこえる大著となっていた。了三は言った。

「この歴史書は、初代とされる神武《じんむ》天皇から、南北朝にわかれた皇統をひとつにまとめた第百代の後小松《ごこまつ》天皇の御世《みよ》までを、漢文でつづったものです。

特徴のひとつは、後醍醐天皇がひらかれた南朝の系譜を、正統とする史観です」

「後醍醐天皇といえば、隠岐へおいでになったみかど……、鎌倉の幕府を倒そうとなさって流されて……」

「さよう。皇権の復興をかけて、鎌倉打倒の兵をあげられ、われらが隠岐へ、配流の身となられました。

しかし一年後、隠岐の船乗りや豪農の助けにより、幕府方《がた》のきびしい監視の目をかいくぐって島を脱出なされ、足利尊氏《たかうじ》とともに北条家を滅ぼし、天皇による政治をよみがえらせ、建武《けんむ》の新政をなさったのです。

　ところが、尊氏は、裏切った。新しい天皇を擁立《ようりつ》して北朝をたて、みやこに室町幕府をひらいたのです。

　そこでみかどは、大和国《やまとのくに》（奈良）の吉野《よしの》へうつられ、南朝をたてられるも、崩御《ほうぎょ》なされました。

『大日本史』は、大義名分の考えから、天皇を裏切って足利尊氏がたてた北朝を傍《ぼう》流《りゅう》とし、南朝を本流といたします。よって、この書は、北朝から委任された徳川の将軍家を、否定するのです」

　甃介は、驚きに息をのんだ。

「水戸藩といえば、尾張《おわり》、紀伊《きい》とならぶ徳川の御三家。将軍家を否定するとは、矛盾していませんか」

「さよう。されど水戸学では、いざ、幕府と天朝があらそう事態となれば、天皇家につく決まりなのです。

『大日本史』は、みかどへの忠誠、朱子学の大義名分を説いております。ふたりのみかどをお守りした隠岐で読まれるに、ふさわしい書物でありましょう」

　了三はつづけた。

「後醍醐天皇を最後として、みかどによるまつりごとは、とだえました。それが今《こん》日《にち》まで続いておりますが……」

「先生のおっしゃりたいことは、心得ております」甃介は、ほほえんだ。

君徳ある天子によるまつりごとが日本の伝統だと、了三はくりかえし語っていた。甃介が、中沼塾でまなんだ最大のことがらは、倒幕と天皇親政の復活と言ってもよかった。

「先生、島に帰りましたら、これまでのみかどの御世《みよ》をまなびます。島後の富農たちと費用を出しあって、『大日本史』を買いもとめ、共有の蔵書といたします」

有木村《あらきむら》の庄屋、黒坂家には、千冊をこえる蔵書がある。後醍醐天皇と南北朝の争乱を描いた物語『太平記』全四十巻もあり、甃介は借りて読んだが、『大日本史』はなかった。

甃介は、了三とともに、烏丸通をくだって、三条の書店へむかった。『大日本史』が入手できるかどうか、話を聞きにいったのである。

その帰り、三条大橋をわたる大名行列に行《ゆ》きあった。東海道を京へのぼってきた六百名をこえる長い行列だった。

「よけろー、よけろー」

先ばらいが声をはりあげ、みやこの衆が道ばたへ退《の》く。

徳川一門のあかし、葵《あおい》の御紋のきわだつ荷をはこぶ武士が、列をなして歩いてきた。

「やや、これは……、雲州《うんしゅう》の松江藩や。さすがは松平家、立派なご一行どすなぁ」

見物の老人が言った。

甃介は、松江藩の大名行列を、初めて見たのだった。

了三が、甃介に目くばせして、ささやいた。

「松江の松平家は、徳川家康の血をひく名門でありますぞ」

家康の次男に始まる系譜である。

次男は、家康の知略により、豊臣《とよとみ》秀吉の養子となり、秀吉と家康から一字ずつうけて、秀康《ひでやす》と名乗った。

のちに秀吉の命で、関東下総《しもうさ》（千葉、茨城）の名族、結城氏《ゆうきうじ》を称して、結城秀康となり、東西両軍が天下を争った関ヶ原の戦功により、越前国《えちぜんのくに》の福井藩六十七万石の藩祖となった。

その秀康の三男、すなわち家康の孫にあたる松平直政《なおまさ》が、出雲国の領地をうけて松江に入り、代々、藩主をつとめている。

雲州のある中国地方八か国は、かつては戦国大名、毛利元就《もうりもとなり》が支配していた。

しかし、孫の毛利輝元《てるもと》が、関ヶ原で、西軍の総大将となって敗れると、東軍の家康は、毛利家の領地を、八か国百二十万石から、長門《ながと》（山口県東部）と周防《すおう》（山口県西部）の二か国にへらし、のこり六か国には、関ヶ原のあとで徳川家についた外様《とざま》大名をおいた。

だがのちの三代将軍家光は、中国が外様ばかりでは危うい、と気づいた。

そこで、松平直政を、信濃国《しなののくに》（長野）松本城から、寛永十五年（一六三八）、松江藩へうつし、松江藩松平家を、中国地方における幕府側の拠点としたのだ。

ところが、九代目藩主の斉貴が参勤交代もしない遊蕩三昧《ゆうとうざんまい》につき、押しこめ隠居させられる政変があり、十代目として、美作国《みまさかのくに》（岡山）、津山藩主の松平家から、四男の定安《さだやす》が、婿養子となって来たのだった。

もっとも、お相手の姫はまだ四歳。藩主不在の間をうめる中継《なかつぎ》であると、新しい殿、定安はみずからわきまえていた。


一年前の嘉永七年（一八五四）正月十四日、二十歳の定安は、将軍の継嗣《けいし》問題と開港にゆれる江戸をたって、初めて国もとの松江へむかった。

東海道をすすむ道中、戸塚宿《とつかじゆく》（横浜）にさしかかったとき、

「殿、アメリカ国の旗をかかげた七隻の大艦隊が江戸湾に入り、ただいま近くを航行中とのことにてござります」と、急報をうける。

定安は、初めての大名行列で、夷狄《いてき》来襲の洗礼をうけ、松江藩の軍政をあらため

ねばならぬ、と痛感したのだった。

一か月後の二月はじめ、松江に到着した。

出雲国松江藩は、十八万六千石、人口は二十九万。

城下に入ると、一行は歩調をゆるめた。日雇いの踊り手が威勢よく声を発し、手足をふりあげて舞い、華やぎをそえる。

定安は駕籠《かご》の窓をほそくあけ、御簾《みす》ごしに外を見た。寒さに肩をすぼめつつも、新しい殿のお国入りを、興味ぶかく見物する農民、町人の身なり、顔色をながめた。

……この民草《たみくさ》をおさめ、出雲国と松平家をまもるのが、わが務め……。

やがて、長い木橋をわたり、広い川をこえていく。

橋のすぐ西に広がる宍道湖《しんじこ》から、東の中海《なかうみ》へ流れる大橋川だ。城下町を南北にわける流れである。

欄干《らんかん》の擬宝珠《ぎぼし》も美しい橋をすすんでいくと、なんとなしに水の匂いがする。海水と淡水のいりまじる宍道湖のやわらかな匂いだった。

橋のたもとの界隈《かいわい》は、商いと水運でにぎわい、黒瓦に白壁の商家、廻船問屋が軒をつらね、舟や帆船が、船つき場に碇泊している。

大勢の商人《あきんど》や丁稚《でっち》が表へ出て、若殿をむかえた。

城にちかづくと、掘割《ほりわり》が町をめぐる水の都となった。小舟のゆきから水路にかかる橋を、いくつもわたっていった。

松江城が近づいてきた。濠《ほり》の水辺は静《しず》けく、石垣に緑陰《りょくいん》を落とす松の風も清《さや》かである。

天守閣は、渋墨《しぶずみ》を塗った黒い板壁が重々しく、剛直《ごうちょく》な印象である。

築城が始まったのは、慶長十二年（一六〇七）。

関ヶ原の戦いからわずか七年後であり、戦国の世のなごりある実戦的なしつらえだ。

城郭《じょうかく》に侵入した敵へむけて、石を投じる石落《いしおとし》、城内から鉄砲と矢をはなつ小窓の狭間《はざま》も、いたるところにそなわっている。どことなく、古武士のごとき趣《おもむ》きがある。

定安は、三の丸の藩主屋敷に到着した。

松江は茶の湯の町である。

薄茶がたてられ、七代藩主の不昧《ふまい》好みという菓子が、供《きょう》された。

名は若草。

柔らかなぎゅうひを、早春の芽ぶきを思わせる草緑の寒梅粉《かんばいこ》が包み、ほろほろと甘く舌の上にとける。

水がよいのであろう、茶がうまい。器はさりげなく、これ見よがしのところがない。

平素から茶をたてるという松江人の味覚、審美眼はあなどれないと、定安は思った。

一服すると、待ちかねたように言った。

「天守閣は、さぞ眺めがよかろう。あがって、景色を見たいものだ。案内《あない》してくれ」

松江は、外様《とざま》の雄藩に包囲されている。まずは地勢をみきわめ、防衛と攻撃の策をねる。兵法《へいほう》である。

定安は五層六階の天守をのぼっていった。階段は急にして暗い。だが桐の踏み段は、ちりひとつなく、つややかに磨かれ、白足袋の足もとがうつるほどである。

心ばえのよい城だ……。

定安は思いつつ、最後の梯子《はしご》段をのぼりきり、望楼《ぼうろう》へあがると、にわかに目を細めた。まばゆい夕日がさしこんでいた。

窓辺によると、城下町の西に、宍道湖が橙《だいだい》色に光っていた。

蜆《しじみ》や鮒《ふな》をとるのだろうか、輝く水面に棹《さお》さして小舟が浮かぶ。荷をつんだ帆かけ舟は、斜陽をうけて影となっている。

あかね色の空のかなた、丸い陽が燃えて、湖面に金色の道がひとすじにのびていた。

「宍道湖の夕やけは、諸州に名高い絶景にてござります」

家老の大橋筑後《おおはしちくご》が、背後にひざまずき、遠慮がちに声をかけた。

有能だが思慮深く、万事に控えめな男である。義理がたく、しきたりを重んずる。体面も保つ。それだけに、人目とか、世間体を気にやむ苦労性だ。典型的な松江藩士ともいえる。

「湖のむこう岸は、出雲平野、米どころにござります」大橋がつづける。「平野がつきて海へ出るところに、杵築《きづき》の大社《おおやしろ》がござります。大国主命《おおくにぬしのみこと》をおまつりしてござります」

「さっそく参拝しようぞ。お国の安泰と、夷狄撃退を祈念しよう」

大社では、ペリー来航後、朝廷と公家から「外夷慴伏《がいいしょうふく》」、つまり野蛮な異人が、神国《しんこく》の威徳《いとく》を畏《おそ》れ、ひれ伏すように、という祈願が、くり返しよせられていた。

「平野のむこうには、石見国《いわみのくに》。幕府直轄領の大森《おおもり》石見銀山がござります。そのさきは親藩の浜田藩。さらに本州の端は、外様の長州藩三十六万九千石がひかえております」

藩主の毛利家は、領国を大きく減らされ、徳川家には積年のうらみしかない。うわさによると、長州では、正月、殿の御前《ごぜん》に家臣がつどい、

「殿っ、今年こそ、いざ関東征伐《せいばつ》を」

「いや、まだ時期ではあるまい、しばし待て」

と、やりとりするのが、常であるらしい。

冗談めかした風評にすぎないが、徳川家につらなる定安にとって、長州は、油断のならない雄藩だった。

望楼の東に立てば、城下町の甍《いらか》がつづき、その先は中海。

遠くに伯耆《ほうき》富士とよばれる白雪の大山《だいせん》が、西日を浴びて紅《くれない》に浮かびあがっている。

その山すそは、やはり外様の鳥取藩三十二万石。東の因幡国《いなばのくに》、西の伯耆国《ほうきのくに》の二か国をかかえる大藩だ。

藩主は、池田慶徳《よしのり》、十九歳。

水戸烈公とよばれる尊攘派の藩主、徳川斉昭《なりあき》の五男として、江戸小石川《こいしかわ》の水戸藩邸に生まれ、鳥取の池田家に入った。将軍家定の後継として、名があがっている慶《よし》喜《のぶ》の兄である。

鳥取に来た若い藩主、慶徳は、父の薫陶《くんとう》をうけて、勤王と攘夷の水戸学を奉じていた。

城の北は……。

小高い山なみが屏風《びようぶ》のごとくつづき、むこうは日本海。松江は海からへだたり、異国船がじかに攻め来ることはない。

「されど沖合に、黒船があらわれ、その数は増えております」

大橋が語ると、定安は、「ならば、ただちに海岸の砲台を視察しようぞ、新式の大砲も設置しよう」と、凛然《りんぜん》と答えた。

その声よし。意気ごみ、なおよし。ふたたび望遠鏡で遠くを見る即決即断の若い殿を、大橋はたのもしげに見あげた。

しまいは城下の南。

中国山地の雪の峰々が、百里にわたって重なり、まもりは固い。

「あの山中にて、砂鉄をとかして、たたら製鉄がおこなわれ、名刀の玉鋼《たまはがね》が作られております。この鉄が、わが藩を潤しております」

だが、山脈をこえた瀬戸内《せとうち》には、外様の岡山藩三十一万五千石、同じく外様の広

島藩四十二万六千石の大藩がならびたつ。

こうしてみると、山陰に、十万石をこえる徳川の親藩は、松江藩のみ。

このさき、開国か、攘夷か、幕府と外様大名の方針がわかれると、松江藩は孤立して、逆境におかれるかもしれぬ。

定安は、手すりに両手をあずけ、甍《いらか》がつらなる城下を、いつまでも見おろしていた。

この一軒一軒に、沿道にわれをむかえた町民の暮らしがあり、日々の悲喜こもごもがある。

日は湖の果てに沈み、残照の家々から、夕餉《ゆうげ》のうす煙がたちのぼる。店の軒さきにつるした長提灯がともると、黄昏《たそがれ》が、にわかに濃くなった。

輝いていた湖水は、墨色の眠りにしずまり、翳りゆく空に、紫の雲がたなびく。

やがて城下町に、薄闇《うすやみ》の帳《とばり》がおりていった。

なにがあろうとも、松江を、戦火にさらしてはならぬ。

民をまもり、この城を、この町を、次の藩主に伝えねばならぬ。次の藩主、それはおそらく、わが子ではないだろう。前藩主の息子であろう。津山藩から来た定安は、わかっていた。

だが、いかなる世となろうとも、出雲国と松江藩松平家をまもりぬく。それが藩主として招かれたわれの使命だ。

徳川家に忠孝をつくし、武家の名誉にかけて、命がけで使命を果たそう。みやこでかまびすしい倒幕論なぞに、断じて屈しはせぬ。

定安は、初めて天守にあがったこの日、夕映えの城下に誓ったのだった。

以来、定安は、鉄をとかす反射炉の建設、藩兵の洋式編成、洋銃と大砲の調練、外国製の蒸気軍艦の購入検討……と、改革にとりくみ、松江から江戸へ、また国もとへ、精力的に行き来した。

そして安政二年五月。

松江へむかう道中、京をとおり、その大名行列を、甃介と了三が見守ったのだった。

華麗な塗りの長棒駕籠《ながぼうかご》には、護衛の藩士が、前に五人、左右に二人ずつ、後ろには二十六人、つき従っていた。つづく長持《ながもち》や箱は、黒漆《くろうるし》塗りに葵《あおい》の金紋がえがかれている。

警護が甘くなる隊列のしんがりには、家老の乙部《おとべ》勘解由《かげゆ》ひきいる屈強な武士の一団が、強面《こわおもて》の目を光らせ、威風堂々、歩んでいく。

馬上の乙部は、見るからに気性の荒く、かつ気位の高い武人の風貌だった。剣をふるう戦場にあってこそ、本領を発揮する屈強な体軀《たいく》である。

二刀をさした勇壮な武士の集団を見ながら、了三が言った。

「みかどの治世にもどすと言っても、出雲国ひとつとっても、松江藩を倒すのはむずかしい……。それでもわれらは、国を開いた幕府を討ち倒し、天子さまの世を作らねばならぬのです」

若葉がしげり、その影が、甃介の燃えるような顔《おもて》を、青く染めていた。

三　ふたりの花嫁

安政二年（一八五五）陰暦五月　隠岐

みやこから加茂へ帰った甃介は、水若酢神社へむかった。

中沼塾で垂加神道をおさめたものとして、ふるさと第一のおやしろに、無事帰国のお礼参りにあがったのである。

水若酢神社は、第十六代、仁徳《にんとく》天皇の御世《みよ》の創建《そうけん》とつたえられる。鳥居をくぐり、玉石《たまいし》の参道をたどる。盛夏の強い陽ざしのもと、松の影が濃い。

拝殿に柏手《かしわで》をうち、面《おもて》をあげると、

「おお、甃ちゃん、帰ったか」いとこの正弘が太い声をかけ、毛虫のような眉がさがった。

白の薄ものに、水浅葱《みずあさぎ》の袴《はかま》をつけ、若い宮司《ぐうじ》の姿になっていた。

おきよは、十六になったはずだった。縁談が舞いこんでいる、そう父から聞いているが、どうしているのか……。

神官になった正弘に切り出しかねたまま、ふたり肩をならべて、老松《おいまつ》の影深い境内から、屋敷へ歩いていく。

年に一度の春祭りに、同じ年ごろの毅男、官三郎、冬之助と、境内の裏で遊んだ楽しさが、蛰介の胸によみがえった。

鬼蜻蛉《おにやんま》が、少年の日の思い出を、透きとおった羽にのせて、飛んでいった。

あのころ……。土間に入ると、おなつ叔母が「蛰ちゃん、よう来たね。また背がのびて」と声をかけてくれた。小豆《あずき》を煮て、春のよもぎの草餅を焼いてくれた。そばで小さなおきよが手伝いをしていた。

だが蛰介がみやこにいる間に、叔母は若くして亡くなった。紺の前かけ姿を思い返すうち、目の前がにじんだ。

その叔母が、娘時代にもどって、白い山百合を手に、お勝手から入ってきた。

これは……。

おきよだった。二年ほど見ないうちに……。

花をさがして野を歩いたのだろう。顔は上気して、首すじの白さがきわだっている。絵もようの広瀬絣《ひろせがすり》の胸もとが、やさしくふくらんでいる。山百合の香《か》が、むせるようだ。それとも、娘ざかりの匂いだろうか。

鬶介は息づまる思いで、咳《せき》ばらいをした。

おきよも、はにかんでいる。京帰りの青年が、あか抜けて見えたらしい。

といっても、幼なじみのいとこ同士である。正弘もまじえて、西瓜《すいか》にかぶりつくうちに、気づまりもとけていった。

南方村の冬之助がひょっこりやってきた。かれも数年ぶりだった。冬之助は、地主職をついで、すでに妻子もあった。しかし鳶色の明るい瞳も、引きしまった体つきも変わらなかった。

「冬之助、ちょうどよいところへ来た」鬶介が言った。「実はの、水戸学から書かれた『大日本史』をみなで輪読して、みかどと隠岐についてまなぼうと考えているのだが」

正弘も冬之助も大いに賛同してくれた。仲間をさらにつのり、みやこの書店にはらう本代を分担しようと、話がまとまった。

「ところで、鬶ちゃんがおらん間《ま》に、米の値が、えらいあがったぞ」冬之助が言った。

隠岐では、米が充分にとれない。よって年貢は、米ではなく、銀でおさめる。長崎に出荷する俵物、鯣《するめ》、干椎茸《ほししいたけ》、杉材、漆を売って、銀を得るのだ。

銀で税をおさめても、島ではまだ食べる米が足りない。そこで松江藩は、出雲米を本土から船ではこび、米問屋を通じて払い下げる。その米が値上がりして、小作の百姓は米を買えなくなったという。

しかも銀納する年貢は、石高《こくだか》や収穫量ではなく、米価をもとに計算される。たとえ凶作で米がとれなくとも、米価があがれば、年貢も重くなる。百姓は、減作、物価高、重税という、三重の生活苦に襲われていた。

「不作なのに年貢があがる、こんな馬鹿な話があろうか。松江藩は租税のあり方を、抜本的に改革せねばならん」と正弘は言い、「ここだけの話だが」と、声を落とした。「西郷の町の米問屋には、陣屋の役人に付け届けをして、米の値段をつりあげる者がおるらしい。藩の役人が袖の下をせびる、といううわさもある」

不正には、甃介も、心あたりがあった。

「米だけじゃないぞ。陣屋の役人は、海産物の問屋とも癒着しておる」

加茂は、南に大きな湾がひらけ、鰈《かれい》、鰤《ぶり》、鯖《さば》、若布《わかめ》を産し、干物《ひもの》、塩魚に加工すると、高い商品価値が生じる。

それを漁師が、対岸の境港や米子《よなご》へ、小船で売りにいけば、利益は丸々、ふところに入る。だが、松江藩は禁じている。

水産物は、藩が指定する隠岐の廻船問屋だけが、松江の問屋へはこび、藩の市場を通じて、諸国に売りさばく決まりだった。もちろん、様々な抜け道はあったが、それが建前だった。

松江藩は、売り上げの上前をはねて財源とする。問屋は、取引を独占できる。そこで役人に、つかませたり、握らせたりする。

「藩のやつらは、隠岐を食いものにしているのだ」正弘が苦々しげに言った。「郡代やら代官やらが松江から島に来ても、二、三年の任期が終われば、帰っていく。島民のくらしなど、親身に考えてはおらぬ」

忌部家は神道《しんとう》であり、仏教を保護する幕藩には、もとより辛辣《しんらつ》だった。

おきよは、床の間にむかい、山百合をいけている。正座のうしろ姿、うなじの後れ毛に、甃介は、つい見惚《みと》れていた。尻の下にそろえた素足のかかとが、桃色に光っている。

正弘の話を、聞かねばならぬ……。が、ときどき、うわの空になった。

とんとん拍子で、縁組みが進んだわけではない。

水若酢神社は、平安初期の『続日本後紀《しょくにほんこうき》』、『延喜式《えんぎしき》』の神名帳《じんみょうちょう》にも、社名がある。千年をこえる由緒があり、島後の旧家はもとより、本州の古い神社からも、縁組みがもちこまれる。

ましておきよは器量よしだ。

「おきよを嫁にむかえたい」

鶖介が言うと、鶖介の両親は乗り気だった。いとこ結婚は、島では珍しくない。

だが肝心のおきよが、はっきりしない。

それとなくたずねると、豊かな黒髪を結った頭でうつむいたまま、「鶖ちゃんのことは、親戚としか、思えません」と、畳の目を、ひとさし指でなぞる。

まっ赤な顔をして、うっすら汗をかいている。その気があるのか、ないのか……。

一年かけて、ようやくまとまり、祝言《しゅうげん》をあげた。鶖介の喜びもひとしおだった。

おきよは手仕事が好きで、小作が作った白い棉《わた》の実から黒い種をくり出して、上手に細い糸に紡《つむ》ぐ。ひとりしずかに機織《はたお》りや縫いものを楽しんでいる。針をもつ手は白い。指のつけねにくぼみがあって、形がいい。野良《のら》に出ない女だけがもつ、やわらかな肌をしている。髷《まげ》をほどくと、黒い髪が、腰までつややかに流れる。

鶖介は、おきよに溺《おぼ》れていた。

井戸ばたで、新妻のおきよが足を洗っている。夏の午《ひる》さがり、日が照りつける裏庭に、油蟬《あぶらぜみ》がやかましい。

おきよは、あたりをうかがってから、麻衣《あさごろも》のすそを帯にはさみ、おはしょりにした。ふくらはぎが、むき出しになった。はっと息をのむほど、白いすねだった。

よしずの夏襖《なつぶすま》をたてた座敷から、甃介が見ているとは気づいていない。たすき掛けにした袖で、おきよは井戸からつるべを引きあげ、水をふくらはぎにかけては、目を細めている。草いきれの畑からもどった足に、冷たい水が心地よいのだろう。

かたわらに置いた竹籠の長茄子《ながなす》にも、水しぶきがかかり、きらめいている。いっそきものを脱いで、行水すればよいものを。汗を流せば、さぞ気持ちがよかろう。洗い張りの大盥《おおだらい》に、井戸水をくんでやるものを……。

だがおきよは慎み深い。白昼の水浴びなど、もってのほかだ。

甃介は、おきよの裸身を見たことがない。せんだっての晩、月光がさし、寝みだれた黒い髪、ほの白い背中が浮かびあがった。だが、この女の全体の形を知らない。

甃介は、われ知らず思い浮かべた。おきよが一糸まとわぬ姿となり、盥《たらい》に行水をするさまを。

若い体が熱くなった。蟬しぐれ、ますますさわがしい。

その秋は豊作だった。加茂の田には黄金の稲穂がたれている。

浜は大漁にわいて、一日百両のにぎわいである。

加茂の湾は水清く、春は白魚《しらうお》、蛤《はまぐり》と蛸《たこ》、夏は造りにすると極上の鱸《すずき》、冬の河豚《ふぐ》、平貝《たいらがい》も知られる。漁を主として、農が従、舟は百艘《そう》ほどもある。

新妻とむつまじく暮らす喜びのうちに庄屋職にかける意欲もわいて、父から、いろいろの仕事を教わった。

甃介は、農家をたずね歩いて、米、そば、小豆の作柄を調べ、年貢を計算した。田畑に水をひく川、貯水池の見まわり、菜種《なたね》や麻の栽培指導、港の水あげ量、人員数の調べ、舟と牛馬数の把握、鎮守の賀茂那備《かもなび》神社の祭りの世話役、村人の冠婚葬祭、もめごとの仲裁まで、庄屋のつとめは多岐にわたる。陣屋の会合に出て、松江藩のお触《ふ》れを村人につたえる役目もある。

やがてみやこの本屋から桐箱におさめられた『大日本史』が届き、正弘、冬之助、上西村の官三郎らと輪読する勉強会を始めた。

そうして三年の月日がすぎて、待ちのぞんだ赤ん坊が生まれた。長いまつげ、つぶらな瞳、おきよによく似た娘だ。おもと、と名づけた。甃介は二十四で、父親になった。

おもとがむずかると、甃介はむつきをかえる。夜泣きをすると、いとわず起きて、よしよしとあやし、おぶって庭を歩きまわる。白湯《さゆ》を飲ませ、音っぱずれの子守唄までうたう。

あの甃介が、まるで人が変わったようだ。父母は驚きながら、目を細める。

背中のおもとが、日に日に重くなっていく。あたたかな重みは、甃介の喜びだった。若い父は愛娘《まなむすめ》をおぶい直し、満ちたりた吐息をもらした。

みやこでは、宮中に仕える了三に、思いがけない危機がせまっていた。

安政五年（一八五八）、了三と同じ闇斎学《あんさいがく》の儒者にして、攘夷を語る梅田雲浜《うんぴん》が、幕府にとらえられ、囚人として江戸へ護送されたのだ。生きては帰れまい、というのが、もっぱらのうわさだった。

鎖国をといた幕府は、大老の井伊直弼《なおすけ》が中心となり、今度は孝明天皇のお許しを得ないまま、アメリカと通商条約をかわし、貿易を始めた。

将軍家定の後継をめぐって、井伊と対立していた尊攘派の大名、武士、公家は、井伊が決めた開港に猛反発して、こぞって大老を非難した。

中沼塾では、毅男が口角泡をとばして、井伊の大罪を罵倒した。各地の私塾につどう尊攘の志士たちも、「井伊を天誅《てんちゅう》せよ」と勢いこんでいた。

追いつめられた井伊は、敵対する勢力を片っ端からとらえ、百余名を投獄して、一部を処刑。

安政の大獄とよばれる弾圧となった。

了三は、郷里の島後に暮らす弟へ、書簡を送った。

……安政五年十二月には、みやこの二十人が、罪をうけて関東へ送られ、この春も、およそ二十人が逮捕、罪人として連行されました。頼三樹三郎《らいみきさぶろう》、梅田雲浜、橋本左内《さない》といった高名な学者もいらっしゃいます。左大臣、右大臣、内大臣といった、お公卿《くぎょう》さまも、辞官、謹慎《きんしん》、または出家させられ、禁裏《きんり》は大いに混乱し、前代未聞の事態であります。……

了三が朝廷で顔をあわせる近衛家《このえけ》、三条家《さんじょうけ》、鷹司家《たかつかさけ》、その家臣も、幕府の吟味《ぎんみ》をうけた。公家でさえ、おたずねをうけている。自分のような儒者は、手荒に捕縛されるのではないか。

ところが安政七年、井伊大老は、江戸城桜田門外にて、水戸脱藩浪士らによって暗殺された。

「水戸の剛《ごう》の者よ、あっぱれ、大老に処刑された勤王志士の仇《かたき》を討ってごいたわ」

毅男が喝采したように、みやこの尊攘派は、大いに溜飲をさげた。

だが、意外ななりゆきとなった。

公武合体である。

孝明天皇の妹、和宮《かずのみや》を、十四代将軍となった徳川家茂《いえもち》の正室としておむかえしたいと、幕府がもちかけてきたのだ。

大老暗殺に恐れをなした江戸の幕臣たちは、幕府の老中が独断で政治をおこなうのではなく、朝廷と協力して国難にあたろうと考えたのだった。

孝明天皇は、色よい返事をしなかった。

なぜなら和宮には、有栖川宮熾仁親王《ありすがわのみやたるひとしんのう》という許嫁《いいなずけ》がある。和宮はまだ十五の若さ。遠い坂東《ばんどう》へくだらせ、しきたりの異なる武家へ嫁がせるのは、不憫《ふびん》というもの……。

みかどの心を動かしたのは、平公家《ひらくげ》で、侍従《じじゅう》の岩倉具視《ともみ》だった。

「和宮さまのお輿入《こしい》れと引きかえに、幕府に攘夷をせまるのです」みかどは異人嫌いで知られていた。岩倉は続けた。

「傾いたとはいえ、いまだ徳川家には、諸藩に君臨する権威がございます。お輿入れをつうじて、幕府の権力を朝廷の威光とし、ゆくゆくは政権をうばい返すのです」

いっぽう、侍読《じとう》としてみかどにお仕えする了三は、降嫁に反対した。

「将軍家といえども、武士は刃《やいば》を使い、殺戮《さつりく》をする者。首をとる、腹を切るの野蛮をなす、下々《しもじも》の者にてござります。

宮さまは神々《こうごう》しくも聖なる存在であられます。武家の血の穢《けが》れ、しかばねの不浄に、お近づけしてはなりませぬ」

だが、一介《いっかい》の侍読の考えが、取りあげられることはなかった。

元号《げんごう》が、文久《ぶんきゅう》へ変わった年の錦秋のころ、お輿入れをする和宮が、数千人の公家と官女《かんにょ》をしたがえて京を発ち、江戸へむかった。

ご出立《しゅったつ》の桂宮《かつらのみや》邸近く、了三は正座して、菊の御紋の荷の数々をはこぶ古式ゆかしい隊列を見送った。

輝く秋の日をあびて、銀杏《いちょう》の金色《こんじき》の葉が、宮さまの御輿《みこし》にふりかかるなか、おごそかな行列は、東へ、東へ、みやこ落ちしていく。女官の錦《にしき》の衣が光り、あたかも金箔をおいたみやびな王朝絵巻を見るようだった。

皇女が武家へ嫁ぎ、東国《とうごく》へくだるのは、神武以来、初めてである。京の禁裏で、千年以上にわたり華《はな》ひらいてきた皇室のみやびな伝統が、いま、失われようとしている。永遠にとり返しのつかない瞬間に、自分は立ちあっているのではないか。

了三は地面に両手をつき、おののきながら頭《こうべ》をたれた。無念にゆがむ頬をつたい、一滴、また一滴、こぼれるものがあった。

四　大塩平八郎の門弟

文久二年（一八六二）陰暦九月　島後

蟄介が隠岐の加茂へもどって、七年の歳月が流れた。

村をとりかこむ山々は色づき、田は刈り入れの時をむかえた。百姓は、刈った稲を藁《わら》でたばね、穂先を下にして、竹を組んだ稲かけに干していく。日があたり、実った稲の匂いが満ちていた。

蟄介は田をまわり、出来高を見積もっていた。このころには、すべての村びとの顔と名前、屋号、身内をおぼえていた。

この秋は、はしかが流行《はや》っていた。村から死人も出ている。稲刈りを見てまわりながら、蟄介は病人の家も見舞った。病気の広がりを調べ、患者の数をつかみ、陣屋に報告するのである。

その忙しいさなかに、三つになった娘のおもとが熱を出した。くしゃみ、咳もする。

村医者に往診をたのむと、風邪だろうと、桂枝湯《けいしとう》を処方した。島にはまだ、西洋学問の蘭医はいない。昔ながらの漢方医である。

鴛介が土瓶に煎じてやると、おもとは小さな口をあけ、おとなしく薬を飲みほした。

熱はおさまった。妻のおきよも、やっと笑み顔になった。

秋鰺《あきあじ》を焼いて、身をほぐしてやると、娘は喜んで食べた。

安堵したのもつかの間、また熱があがった。首すじに赤い発疹《ほっしん》が出ている。

「もしや……」

鴛介は、片手でおもとを背におぶい、片手に提灯《ちょうちん》をさげ、夜道を急いだ。

「はしかだ」見るなり、医者が言った。発疹は、顔と胸にも広がっていた。

「発熱性の伝染病とくれば、葛根湯《かっこんとう》であろう」

やぶ医者は、どんな病《やま》いにも葛根湯を出すという。

内心、いぶかしんだが、鴛介は素人《しろうと》だ。黙っていた。

煎じて飲ませた。

だが熱はさらにあがった。発疹は体中に広がり、見るも痛々しい。かわいい顔が赤く腫《は》れあがっている。意識はうすれ、甃介が呼びかけても、目もあけなくなった。

この年、全州で、はしかが流行。江戸では二十六万人が死んでいた。

加茂でも、漁夫や百姓が床に伏した。多くは、どうにか回復する。だが高熱にうなされたまま、息たえる者もいる。

おもとの熱は、さがらなかった。ときおり体が痙攣《けいれん》する。病いが脳へまわったのかもしれない。

おきよは、苦しげな愛娘に寄りそい、夜も離れようとしなかった。

「わたしが眠っている間に、なにかあったら、この子が可哀そうです」徹夜で濡れ手ぬぐいをとりかえる。

やがて、虫の息となった。

死神がつれ去ろうとしている子を引きとめるように、おきよは布団から娘を抱きあげ、頬ずりしながら、「逝《い》かないで、おもと、死なないで」とすすり泣いている。

翌日、おもとは亡《な》くなった。

菊の節句だった。

赤い手まりが転がる枕もとに、おきよがへたりこみ、泣き叫んだ。

「おまえさんが、はしかの出た家をまわりなさるから、おもとに、うつったんです。

おまえさんのせいで、おもとが死んだんです」

　鵔介は唾《つば》を呑みこんだ。思わず、妻の面《おもて》をうっていた。

　かれ自身、もしや自分のせいではないかと、後ろ暗《ぐら》かった。悔やんでも悔やみきれない苦しさに苛《さいな》まれていたところに、図星をさされ、逆上した。

「病人を見てまわったのは庄屋の役目じゃ。なんの文句がある」怒鳴りつけた。

　おきよは、ふたりめの娘を産んだばかりだった。おつきと名づけた赤子に乳をふくませ、日にいく度も、むつきを替えて洗い、疲れ果てている。

　やつれた女房にあたり散らす未熟な自分を、鵔介はさらに憎んだ。

　おきよは、言い返さなかった。夫に愛想もつきたように背をむけ、少しずつ冷たくなっていく娘を、泣きながら抱きつづけていた。

　墓所は、裏山をあがり、加茂の入江を一望におさめる一角にあった。小さな墓石をたて、白菊をそなえた。

　赤子《あかご》をおぶったおきよは、墓前にしゃがんだまま、うつろな目をしていた。鵔介には顔をむけなかった。

　枯れ色の草むらに、鈴虫が一匹、鳴いていた。澄んだ声色が響きわたり、秋の静寂がきわだつ。

　夫婦《めおと》は子を亡くして、きずなを強めることもあれば、埋めがたい溝の左右に離れていくこともある。

黙介とおきよは、唇を結んだまま、冷たいさざ波の寄る秋の海を、ぼんやり眺めていた。

黙介は、西郷の陣屋へ陳情にあがった。

「はしかは、はやり病いです。手をうたねば、さらに多くの死人が出ましょう。加茂でも、畑を耕す者、漁に出る男が亡くなりました。貧しい農民は煎じ薬を買う余裕もなく、ただ横になって死んでいきます。夫や子を亡くした女たちは泣き伏し、機織りもできません。このままでは村がすたれます。掛け小屋をたて、病人を隔離し、薬湯《くすりゆ》を飲ませねばなりません。お力をお貸しください」

庶務の藩役人は、「まずは、松江城の隠岐役所におうかがいをたてねばの。島の一存では動けぬ」と、にべもない。「掛け小屋、煎じ薬も、金がかかるしのう」黙介に面倒をもちこまれ、困惑顔だった。「そこまで言うなら、おぬしが医者になり、薬をあたえればよいではないか」

黙介は憤然として、陣屋をあとにした。

……小役人めっ。手順や費用ばかり気にして、まるでやる気がない。正弘が言うように、数年の任期で来て、松江へ帰っていく役人は、島民の暮らしなど、考えてはおらぬ……。

はしかだけではなかった。疫病の周期的な流行は、島を荒廃させていた。四年前の安政五年（一八五八）には、「ころり」が村を襲った。発熱、吐瀉《としゃ》、米のとぎ汁のような下痢から、死にいたる伝染病のコレラだ。

長崎に入港した米艦ミシシッピ号がもちこんだ菌が、まず西日本へ広がり、松江の城下でも初めてコレラが流行して、多数が死亡した。江戸の死者は、三万とも、十万ともいう。

諸州の船が入る隠岐でも猛威をふるい、農家や漁師の大黒柱がうしなわれた。

それから四年たち、今度ははしかだ。

からくりはわからぬが、はしかは、ひとたび病むと、二度とかからない。甃介はすでに患《わずら》っている。医術の心得があれば、村人を救える。

「おぬしが医者になり、薬をあたえればよいではないか」藩役人の言葉が、ふとよみがえった。

漢医学をまなび、家に薬をおいて、村の病人を助けよう。これ以上、村人を死なせてはならぬ。娘の死を、無駄にしてはならぬ。

晩秋の田舎道を、甃介は歩いていた。

千歯《せんば》扱《こ》きも終えて、稲かけをとりはらった田は静まり返っている。有木村《あらきむら》に、医者の西村常太郎《つねたろう》をたずねるところだった。

常太郎は、開業して六年の若い漢医だが、世評が高かった。長患いでも、さまざまに薬を調合して治してくれる、感染も恐れずにコレラの患者をみてくれる、小作には、元気になったら芋《いも》でも栗でも持ってこいと言って金をとらぬ、という。

弟子いりして、教えを請《こ》いたいと思った。

甃介の関心は、医者としての高名《こうみょう》だけではなかった。

常太郎は、大坂から来た流人《るにん》だった。

人殺し、盗みの罪人ではない。

大塩平八郎の乱、首謀者の息子、という話だった。


大塩の乱は、天保《てんぽう》七年（一八三六）の凶作で、飢餓にたおれる大坂の民を見すごしにした幕府の苛政《かせい》、不足する米を買い占めて値をつりあげ、暴利をむさぼった米問屋の不徳をただすため、翌年、大坂町奉行所の与力《よりき》をつとめた大塩平八郎とその門人が挙兵して、奉行所と米商人を襲い、飢えた民衆に米をくばった反乱だ。一日で幕府軍によって鎮圧され、大塩は自刃《じじん》した。

隠岐に流された常太郎の父は、河内国《かわちのくに》（大坂）弓削村《ゆげむら》の豪農、西村履三郎《りさぶろう》。済世《さいせい》救民《きゅうみん》、世をすくい民をすくう大塩に共感し、財政的に支援した門弟だった。

履三郎は、乱に出陣したのち、江戸へ逃亡したものの、病死した。

のちに幕府の探索により、墓をあばかれ、遺骸は塩漬け、樽づめにして、大坂へ運ばれ、刑場にさらされた。

親の罪は子にもおよび、常太郎は流刑となったが、かれはそのころ、まだ六つ。

そこで十五になるのを待って、弘化三年（一八四六）、涙で見送る母と別れ、隠岐島後へ流されたのである。

島では、有木村の庄屋、黒坂弥左衛門が身元引受人となり、屋敷に住まわせ、世話をしてきた。

甃介は、黒坂家へ書物を借りにいくと、弥左衛門から、大塩の乱について、話を聞いていた。

悪政をただし、飢えた民をすくう……。

幕府の元与力、大塩平八郎が、幕政を批判し、民をすくうため、庄屋や富農とともに叛旗《はんき》をひるがえした大塩の乱は、幕府はもとより、諸国に衝撃をあたえ、世直しをもとめる百姓一揆《いっき》が、各地でまき起こった。

島後の庄屋たちにも、大塩の名は伝わっていた。

その常太郎に、蟄介は、興味があった。死を覚悟して幕府の役所を襲い、民をすくおうとした男を父にもつ常太郎とは、どんな男か。世評の高い同世代の男への競争心もあった。

常太郎は、留守だった。

妻女のおいかが言うには、薬箱を背おって、往診にいったという。

「しばらく待たせてくだされ」

土間のあがり口に腰かけた。となりの六畳間には医書《いしょ》、薬草書、儒学の典籍が見える。ほかは質素なしつらえだった。

つがいの鶏が、枯れ草の間をつついている。柿をむくおいかは、身ごもっているようだった。

晩秋の日が斜めに落ちかけ、くれないの夕もや漂うころ、常太郎は帰ってきた。人なつこい丸い目で、見知らぬ客人に笑みかけた。温かいまなざしだった。この笑顔だけでも、患者の心は休まるのだろう、蟄介は一目で察した。

用むきをつたえると、

「わたくしは、まだ、人さまに医術をお教えできるほど経験を積んどりません」かすかに上方《かみがた》ことばが残る。「境港《さかいみなと》の池淵玄達《いけぶちげんたつ》先生にまなばれては、いかがでしょう。わたくしが医業を教わった亡き恩師が、敬服されたお方です。わたくしは今で

流人船

も、薬剤の不明を、文《ふみ》でおたずねしております。なにしろ、島を出ることは、できませぬゆえ」

そうであった。常太郎は流人であり、島抜けは死罪だった。それを忘れるほど、ゆったりと落ちついて清潔な気配があった。

「わたくしのようなものの書状でもよろしければ、紹介状を書かせていただきましょう」

常太郎は硯《すずり》にむかい、墨をすった。龍脳《りゅうのう》の鎮《しず》かな香りが広がっていく。おいかが熱いほうじ茶をいれる。常太郎にむける顔つき、丁重なしぐさのどれひとつをとっても、夫を敬《うやま》う心が見てとれた。


あの男には、かなわぬ。

家路をたどりながら、甃介は、珍しく謙虚な思いにうたれていた。

月のある晩で、あたりはほんのり白く、足もとはかすかに明るかった。

「どうして医業を、志されるのですか」常太郎はたずねた。

長女をはしかで死なせた悲しみ、村民が病魔にたおれる窮状を語ると、常太郎は思いやり深い目でうなずいた。

「では、常太郎先生は……」

「大坂の港から隠岐へむかうとき、母が申しました。遠流《おんる》は、無期の刑。おまえとは、これが今生《こんじょう》の別れとなるだろう。常太郎よ、父上のお志、済世救民《さいせいきゅうみん》を忘れず、隠岐の人のために尽くすのです、と。

またわたくしの伯父も、医者でありました。大塩先生の義挙でけがをした父を手当てしたため、奉行所に捕《と》らえられ、拷問をうけ、獄中にて死にました。父の決起に共感して、命を助けようとしてくれた伯父の遺徳《いとく》と恩にむくいるため、医業をつぎたいという思いもございました」おだやかな口ぶりで語りながら、常太郎は、涙ぐんでいた。

あの男は、女房に八つあたりなど、決してせぬであろう。

文《ふみ》の筆跡もいかにも典雅で、奔放な筆づかいの甃介とは対照的だった。

あの若さで、ひとかどの人物、そう思わせる気色《けしき》がある。

甃介は、常太郎の成熟、徳の深さに、自分を恥じてさえいた。

常太郎は、六つの歳《とし》に、大塩の乱に出陣する父と死に別れた。母とは、十五の歳に、大坂で生き別れたという。

それから十六年……。親の罪をうけて流刑《るけい》となり、人には言えぬ苦労も、かなわぬ望郷のやるせなさも味わったろうに、いや、そのせいであろうか、人を包みこむ優しい目をしている。正義感に裏うちされた気骨も感じられる。

庄屋のひとり息子として、なに不自由なく生きてきた甃介は、かなわぬ、と正直に思った。

できることなら、常太郎と膝をまじえて、天に代わって道をおこなうことについて、世直しの義兵をあげた父上についていて、思うところを聞いてみたい。


常太郎の紹介状一封を懐中《かいちゅう》に、甃介は、船上の人となった。灰色の雪雲たれこめる冬の海を、帆船《ほぶね》にゆられてわたっていく。

めざすかなた、海のむこうに、白雪の大山《だいせん》がそびえていた。

行き先は、鳥取藩三十二万石の要港、境港。

日本海から、中海、宍道湖へ入っていく海峡に面し、北前船でにぎわう山陰随一の港町である。

甃介は、この年、文久二年（一八六二）から、農閑期になると境港へわたり、池淵玄達の門人として、漢方の修業を積むようになった。

『黄帝内経《こうていないきょう》』『傷寒論《しょうかんろん》』といった漢文の古医書、室町時代に書かれた日本の漢医書を読み、また本草学《ほんぞうがく》をおさめるのである。

出立の日、甃介は次女のおつきを抱きあげた。

「お父ちゃんは医術を勉強するぞ。お前が病気にかかっても、きっと治してやるぞ」鵞介は妻に誓うように言った。

漢医学に本気でとりくむ姿を見せて、女房の笑みをとりもどしたいとも願っていた。

さて、鵞介が師事する池渕玄達は、鳥取藩とつながりがあった。

そのころ、鳥取藩では、水戸徳川家から来た藩主のもと、佐幕派に対して、尊王攘夷派が勢力をのばしつつあった。

五　農兵と剣

文久三年（一八六三）陰暦三月

年が明けて、三月十日、島後全村の庄屋が、西郷の陣屋に呼びだされた。

なにごとであろうか……。

甃介は、父の代理として出席することになった。

春の西郷へむかい、陣屋へあがると、藩役所の大広間には、上西村の庄屋になった官三郎もいた。

背筋をのばした正座の後ろ姿ですぐにわかった。声をかけると、「おう」とふりむいた。官三郎も嫁をとり、息子をもうけ、旧家の当主らしい男ぶりがあがっていた。

となりには大久村の庄屋、村之助が、あぐらを組んでいた。大久の港に来た黒船を鋭くにらんでいた若い庄屋も、いまや、小鬢《こびん》に霜のみえる年ごろになっていた。

「加茂村、井上権之丞の息子にございます」座した甃介が頭を下げると、村之助は気難しそうな目を上げた。

「藩はまたわしらに負担を押しつけてきたぞ」

お触れの書面を、甃介は手にとって読んだ。

農兵令、とある。

……定安公は、このたび海防の藩兵を隠岐へ使わされたが、わが藩は、京のみやこ、山城国《やましろのくに》（京都）山崎の警護に加えて、江戸表《えどおもて》へも兵を出し、出雲の沿岸も防備しているため、さらなる兵を、島へ渡海させることができない。

そこで十七、八歳より五十歳までの勇壮の男を、農家から選び、農兵として組織されたい。

平時は、耕作に専念する。

非常時は、竹槍《たけやり》、弓、鉄棒をもって、馳《は》せ参じ、異人を殺す、または生け捕《ど》りにせよ。……

甃介は不服そうに首をふった。

春の村は、これから田起《たおこ》し、代搔《しろか》きでいそがしく、百姓は家に帰ると、口もきけぬほど疲れている。一家総出で朝から田んぼに出ている農家に、若い男を兵隊として出せ、というのか。しかもこの春は寒さがつづき、雨も少ない。不作が予想される年に、よけいな課役《かえき》だ。

甃介にかぎらず、広間の庄屋たちは一様に、難渋《なんじゅう》の面もちだった。

隠岐の農兵令は、もとをたどれば、孝明天皇の外夷嫌いに始まった。

皇女和宮の降嫁とひきかえに、朝廷は、幕府に攘夷をもとめた。この要請にこたえるため、ひと月前の二月、将軍家茂は、江戸からみやこへのぼった。

将軍が天皇に会うために上洛《じょうらく》したのは、三代将軍の家光以来、二百三十年ぶりである。

諸国の藩主も、天皇に謁見するため、つぎつぎ参内《さんだい》して、さながらまつりごとの中心が天朝にうつった観があった。

将軍の上洛にあわせて、松江藩主、定安も上京した。将軍が滞在する二条城の警備を、松江藩が命じられたのだ。

定安は、御所にあがり、孝明天皇に初めて拝謁した。

つづいて関白《かんぱく》の鷹司《たかつかさ》より、「粉骨砕身して外夷の一掃にあたられよ」、と朝命をうけたのだった。

そのころ、水戸藩士による江戸高輪《たかなわ》のイギリス公使館襲撃、薩摩藩士が生麦《なまむぎ》（横浜）でイギリス人を殺傷した生麦事件など、攘夷派による外国人殺傷があいつぎ、諸外国は、日本への反発と圧力を強めていた。

　定安は、ただちに国もとへ使者を送った。

「異国船の来襲にそなえて、日本海岸にて、軍事演習をせよ」

　その命が届いた松江では、三月四日、異国船対策の唐船番隊《からふねばんたい》三百名を、城に緊急召集した。

　松江は内陸にあり、海に面していない。そこで藩は、運河を三年がかりで開削。城から、宍道湖をへて日本海へでる水運をととのえていた。

　唐船番隊は、城の船着き場によせた帆船に乗りこみ、大砲も積み、新緑をうつす運河をぬけて日本海へでると、恵曇《えとも》の港に築いた台場から、海上へむけて砲撃演習をはじめた。

　そこへふたたび京の定安から急命がよせられた。

「兵の一部を隠岐へ派遣して、島後でも夷狄撃退の演習をせよ」

　そこで、一隊のうち百人が、アメリカ製の蒸気船、二番八雲丸《やくもまる》に乗りこみ、西郷へわたったのである。

　松江藩では、一年前の文久二年に、イギリス製の鉄造艦とアメリカ製の木造船を、長崎で購入。一番八雲丸、二番八雲丸と名づけていた。

それぞれ、大砲六門と四門、小銃を五十挺《ちょう》と三十挺そなえた軍艦である。鉄造の軍艦は、幕府と薩摩藩しか所有していないころであり、松江藩士の意気は高かった。

定安は、藩士を長崎へ送りこみ、舵《かじ》をとる操舵《そうだ》手、蒸気をあやつる機関士、大砲を撃つ砲術士を、異国人の航海士のもとで養成した。

松江藩は、列強のアジア侵略を、危機的にとらえていた。

イギリスは、上海、香港のほかに、ジャワ、シンガポール、セイロン、インド、ビルマを占領、統治していた。

フランスはインドシナ半島を、スペインはフィリピンを、オランダはボルネオを支配している。

日本国内でも、一昨年、九州と朝鮮の間に横たわる対馬《つしま》に、ロシア軍艦ポサドニック号が滞泊。ロシア兵が上陸し、宿舎をたてて占領した。

対馬藩は撤退をもとめたが、異人は居すわり、娼婦と食糧を要求。さらに島民を襲撃、殺害、また略奪と、いさかいがたえず、対馬の藩主は、さじを投げて逃げだした。

幕府も交渉したものの進展はなく、イギリス艦隊を頼みに圧力をかけてもらい、半年後、ようやくロシア艦は退去した。

南から日本海に入ると、まず対馬があり、そのさきは隠岐である。松江藩にとって、防衛は急務だった。

三月八日、松江の藩兵百名が、西郷の港に上陸した。港をのぞむ小高い丘の斜面に、陣屋がある。さらにのぼると、台地がひらけ、港町と湾を一望におさめる。

ここを調練場として、藩兵は演習をはじめた。

しかし隠岐は、四方を海に囲まれ、どこから異人が上陸するか、見当もつかない。島後の入りくんだ海岸線は三十七里（約百五十キロメートル）もあり、百名の兵では、充分に防衛できない。

そこで三月十日、松江藩は、急遽《きゅうきょ》、庄屋を集め、百姓を兵にする農兵令のお触れを発したのだった。

「田植えを前にして承服しかねる」村之助が大声をあげると、庄屋たちがうなずきあった。

広間の前へ、ひとりの松江藩士が進み出た。袴《はかま》の裾をそろえて正座し、膝に両手をおいて一礼した侍は、「わたくし、高橋伴蔵と申します」と静かに言った。

年配者のなかには、旧知に再会したように、顔をほころばせる庄屋もいた。

父の代理で来た鬆介は知らなかったが、高橋は、かつて島後の代官として赴任していた中級武士だった。

十七年前の弘化三年（一八四六）から二年間、西郷で暮らしたおり、島の人々に和歌と国学を教え、人柄をしたう門弟も多い。

藩内でも、なかなかの実務派で、江戸湾本牧《ほんもく》の警護をつとめたほか、鳥取、浜田、津和野、広島へ出張して、藩政の現場をになう働きざかりだった。

高橋を渡海させたのは、家老の乙部勘解由《おとべかげゆ》である。

庄屋は農兵召集を渋るであろう……。と予測した乙部は、すみやかに兵を集めるため、島民の人望厚く、有能な高橋を送りこんだのだ。

もうひとつ、乙部の計略があった。

高橋は勤王の国学者だ。島後には、尊王攘夷を志す者が多いと聞く。勤王の大義を説いて国防を訴えれば、庄屋も心をひらくのではないか。もっとも乙部は、そうした手のうちを、高橋には明かさなかった。

高橋は誠意をこめて話しはじめた。

「わたくしは国学をまなぶ者であります。

わが国最古の歴史書『古事記』によりますと、伊邪那岐命《いざなぎのみこと》の娘は、太陽の女神、天照大神《あまてらすおおみかみ》。その孫である邇邇芸命《ににぎのみこと》が、高天原《たかまがはら》から、日向国《ひゅうがのくに》（宮崎）にくだられ、そのひ孫が、初代の神武天皇となられました。

すなわち、みかどは神であり、わが日本は神州であります。

この尊い皇国を、強欲な外夷からまもるため、わが松江藩は、江戸湾、大坂湾、また京へ、七百名近い兵を送り、尽力しております。

みなさまの隠岐は、後鳥羽上皇が十八年間お暮らしになり、みまかられた行在所《あんざいしょ》の跡《あと》、ご火葬の塚、後醍醐天皇が一年間お住まいになった御所《ごしょ》跡もあり、全州のどこにも類をみない、希有《けう》にして、神聖な土地にございます。

しかしながら、島ゆえ、危難に際し、わが藩は早急に援軍を送ることかなわず、島民の兵が必要であります。

天子ゆかりの歴史を誇る隠岐を、松江の藩兵と島の農民が力をあわせてまもりましょうぞ。こうして国にむくいることが、天子の民たるわれらの大義であり、名分でございます」

高橋は声高に弁説をしなかった。

だが、穏やかで誠実な言葉が、かえって庄屋の心を動かし、広間の空気が変わっていた。感銘をうけた面《おも》もちでうなずく者もいる。

儒学の尊王攘夷をまなんだ甃介も、心うたれていた。

高橋は国学の見地からではあるが、天皇ゆかりの島をまもる忠義に、変わりはない。

隠岐には、自衛軍が必要だ。

庄屋たちは納得して、島後に、四百八十人の農民が徴兵されることとなった。

加茂の割りあては十人。甃介は、父の考えを聞きながら、農家から屈強な次男、三男を選んだ。

隊長は、各村の庄屋がつとめ、農兵を訓練する。

よって加茂では、初老の父にかわり、甃介が隊長となった。

田植えを終えた五月のすえ、甃介は、庭に十人の若者を集め、号令をかけた。陣笠をかぶり、股引《ももひき》、調練下駄をはいている。

農兵は、股引に、脚絆《きゃはん》、背縫いの下半分がひらく打裂《ぶっさ》き羽織を身につけている。

いずれも庄屋の井上家が支給した。

武器は、おのおのが、鎌、鋤《すき》、鉈《なた》、竹槍、木の棒をもちよった。

甃介は、藩の指示通りに訓示した。

「異人の船を発見したときは、まっさきに寺へ走り、鐘をつき鳴らして、村人に知らせよ。あわせて飛脚を出して、近在の村と西郷の陣屋へ、急ぎ、連絡せよ」

「つぎに集合場所。西郷周辺の村の者は、陣屋上の調練場へむかう。村ごとに幟《のぼり》をたてて、その印のもとに整列する。

ほかの村では、すなわち、ここ加茂では、船に近い岸へ急げ。近くの村の農兵も、しらせを聞きつけて、順次、駈けつける手はずだ」

つづいて、甃介が師範となって、竹槍の教練をはじめた。

庭の一隅《いちぐう》に、父の権之丞《ごんのじょう》が腰に真剣をたずさえて、見まもっている。母も縁側から、物珍しげに見物している。

おきよは、姿が見えない。刀だの鉄砲だのという物騒ごとに、おびえるたちだ。土蔵の裏にでも隠れているのだろう。気にもとめなかった。

この年、おきよは三人めの子を産んだ。

「また女かぁ」甃介は失望をそのまま口にした。悪気はなかった。

おきよの面《おもて》にさした影には気づかなかった。夫婦《めおと》になって七年。亭主はもう、女房の顔など、いちいち見ないのである。

ときを同じくして、松江の城下でも、農兵令が布告された。

松江の農兵は、ひとりあたり一日五合の米が支給され、砲術士から和銃の訓練をうける。隠岐とは異なり、藩が雇う本格的な民兵である。

ところが、藩士の猛反対にあった。

「百姓は、農作をすべき者。剣や銃を使わせると、武士の身分が否定される」「農民ごときが刀を持つと、帯刀が許されている侍の特権が、うばわれる」

心情的な反発も強く、農兵隊は中止された。古い城下町は、家柄と格式に重きをおくのである。

隠岐においてのみ、農民が、竹槍、棒、竹刀をふりまわして、調練をすることになった。

その原始的な道具が、異国船の大砲にたちうちできるか、という実際の効果はともかく、農民の武器携帯が、島では初めて許されたのだ。

有事の緊急連絡網が、全島にはりめぐらされ、集合場所が決まった。いざとなれば五百人近い農民が、武装して西郷に結集する。

それが、幕藩体制をささえてきた兵農分離の身分制度をくずし、百姓の蜂起につながる危険な萌芽《ほうが》をはらんでいることに、松江城の家老乙部は、まだ気づいていなかった。

文久三年（一八六三）陰暦九月

その年の秋、長い槍をかまえる甃介を、三人の若い百姓がとり囲んでいた。日焼

けした顔は、土ぼこりに汚れ、野良半纏《のらばんてん》に、継ぎがあたっている。たくましい腕に木剣《ぼっけん》をかまえ、本気の目で蟄介を狙《ねら》っている。

すすきの穂が風に流れ、傾いた日に光った。

「かかってこい」蟄介は気合をかけた。「田楽《でんがく》刺しにしてやる、えいっ」

柄《つか》をしごき、ひゅうとくり出した槍を、正面の木剣が上段から叩きつける。蟄介は電光石火のごとく、右斜め上へ打ちはらった。

が、右手の農夫が「隙ありっ」と渾身の力をこめ、蟄介の脇腹をついた。

「ああっ」

絶叫が、屋敷の表から裏庭まで突き抜ける。蟄介は、激痛の走るあばら骨を左手で押さえつつ、槍をふりまわしてあたりをはらい、右の男を後退させた。

すかさず、左の木剣が、蟄介の小手《こて》を叩きつける。防具はない。あまりの痛みに、指から槍がこぼれた。

蟄介はしかし、腰の木刀をすばやく抜きはなち、ぴたりと胴に定め、かまえ直した。

少年の日より都万《つま》村で稽古にはげみ、京では一刀流の道場にて、諸国の腕っこきを対手《あいて》に鍛錬した剣である。

が、三本の木剣に迫られては、危うい。蟄介は一歩、また一歩、脂汗を浮かべて後じさりした。

「とやーっ」正面の百姓が身をおどらせ、整介の脳天めがけて跳びかかる。残りの二人は左右にわかれ、胴を狙った。

「うわぁ」飛び来る三剣を避けて、整介はのけぞり、背後のしゃくなげに、もんどりうって倒れこんだ。三本の切っ先が、茂みの前に集った。

「まいった」折れた枝の間から、整介の顔がのぞいた。肩で息をしつつ、後ろ手をついて起きあがった。

「みなのもの、腕をあげたのぅ。降参じゃ」

半年前、農兵隊が組織され、農民に武器の携行が認められた。

「おらやつも、お侍みてえに、刀を持って、ええとや」農民は、われ先に竹刀を持ちあるき、剣術、槍、相撲に精を出した。

加茂では、整介が指南役となり、五のつく日に、村の農兵十名に、剣術と槍を教えた。

剣術は好むところだった。だが、二十八歳になった整介は、おのれの限界も、悟っていた。

いざ刀を抜けば、死ぬか、生きるか。

相手を斬る、その気迫がなければ、おのれが殺《や》られる。

勝つためには、剣の技のみならず、一瞬の動物的な勘、獰猛《どうもう》な胆力《たんりょく》がいる。そうした殺気が自分に欠けていることを、わかっていた。自分の弱みを知る。それも男の成熟かもしれない。

それでも甃介は、おのれの鍛錬のため、筋のよい若衆《わけし》数人をむこうにまわし、防具もつけず、打ちあい稽古をする。

「田楽刺しにしてやろうぞ」かけ声も勇ましい。

だが、若盛りの筋骨たくましい弟子分《でしぶん》は、上達も早い。

甃介は、満身に青や紫のあざ、切り傷ができる。

やっと治ると、またつぎの五の日が来て、家中《かちゅう》に、無我夢中の怒号がけたたましく響き、土煙がもうもうとあがる。追いつめられた剣士が倒れ、しゃくなげやつつじの庭木に飛びこみ、大きな穴があく。

汗をかいた若衆《わけし》は、井戸端で着物をぬぎ、しぼった手ぬぐいで胸板や腋《わき》をふく。下帯ひとつになって、たくましい体中をぬぐう者もいる。

日が落ちると、稽古の労をねぎらい、あがり縁《えん》に夕餉《ゆうげ》を出す。酒をふるまい、唄やおどりもはじまる。にぎやかなことが好きな母が、手拍子をとり、合いの手を入れる。

五の日ごとに、おきよは二人の娘をかかえて蔵へ逃げ、嫁いりの長持《ながもち》の陰に隠れた。

神社育ちのおきよは平素より、日に焼けた無骨な漁師や、垢《あか》まみれの野良着の農夫が苦手だった。稽古を終えて半裸で庭をうろつく男衆《おとこし》も、怖がった。

いつだったか、甃介が真剣を抜いて見せたところ、銀の刃文《はもん》がぎらつく下で、腰をぬかして泣いた女である。

気の強い女房よりましか。これも女の可愛さか。甃介もあきらめていた。


いっぽう、夷狄《いてき》撃退のため、松江から来た百名の藩兵は、暇をもてあましていた。

始めのうちは、西郷の調練場で、銃と大砲の実弾射撃にいそしんだ。やがて、弾が無駄になるからと、沙汰《さた》やみになった。

遠見番は、岬々の番小屋から海を見はるが、そうひんぱんに異国船はあらわれない。日がな一日、ただ青い海を眺める。退屈である。

そのうち、釣りにのぼせる者、民家にあがりこんで碁をうつ者、将棋をさす者、はては明るいうちから酒に酔って谷へ落ちる者、鴨《かも》を撃ち、獲物を拾いに池へ入って溺れ死ぬ者まで出た。

西郷は、船乗り相手の花街がにぎわう。本土に妻子をおいてきた藩兵は、三味線が鳴り、遊女の嬌声があがる紅灯《こうとう》の色町に、浮かれ足でくり出し、朝帰りをする始末。郭《くるわ》通いにうつつを抜かし、花柳病にかかる足軽まであらわれ、士気はさがるいっぽう。

島の人々は呆れ顔で噂し、白い目で見ていた。駐屯兵をやしなう費用は、島民が負担していたのだ。

「あげな藩兵なら、おらんほうがいいわ」

悪評は、松江城にも届いていた。

藩兵が来て五か月後の文久三年八月、二番八雲丸が西郷港に入り、兵を交代させた。百名の人員も、半数に減らした。

島の海岸をまもる実動部隊は、農兵となった。

いよいよ武道はさかんになり、村々に道場がひらかれた。真剣をさげて歩く富農の息子もあらわれた。松江藩士、高橋伴蔵が説得して集めた農兵隊は、全島にあまねく根をはっていた。


農兵の心意気とは裏腹に……。田では、米が実っていない。

秋の真昼、甃介はイナゴのはねる畦道に立ち、稲穂をつかんでいた。籾《もみ》に、手ごたえがない。実の入っていない粃《しいな》だった。

田から田へまわっても、恐ろしいほどの不作だった。

空《から》っぽの穂をにぎりしめ、途方に暮れて田んぼに立ちつくす老人がいた。背は曲がり、目が泣いている。甃介には、かける言葉が、見つからなかった。

この春は、肌寒い曇天がつづき、麦は病気の黒穂となった。畑は霧におおわれ、野菜に虫がついて腐った。

夏は一転して日照りとなり、地面はひび割れ、小豆《あずき》、大豆は立ち枯れた。果樹も小ぶりだった。秋は野分《のわき》の大風がふき、稲が倒れた田もあった。

農家をまわると、百姓たちは、どこかよそよそしい。甃介があらわれるなり、慌てて目をそらす者もいる。不可解な気配をおぼえながらも、甃介は話しかけた。

「不作の年は、米価があがるもんですが、値があがらんよう、陣屋に働きかけます」

そう言いながら、甃介自身、むなしかった。

米価は、一応は、村方《むらかた》の庄屋が決める。

ところが、西郷の米問屋と、陣屋の代官が相場をあやつり、結局は値あがりする。百姓は足りない米を、高い金を出して買う羽目になる。しかも銀納の年貢は、米価をもとに計算されるため、凶作でも租税が高くなる。

夜、甃介が夕飯をとっていると、表で人声《ひとごえ》がした。

応対に出たのは、おきよだった。

すぐ奥へもどってきた。顔が紙のように蒼白だった。

「小作のひとが、大勢、刃物をもって……」

立ちあがろうとした父を押しとどめ、甃介はひとりで出ていった。

男たちが、土間に入りきれぬほど押しかけていた。ざっと二十人か。貧しい水呑百姓である。

褐色に焼けた手に、木を切る鉞《まさかり》、薪《まき》を割る鉈《なた》、枝落としの鋸《のこぎり》、餅つきの杵《きね》、大《おお》木槌《きづち》を握りしめている。たくさんの黒い目が、ぎょろりと、暗がりに燃えていた。

打ちこわしだ……、うちの米蔵を襲いにきたか。

弟子分にあたる農兵隊の連中は……、いないようだ。恩をかけている若者は加わらなかった。わずかに安堵しながら、甃介は、あがり口にあぐらをかいた。

家の男手は、甃介と老父のみ。多勢《たぜい》に無勢《ぶぜい》だ。二十人にかかられては、ひとたまりもない。

「さっ、おまえさんがたも、筵《むしろ》をしいて、座ってごさっしゃい。話を聞きましょう」落ちついた風を装ったが、声がかすれていた。

前へ出たのは、繁吉《もきち》だった。字が読め、道理も通じる男だ。だが土気色の顔をして、痩身《そうしん》、衣《ころも》に耐《た》えずと、やつれていた。

「お願いでごぜます。蔵の米を、貸してくだされ。稲を刈っても、この不作では、小作料の米を地主に払ってしまえば、手もとには残らんのです。薄い粥《かゆ》さえ、すすれんのです。去年のはしか流行《ばやり》で、漁に出る男手も足らんで、金になる鮑《あわび》や海鼠《なまこ》をとるものが、おらんですけん。年貢の銀を納めたら、麦、豆を買う金もない。子どもらが腹がへったと泣いちょります」

「いかにものう」甃介はうなずいた。

最下層の貧農の窮状は、重々、承知していた。

雨漏りのする粗末な小屋、汚れた古着の子だくさん、疲れた女房は口べらしに赤子を間引きするとも聞く。

だが、蔵にある米俵《こめだわら》は、大飢饉《だいききん》にそなえる村中の非常食だ。これしきの減作では、出せない。

どうすればよいのか……。腕組みをして考えていると、男たちは無言のまま出ていった。

なにごとか、と後を追えば、背おってきたらしい薪《まき》が、庭に積みあげられていた。

そこに繁吉は、松明《たいまつ》の火をうつした。

屋敷にも火をつけるつもりか……。甃介の背筋が冷たくなった。

「米俵を出してもらうまでは、夜が明けようと、この尻はあげませんけん。甃介さんじゃ、話にならん。親方《おやかた》を出してごさっしゃい。庄屋は、おめさんじゃねぇ。親方さんだ」

たき火を囲んで車座になり、暖をとりはじめる。

炎が、暗い空へ、燃えあがる。頬骨のつき出た百姓の顔、また顔が、照らしだされた。飢えた顔に、目がぎょろぎょろしている。甃介は胸を痛めながらも、はぜる火の粉が、母屋に飛びうつらぬか、気が気でなかった。

このたき火も、小作たちの無言の威圧、精一杯の懇願なのだ。だが、大切な備蓄米を出すわけにはいかぬ。しかも小作だけに与えては、不平等になる。庄屋として、どうすべきか。

闇のなかから、黒い影があらわれた。

父の権之丞が、土蔵の大きな鍵をさげていた。父は百姓に語った。

「人助けも、庄屋の仕事じゃ。四斗《よんと》俵《だわら》を二俵《にひょう》。あわせて八十升ほど、蔵から出そうぞ。仲たがいせず、分けなさい。ただし、この冬の麦作と畑作を、怠《おこた》らぬようにな」

百姓は一人一人が、権之丞に手をあわせ、拝まんばかりに礼をのべた。たき火に水をかけて消し、米俵を長棒にかついで暗闇に消えていった。

静けさがもどった。虫の音だけが響く庭さきで、甃介は、あらためて恐ろしさに体がふるえた。

百姓を恨《うら》む心はなかった。切羽つまった農民の暮らし、村をおさめるむずかしさに、暗い吐息をつくばかりだった。

せめて藩が、年貢を減らすなり、飢えた者に米を支給するなり、手をうつべきではないか。小作をここまで追いこむ陣屋の無策を、腹立たしく思った。

母屋へ入ると、おきよがいなかった。

さては……。

奥座敷の押しいれに、娘を両脇にだいて顔を引きつらせていた。一人で土間へ出たおきよは、刃物をもった百姓に、荒ぶる形相《ぎようそう》でにらみつけられ、娘もろとも襲われて殺されると縮みあがっていた。

「突き上げごときで、なんだ、このざまは。お前は庄屋のおかっつぁん失格だ」一難去って、気のゆるんだ鬶介は、不機嫌な声を投げつけた。

そのまま酒をあおって床につき、まだ暗い夜明けどき、母にゆすり起こされた。

「おきよが、里へ帰った」

気づいた母は、慌てて引きとめたが、おきよは大宮司の娘らしく市女笠《いちめがさ》に顔を隠し、草鞋《わらじ》のひもを結ぶと、深く一礼し、敷居をまたいで行ったという。

実家の水若酢神社まで、四里の道のり、女の足では一日がかりだ。

「おきよ、なして出ていく。突き上げが、恐ろしかったかね」

母がたずねても、おきよは黙ったまま。涙顔でうつむくばかりだったという。

「鬢介、おまえ、おきよになにを言った、なにをしたか」母は、目をむいて問いつめた。

心当たりはあった。おきよは、鬢介には、こぼしていた。

庄屋に嫁いだはずが、剣術場さながらに荒くれ男が集まり、喧嘩腰《けんかごし》で木刀をうつ音、野太い叫び声がして生きた心地もしない。稽古のあとも、裸の男が庭を歩き、酒くさい酔っぱらいが騒いで、恐ろしい。次女のおつきも、怖がって夜泣きをして、不憫《ふびん》だ。

長女のおもとは、鬢介がもって帰ったはしかで死んだ。三女を産んだばかりの妻にむけて、また女子《おなご》かと文句を言い、ねぎらいの言葉もなかった。

冬は、漢医学の勉強と称して境港へ行ったきり、もどってこない。境港では、色町の女にもてている、若い芸妓をつれて、やに下がって歩く姿を見かけたと、噂に聞いた。

家に帰っても、読みもの書きものばかりで、話も聞いてくれない。

おきよが愚痴をこぼすたび、「おまえの話は、くどい」と逃げた。鬢介は、妻の言い分に耳をかたむけ、相づちをうつほど、気の長い男ではない。

おきよは、ふくれっ面で、だんまりを決めこむ。怒りをうちにためる性分だ。

由緒ある神社の娘として育ったおきよは、農家の出ではない。茄子《なす》、胡瓜《きゅうり》をもぐことはあっても、鍬《くわ》をかついで畑を耕すことも、炎天下の田んぼの草むしりもしない。肌は、どの女よりも白く、柔らかい。それが甃介は誇らしい。

だが稲作の暦《こよみ》も知らず、つい「庄屋のおかっつぁん失格だ」となじってしまう。おきよは、無学の百姓と世間話をするのも苦手だ。お姫《ひい》さま育ち、と村人は噂している。

甃介は、妻の気高い美しさに惚れながら、一緒になると物足りなく思う、わがままな夫だった。

おきよがいなくなると、その不在がこたえた。

お勝手、いろりばた、機織りの広縁《ひろえん》に、つい姿を探してしまう。そのたびに、やるせなさが胸にこたえる。幼い娘たちは母親を恋しがり、泣き癖がついた。

だが、頭をさげて迎えにいくほど、悪い亭主だった憶えはない。詫《わ》びて帰ってきたら、許してやろう。

音沙汰はなかった。思いこんだら梃子《てこ》でも動かぬ女だった。

甃介は、仲人《なこうど》と父に諭《さと》され、ふてくされ顔で水若酢神社へむかった。

おきよが出てきたら、手をひいてでも、つれて帰るつもりだった。

ところが、おきよは、座敷にあらわれなかった。

ややあって、正弘が、苦りきった表情で出てきた。

「置いてきた二人の娘は心残りだが、夫婦《めおと》の縁は切る、そう言って聞かん。あれのわがままだ。わしがかわって謝る、この通りだ。あいすまんことをした」美丈夫《びじょうふ》の大宮司が、両の手をついて頭をさげる。

甃介は、驚いて息をのんだ。

襖《ふすま》のむこうで、おきよが耳をすましているのではないか。そんな気がした。いますぐ、「わしが悪かった、おきよがいなくては困る、帰ってくれ」と声をあげれば、妻は出てくるだろうか。

だが正弘の手前、素直な言葉は、石の塊《かたまり》のように喉につかえたままだった。

そういえば、嫁にいった姉が、つねづね言っていた。

「甃介、おまえは気だてはよいが、強情っぱりだよ。一人息子のせいか、他人《ひと》の気持ちがわからぬ鈍感なところもある。おきよや村人の話を、親身に聞いてやろうか、という思いやりの心を、もたねばならんよ」

おそらくは、おきよも、同じように感じていたのかもしれない。

「おきよを呼んでくれ」と言いかけると、正弘が、ふたたび恐縮の体《てい》で言った。

「男と女には、相性というものがある。はた目には容易に察せられぬ、夫婦だけの機微もあろう。妹の辛抱《しんぼう》が足らんとは思うが、ここは、ひとつ勘弁してくれ」

おきよの心は決まっている、愛想もつきた、顔も見たくない、ということか。

晩秋の田にのびる一本道の街道を、蟄介はひとり、南へむかって家路についた。

やがて涙がにじんできた。山にさしかかると、林は桂《かつら》の葉が落ちて、澄んだ日がさしていた。誰もいない明るい道を、涙の流れるにまかせて、山栗の小さな実、落ち葉の散りしく地面をふみしめて、峠をこえた。

空をあおぐと、胸にしみるほど青い天空に、浮き雲が流れていた。


「若だんさんは、おかっつぁんに逃げられたと」村人は、陰《かげ》で噂した。

「いいや、嫁ごさんは、突き上げが恐ろしゅうて、去《い》んでしまわした。若だんさんは悪くない」蟄介の肩をもつ者もいた。剣を教わる弟子たちだ。

だが、実のところは蟄介もわからぬまま、七年で離縁となった。

おきよの面影《おもかげ》をうつした娘たちが、いっそう愛《いと》しくなった。されど、おきよと同じ濃いまつげ、ふっくらした唇を見るたびに、せつなさも増していく。

蟄介は、加茂の入江に小舟をこぎだし、釣り糸をたれることが多くなった。

波間にゆれながら、山百合の花を手にしたおきよ十六の娘ざかりを、思い返していた。

この年、文久三年のみやこでは……。

尊攘派が、破竹の勢いで突き進んでいた。

孝明天皇はみずから外夷をはらうため、みやこの賀茂神社と石清水八幡宮《いわしみずはちまんぐう》へ、攘夷祈願の行幸《みゆき》をなさった。

聖なる天子さまはやたらと禁裏《きんり》からおでましになるものではない、というのが了三の信念だが、幕府から権力を奪いとるためには、やむをえぬ。

さらに八月には、大和国《やまとのくに》（奈良）へも行幸されることになった。神武天皇陵と、奈良の春日大社へ参拝なさり、いよいよ倒幕へ、そして天皇親政にむけて動くのだ。筑後国《ちくごのくに》（福岡）の元久留米《くるめ》藩士、真木和泉《まきいずみ》らが策をねった倒幕計画だった。

だが大和国は、幕府の直轄領である。

そこで土佐藩の吉村虎太郎《よしむらとらたろう》らの尊攘派は、天皇行幸のさきばらいとして、八月十七日、大和五條《ごじょう》にある幕府の代官所を襲い、五人を殺害した。

加わった者はおもに、土佐藩、鳥取藩、久留米藩の脱藩浪士、また河内国《かわちのくに》の庄屋だった。かれらはみずからを天誅組、と称した。

天誅組は、大和五條が幕府領から天朝領になったこと、また年貢を半減すると布告した。

倒幕へむけて、ひとつ駒《こま》を進めた、と思われた。

ところが、公武合体派の薩摩藩が、長州藩と尊攘派の独走を嫌って、まき返しをはかった。

八月十八日、公卿《くぎょう》七人と長州の藩兵千余人を、みやこから追放。真木和泉も、長州へ都落ちした。

大和行幸は、延期となった。

天誅組は決起の大義を失ったまま、大和国南部の十津川村《とつかわむら》の郷士《ごうし》、千人を動員して、幕府軍との戦闘をつづけた。

十津川の男たちは、かつて隠岐から脱出した後醍醐天皇が南朝をたてたとき、みかどの警護にあたり、その屈強なまもりから、十津川千本槍と呼ばれた。十津川の郷士は、その遺臣にあたり、勤王倒幕の熱血たぎる気風にある。

しかし、天誅組は敗走をつづける。九月には、大和吉野《やまとよしの》で多数の犠牲者を出して幕府軍にやぶれ、壊滅した。

六　武士の魂

元治《げんじ》元年（一八六四）陰暦四月十五日

農兵隊の徴集、不作と突き上げ、おきよの離縁と、多事多難の一年が終わり、また新しい春がおとずれ、夏へむかっていた。

島後の南部、松におおわれた崖の岸辺に、柔らかな日をあびて一隻の帆船が浮かんでいた。

鳥取藩の儒官、景山龍造《かげやまりようぞう》が、隠岐の地図をつくるため、海岸線の測量をおこなっていた。

その父、景山粛《しゆく》も学者である。紀州の華岡青洲《はなおかせいしゆう》に漢蘭折衷《かんらんせつちゆう》の医術をまなび、境港に帰って医学と儒学の家塾をひらき、諸国から弟子がつどっていた。

息子の龍造は、十代から江戸湯島の昌平坂《しようへいざか》学問所で儒学を、二十代には京で医学をまなび、みやこの公卿、三条家に入り、まだ九歳だった実美《さねとみ》の伴読《はんどく》として、漢文の素読を指導した。

鳥取藩主の池田慶徳《よしのり》にこわれて鳥取藩に入り、水戸藩の弘道館にならった藩校の教授となった。また、三条家をはじめとする公家の人脈をもとに、朝廷と鳥取藩の周旋《しゅうせん》役も、つとめていた。

かねてより鳥取藩では、尊攘派と佐幕派が主導権を争っていたが、いまや尊攘派が席巻《せっけん》していた。

というのも前年の文久三年八月十七日、尊攘派の藩士が、藩内の佐幕派を殺害したのである。

ことの発端は、八月十三日に出された孝明天皇の大和行幸の詔《みことのり》だった。

「おそれながら、倒幕は、いまだ時期尚早《しょうそう》では、ありますまいか」

鳥取藩主の慶徳が、朝廷に進言したところ、翌日、みやこに、慶徳公を幕府寄りの逆賊、と中傷する紙が貼りだされたのだ。

「わが殿が侮辱された不名誉は、側近としてつかえる重臣の不始末である」

京詰めの鳥取藩士は、激怒した。

八月十七日、河田左久馬《かわたさくま》、詫間樊六《たくまはんろく》、足立八蔵《あだちはちぞう》など尊攘派の鳥取藩士ら二十数人が、鳥取藩の宿舎となっていたみやこの本圀寺《ほんこくじ》を襲撃。佐幕派の重臣三人を殺害、ひとりを切腹に追いこんだのだった。

手をくだした藩士は、因幡二十士《いなばにじっし》とよばれ、公卿の三条実美、長州藩士の桂小五郎などの尊攘派に、称賛をもってむかえられた。

そしてこの日、天誅組は、大和五條で幕府の代官を殺害する。

だが翌日には、八月十八日の政変がおき、三条実美らの七人の公卿と長州藩の尊攘派が、みやこから一掃された。


いずれにせよ、この本圀寺の暗殺事件により、鳥取の藩論は、尊王攘夷にまとまり、朝廷のおぼえもめでたく、藩主は勅命《ちょくめい》をうけた。

「夷狄船《いてきせん》があらわれる隠岐の防衛に、松江藩を助けて、努めよ」

鳥取藩は、すぐさま快諾した。財政難もあり、隠岐の海産物、北前船の利権、また山陰沖の制海権をねらっていたのである。なんらかの機に乗じて、隠岐を手中にしたい思惑《おもわく》があった。

こうして鳥取藩主の命により、儒官の景山が、島後の沿岸を調査していたところ、大型船が煙をたなびかせて、こちらへむかってくるのが見えた。甲板には大砲らしき影がある。

ひるがえる国旗は、紅白の横じま、一角の青地に、白い星がならぶ。アメリカの船であろうか。

「あの船を追えっ」景山は、西郷で雇った船頭に命じた。

不審な蒸気船は、西郷に近づくと、速度をゆるめ、潮満ちる濃紺の湾内へ、深度を確かめるように慎重に入っていった。

大柄な異人の船乗りが、つぎつぎと甲板にあらわれ、白い帆を巻きあげる。大きな錨《いかり》も海中に投じた。

その様子を、遠めがねごしに、丘の陣屋から見ている武士がいた。松江藩の代官、枝本喜左衛門《えだもときざえもん》だ。

つづいて遠めがねは、鉄造艦にならぶ大砲の黒光りをとらえ、枝本は息をのんだ。

この日、郡代は、松江へ出張していた。次席である代官が、采配《さいはい》をとらねばならぬ。

枝本の脳裏に浮かんだことは、西洋の国々による侵略と攻撃だった。

九州の対馬では、三年前にロシア軍艦ポサドニック号が上陸して、半年にわたり占拠した。

鹿児島では、薩摩藩士がイギリス人を殺傷した生麦事件の報復として、一年前にイギリス艦隊七隻が来襲。アームストロング砲の弾を、雨あられと市中に撃ちはなち、鹿児島の城下町が焼けた。

……ここで下手《へた》に応じて異人を刺激して、対馬、薩摩の二の舞となってはならぬ。さわらぬ神に祟《たた》りなし。静観して去るのを待とう。だが、町人の手前、陣屋にこもっていては、不面目である……。

枝本は、部下をつれて波止場へおりていった。

港には、すでに野次馬が、集まっていた。

藩の役人が異国船へむかう気配のないのを見て、男が嘲《あざけ》った。

「松江の代官どのは、肝細《きもほそ》じゃのう」

そのとき、一隻の帆船が湾内に入ってきた。港に浮かぶ蒸気船めがけて帆をあやつり、進んでいく。黒山の人だかりが、固唾《かたず》をのんで見まもった。

「どこの船じゃ」枝本がたずねると、

「へえ、鳥取藩の船で」船宿《ふなやど》、覚一《かくいちや》屋の主《あるじ》が答えた。「儒官の景山殿の御用にて、手前どもから船頭を出しております」

鳥取の船が軍艦につくと、赤毛の水夫が、甲板《かんぱん》から身を乗り出した。

下から景山が、なにごとかを話しかけると、水夫は縄梯子《なわばしご》を投げおろした。

袴姿の景山は、一歩一歩、足もとを確かめるように梯子をのぼっていき、艦内に消えた。甲板からは水夫の姿も、見えなくなった。

「どげなったたらぁか」人だかりが、不安げにざわめく。

「異人は、赤い生き血を飲み、獣《けもの》の肉を喰らうそうな。とすると、人の肉も……」

と言う者がいて、ざわめきが広がった。

ややあって、景山は無事にあらわれ、縄梯子でもとの帆船におりると、埠頭《ふとう》へむかった。

波止場にあがった景山は、白髪まじりの頭で、刀をさした松江藩士の一団に会釈した。

「アメリカ人の艦長が、島の支配者と面会したいと言っているようであります。また、飲み水、薪がほしいと申しております」

年配の儒官らしい悠然とした口ぶりだった。

いっぽう、枝本の顔は青ざめ、引きつれた。それを群衆は見のがさなかった。断るわけにもいかず、枝本は、水の樽、薪を船に載《の》せ、景山につれられて蒸気船へむかった。

やはりアメリカの船であった。艦内に入るなり、身の丈六尺（約一・八メートル）はあろうかという船員が、緑色の目で、子どものような体つきの枝本を見おろし、腰の大小をとるよう、身ぶりで示した。

攻撃の意図はないと伝えるため、従ったほうがよかろう。枝本は丸腰になり、革張りの長いすに二刀をおいた。

飲料水と薪の礼に、艦長が操舵室を案内した。紅い茶と珍しい菓子で、もてなしもうけた。面会は、つつがなく終わった。

だが枝本は、初めて紅毛碧眼の白人に接して、気が動転していた。きらきら光る茶色の髭《ひげ》を顔中にたくわえた船乗りたちは、風呂にも入っていないのだろう、目にしみるような強烈な体臭をはなち、枝本をとりかこんで、彼の装束を興味ぶかげに見たのだった。

陸にあがっても、動揺の色が、傍目《はため》にも見えた。

「ありゃ、お代官さん、お腰の刀が、ありませんず」町人が、どこか嬉しげな大声で言った。

枝本は、やっとわれに返った。

「あーけ、船に忘れたかぁ」お茶屋の丁稚《でっち》が遠慮のない声をはりあげ、人垣がどっと嗤《わら》う。

枝本はみるみる赤面した。

野次馬は、ますます呵々《かか》大笑である。

景山は落ちついた声で、「刀をとりにゆけ」と覚一屋の主に命じると、松江藩の陣屋へむかった。袴の裾さばきも小気味よい足どりである。いっぽう枝本は、狼狽《ろうばい》のあまり足どりもおぼつかない。

対照的なふたりの後ろ姿を、町人は見送った。

「松江の役人はまぬけだが、鳥取の侍は立派だのぅ」

「ほんに景山殿は勇気があるのぅ」

そのころ、陣屋上の調練場では、農兵が、竹槍と木剣をたずさえて西郷と近隣の村々から駈けつけ、整列していた。農兵隊の手順通りである。

だが、指揮をとるはずの松江藩士は、いっこうに姿をあらわさない。

「どげなっちょるかいなぁ」ねじり鉢巻の百姓たちは、高台から、港の異国船をただ見おろしていた。

アメリカ船は、三刻《みとき》（六時間）ののち西郷を離れ、煙を吐きながら日本海を北上していった。


代官の失敗は、島中に面白おかしく伝わっていた。

「武士の魂を、異人船に忘れて帰るとは、侍の風上にもおけん馬鹿もんじゃ」

この顚末《てんまつ》を聞いた黙介は、唾棄《だき》するように言った。

さらに米艦と交渉した藩士が景山龍造と知り、驚いた。漢医学をおそわっている池淵玄達の奥方は、景山の妹である。「池淵先生の義兄様《あにうえ》が、隠岐へ来てくだすったのか」

上西村では、官三郎が、母に語った。

「松江の連中ときたら、代官は小心者、藩兵は怠惰。異人が来ても、頼りにならん」

横地家は造り酒屋でもある。庄屋と酒造の家業をとりしきる官三郎の母は、島のまつりごとにも、一家言をもっていた。

「やっぱり男は役にたたんの。異人を見て、のぼせて、ぼーっとしたんじゃ」

横地のおかっつぁんは、男というものは短絡的で、詰めが甘く、いざことがあれば保身に走り、結局は当てにならぬ、という考えをもっていた。さらに日ごろから、藩役人の不甲斐なさを歯がゆく思っていた。

「島のことは、島の者が決める。それが道理じゃ」

代官の枝本は、更迭《こうてつ》された。異国船応接の失態に加えて、藩への不信を島民に植えつけた責任を問われたのだった。

後任には、安政六年から文久元年まで、三年にわたり郡代として隠岐四島をおさめた上級武士の鈴村祐平《ゆうへい》が、松江城から送りこまれた。

家老の乙部は、鈴村の才覚を高く買っていた。

隠岐は、いつなんどき、外夷が襲来するか、わからぬ。かような島には、臨機応変に判断をくだし、的確な対処をする腕利きがふさわしい。
鈴村には、その期待にこたえる自信があった。

そのころ、みやこの了三は、孝明天皇の命をうけて、十津川に文武館を設立した。天誅組の乱などで幕府軍と戦い、天朝のために一命を落とした十津川郷士《ごうし》の忠魂にむくいようと、みかどが文武の学舎をさずけたのだった。

了三は、開校式で儒学の『大学』を講じた。長男の清蔵は十津川に移り住み、講師をつとめることになった。

京の中沼塾の名声はますます高く、みかどに教授する了三の教えをうけたいと、諸藩から尊攘の志士が入門していた。

とりわけ薩摩藩士が多く、西郷従道《つぐみち》、中村半次郎（桐野利秋《としあき》）、川村純義《すみよし》、また土佐藩の中岡慎太郎らが門人となり、倒幕と天朝によるまつりごとを論じた。

しかしその夏、京三条の旅館池田屋で、長州藩、土佐藩、肥後《ひご》藩などの尊攘派が、倒幕にむけて密議をしていたところを、新撰組が襲撃。多くの死傷者、捕縛者が出た。

長州藩は、形勢挽回のため、真木和泉とともに、千六百人の藩兵をみやこへのぼらせ、むかえ撃つ薩摩藩、会津藩、新撰組と、蛤《はまぐり》御門《ごもん》（禁門）などで激しく戦った。

中岡慎太郎も、長州勢として戦って負傷。中沼塾の同門生の家にのがれて、手当てをうけた。

流れ弾は禁裏にも飛びこみ、孝明天皇の第二皇子、十三歳の睦仁《むつひと》親王（明治天皇）が失神する事態ともなった。

一日で長州軍はやぶれ、真木和泉は自刃した。

この変で、みやこは大火となり、洛中の半分以上の二万八千戸が焼失、中沼塾も焼けた。

さらに御所に発砲した長州は、朝敵《ちょうてき》という汚名をきせられ、幕府は、西国の二十一藩に、長州を討て、と命じた。第一次長州征討《せいとう》である。

松江藩では、江戸詰めの藩士も帰国させて、あわせて千名の兵が、家老の大橋筑後を大将として、松江城から出陣、長州めざして西へくだっていった。

長州の国境には、あわせて三十二藩からなる幕府の大軍が結集した。

ところが、そのころ長州は、イギリス、アメリカ、フランス、オランダからなる四国の艦隊と下関で戦い、大敗。

その結果、長州藩内の尊攘派「正義党」は勢いをそがれ、幕府に服従すべしと主張する「俗論派」が力をとりもどしていた。

長州は、戦わずして幕府に降伏した。

だが、「正義党」の高杉晋作は、幕府への屈服をいさぎよしとせず、奇兵隊をあげて、幕府寄りの「俗論派」をうちやぶり、藩論を倒幕に統一した。

長州はふたたび、幕府打倒へむけて、不死鳥のごとく立ちあがったのである。

こうした動きを見て、幕府は、第二次長州征討として、慶応元年（一八六五）、長州藩主、毛利父子の問責《もんせき》と征伐《せいばつ》を命じた。

だが、薩摩藩は出兵しなかった。

土佐の坂本龍馬《りようま》と中岡慎太郎の仲立ちにより、蛤御門では宿敵だった長州と薩摩が、軍事同盟をむすんでいたのである。

山陽の広島、岡山の外様の大藩も、参戦をこばんだ。

しかし松江藩は、徳川親藩ゆえ、幕命にそむくわけにはいかない。一番八雲丸を幕府の海軍に供出した。

さらに長州と国境《くにざかい》を接する石見国《いわみのくに》へむけて、海路を二番八雲丸で、また陸路でも藩兵を送り、徳川御三家の紀州藩、親藩松平家の浜田藩、鳥取藩などからなる幕府連合軍とともに、浜田藩内の益田《ますだ》、浜田で、長州軍と戦った。

だが、大村益次郎ひきいる長州勢の猛攻に、幕府軍は敗退を重ねる。

七月八日、松江藩の高橋伴蔵は、幕軍本陣のある広島へ、援軍をもとめにむかうも、かなわず、七月十六日、敗色濃い浜田藩の指揮官は、ついに自害した。

城下町の浜田は、逃げまどう町人と幕軍兵で大混乱となった。

浜田藩主、松平武聡《たけあきら》と家老は、籠城戦《ろうじょうせん》を覚悟するも、守りきれず、とみて、七月十八日、城に火をはなち逃亡した。

二の丸、三の丸など、城の数か所から、同時に火の手があがった。

火焔《かえん》を見た松江の藩兵は、もはやこれまで、と観念して、浜田港から二番八雲丸に乗りこみ、退却した。

八雲丸の甲板にならぶ松江藩士は、浜田城の天守閣が、紅蓮《ぐれん》の炎のなかに崩落するさまを、煤《すす》に黒く汚れた顔に涙をにじませて、粛然《しゅくぜん》と、見まもった。

だれもが言葉もなく、幕藩の崩壊を重ねあわせていた。

ほどなく、波浪に流される船を見つけた。

もしや、長州の船か……。

警戒する藩兵が銃をかまえつつ、八雲丸は接近していった。

船室にいたのは、浜田藩主の松平武聡と夫人、幼いお世継ぎと家臣だった。

武聡は二十五歳。前水戸藩主徳川斉昭《なりあき》の十男にして、一橋《ひとつばし》慶喜と鳥取藩主の弟である。

夫人は、幕府老中をつとめた堀田正睦《まさよし》の八女、寿子《ひさこ》だった。

松江藩士は一同を救出して、八雲丸で護送、松江の城下にて、手厚く保護した。

浜田の落城をうけて、その東にある幕府直轄領、大森の石見銀山では、幕府の代官が逃亡。石見国の全域を、長州が占領した。

勢いにのった長州軍は、松江藩がおさめる出雲国の境界まで兵を進め、いましも藩都の松江に迫らんとしていた。

慶応二年（一八六六）陰暦七月　隠岐

その激戦のさなか、松江藩は、隠岐にお触れを発した。

「新農兵隊を結成せよ」

藩主の定安と重臣は、西日本の地図を広げ、軍議をひらいた。

「いまや、藩の敵は外夷ではなく、長州でございます」家老の大橋が言った。

「長州は、石見国を占領したゆえ、次は、みやこへむけて、倒幕の軍を進めるでありましょう。

その際、日本海の山陰をのぼるか、瀬戸内《せとうち》の山陽をゆくか。

わが藩が考慮すべきは、山陰をゆく場合であります。

陸路をとれば、わが領内を、西から東へ、長州は歩いて横断せねばならぬ。よって海路をとり、軍艦で山陰沖を東上するはず。

その航海中、長州が隠岐に攻めこみ、占領すると、松江藩の交易船は大打撃をうけ、山陰沖の制海権もうばわれます。

よって、隠岐の守備が肝要《かんよう》となりますが、いま、島にある兵力は、農兵隊のみ。三年前に集めた農兵は四百八十人いるものの、平素は百姓であり、あまりに弱体であります。

といって、この第二次征長のさなかに、貴重な藩の兵力を渡海させることもできませぬ。いかがいたしましょう」

「では、新農兵隊を集めよ」乙部が提案した。

「島民のなかから、農兵の指揮をとる上級兵を組織するのだ。条件は二つじゃ。わが藩に忠実な思想の持ち主であること、かつ、身もとの確かな財産家の息子であること。

金銭目あてに敵の長州藩と通じる者、商人に扮《ふん》した他藩の間諜をふせぐためじゃ」

というのも、乙部自身、密使を西国の諸藩にはなち、対長州戦の情報を、松江に送らせていた。それだけに用心深かった。

二つの条件のもとに、西郷の陣屋は、富農、廻船問屋の子弟から三十人を選びだした。

戦略上、重要な兵であるゆえ、藩が俸禄米《ほうろくまい》を支給して身分を保障した。武器として、一刀と古い和銃も与えた。

三十人を、陣屋上の調練場に集め、剣術と射撃の訓練をおこなった。

陣頭指揮をとるのは、松江から赴任してきた新しい郡代、山郡《やまごおり》宇右衛門《うえもん》、槍の達人である。

山郡の監督のもと、新農兵隊と農兵隊の計五百十名が、島後の防衛にあたることになった。

甃介は、喜んだ。

この年、甃介は、父の隠居にともない、加茂村庄屋として、陣屋から任命されていた。

「新農兵隊か……。異国船をうちはらう自衛軍が、藩の費用で強化されるなら、大いに結構である」

感激のあまり、上西村へ急ぎ、官三郎と語らった。

横地家は、南の西郷から北の伊後村へ通じる街道ぞいにある。島後最大の八尾川《やびがわ》が流れ、水運の便もよい。

「松江藩も、やっとやる気を出したか」官三郎も、顔をほころばせた。

ふたりは、夷狄《いてき》撃退のために新農兵隊がつくられたと信じていた。長州の倒幕軍をにらんだ戦略とは、夢にも知らなかった。

第二次征長の幕府軍は、石見《いわみ》のほかにも、小倉《こくら》、広島でも連敗した。

九月、幕府は、すでに大坂城で病没していた将軍家茂の死を公表して、長州藩と休戦協定をむすんだ。一橋慶喜が徳川家をつぐことも、明らかにした。

この年の暮れ、みやこでは、孝明天皇が三十六歳で崩御。

疱瘡《ほうそう》（天然痘）を病んで療養中だったが、快方にむかいかけたやさきの急死だった。

外夷嫌いのみかどだったが、このころには、幕府の開国をみとめ、攘夷を放棄していた。そのため、攘夷倒幕をめざす岩倉具視《ともみ》に毒をもられたのではないか……、という風評が、みやこに飛びかった。

天皇の侍読《じとう》をつとめた了三は、おぞましい推測とは距離をおき、喪に服していた。

みかどの崩御を機会に、幕府は全軍の兵をとき、長州征討は、幕軍の敗北に終わった。

幕府の権威は、急速に失墜《しっつい》を始めていた。凋落《ちょうらく》の影は、徳川親藩の松江藩にもしのび寄っていた。

七　われら海の勤王隊《きんのうたい》とならん

慶応三年（一八六七）陰暦五月

年があけた慶応三年五月、松江藩は、隠岐に「武芸差留令《さしとめれい》」を発布。雇大庄屋《やといおおじょうや》になった黒坂弥左衛門をつうじて、村々の庄屋に伝えた。

「なんじゃこりゃ」

甃介は、わが目を疑った。

……近来、諸国の物価が高騰しているおり、島では一刀流などと称して、打ちあい稽古をする者がいるが、庄屋は年貢を納める、百姓は農業にはげむ、これが農民の本分である。武芸をおさめる必要はない。もっとも、新農兵隊は藩が扶持米《ふちまい》をはらって雇う兵ゆえ、別である。米が値あがりしているが、年貢はあがらぬよう、藩は留意する。長州との戦さもおさまり、さらなる軍費や兵の供出は不要につき、藩から恩沢をうけていることを忘れぬように。……

「なんじゃこりゃ」

もう一度つぶやくと、甃介は怒りの面《おもて》をあげた。

かれは、文久三年からこの四年間、毎月三度ずつ、五のつく日に、農兵と剣の研《けん》鑽《さん》をかさねてきた。汗がしたたる夏の日も、耳たぶがちぎれそうに寒い真冬の夕方も、稽古に打ちこんだ。おきよが怖がって里へ帰ったほど、本気の打ちあいをした。

それをいまごろになって、武芸をやめよとは、なにごとだ。松江の殿さまは、なにを考えているのだ。

四年にわたり、ふるさとを防衛せんと努力してきた島民の熱意が一方的に否定されたようで、松江藩への憤りさえわきあがっていた。

松江では、藩をとりまく情勢がかわっていた。

城の家老衆は、隠岐の百姓一揆《いっき》を懸念していたのである。

「前郡代の鈴村祐平の報告によると、文久三年に、加茂の庄屋、井上家には、小作が押しよせ、突き上げにあったという。

また慶応元年には、西郷で米問屋が襲撃された。同年には、一宮村《いっくむら》でも、農民が筵旗《むしろばた》をひるがえして暴動をおこした。

有木村では、全農民にあたる七十五人が、連判状に署名して、一揆と米蔵打ちこわしの暴挙にでた。しかも首謀者が特定されぬよう、全員の名を唐傘《からかさ》のように丸くしるした用意周到ぶりである。

もとより隠岐には、みやこで尊王攘夷をまなんだ有力者がいる。わが藩に敵対する勢力であるぞ」乙部が、隠岐の農民が、いかに脅威であるか、煽《あお》るように言った。「したがって、一揆をふせぐために、百姓の武芸を禁じ、農兵隊は廃止すべきであろう」

こうして、松江藩は、幕藩の衰退につけこんで、隠岐の勤王庄屋と百姓が暴動を起こすのではないかと案じて、農兵隊を廃止、庄屋もふくめた農民の武芸を禁止したのだった。

だが、そうした藩の思惑を、甃介は知るよしもない。

庄屋職についてから、甃介は、藩から届く文書を、ことごとく帳面に書き写していた。このお触れも写しをとると、ひとりごちた。

「隠岐は、日本海防衛の最前線だ。自衛軍が不可欠だ。武芸禁止どころか、むしろ道場をつくるべきだ。藩に直訴《じきそ》すべきであろう」

その月、中西毅男《はたお》が、京からもどってきた。

長州の一藩に、幕府の連合軍がやぶれたことは、みやこ人《びと》にとっても、驚天動地であった。

ふるさとの隠岐国は、また出雲国は、どうなったのか。幕府が傾いてゆくいまこそ、みかどの国がたつよう、隠岐へ帰って、尊王と攘夷の働きをせねばならぬ……。

毅男はみやこを引きはらい、小浜《おばま》から日本海をわたり、西郷へ帰りついた。そして港町で、偶然、甃介に再会したのである。

運命的な出会いだった。

さながら、離れた場所で別々にまわっていた二つの歯車が、うまく嚙《か》みあい、また別の大きな歯車をまわし、思いもよらぬ大きな動力が生まれて世の中を動かしていくように、毅男と甃介は、再会したのだった。

久しぶりに帰郷した毅男が、西郷の町でめし屋に飛びこみ、旬《しゅん》の目張《めばる》の煮つけに舌鼓《したつづみ》をうっているところへ、藍のれんをぱっとわけ、刀をさした男が、大股に入ってきた。

「ありゃっ、甃介、おまい、どげした」

甃介が中沼塾を去ってより、十二年ぶりだった。

ふたりの風貌に、さほどの変化はなかった。

だが、この日の甃介の顔つき、物ごしには、異様の気色《けしき》があった。紋つきの羽織、腰に大小を帯びている。甃介のやつ、いつから侍の真似ごとをしているのか。

「毅男さん、お帰りだったか。わしは、これから陣屋へ直訴じゃ」気がせいているのか、甃介は、ろくろく挨拶もせぬまま、太い声を発した。

「農民に武芸差留令が出たんじゃ。抗議にいく。その前に腹ごしらえ、と思うてな。長丁場になるだろう。悪くすると、牢に入るかもしれぬ」はりつめた表情だった。

この年の正月、甃介は嫁をとっていた。

賀茂那備《なび》神社の娘おちか、十七歳。十五年下の嫁である。実家のおやしろは、『延喜式』の神名帳《じんみょうちょう》に記載があり、隠岐十六社のひとつだった。

庄屋の妻は同じ在所《ざいしょ》の女子《おなご》がよかろうと、父母が選んだ。

おちかは、加茂の生まれ育ちに加えて、鎮守の祭りで村人に接してきたゆえ、それぞれの屋号、身内まで知っている。ものおじせず、からりと明るい。小作とも気やすく話をあわせる。たしかに庄屋の家内にふさわしいだろう。

よく気がつき、歳のわりにしっかりしている。おきよが残した娘たちも可愛がってくれる。

だが甃介にしてみれば、ついこの前まで、丈の短い着物で遊んでいた近所の子どもが、親の意見で嫁さんになったのだ。ふたりきりでいると、なんとも面《おも》はゆい。

おきよのような、鮮やかな美貌ではない。小柄な体つき、目鼻もこぢんまりして、こけしに似ている。されど細長い目もとが、涼やかだった。

若い嫁は、すぐに身ごもった。冬には初産《ういざん》をむかえる。今度こそ、待望の男児かもしれぬ。

だが直訴のなりゆきによっては、息子の顔は見られぬだろう。その覚悟が、甃介の全身からにじみでていた。

「待て、甃介、早まるな。話を聞こう」毅男が顔色をかえて、箸をおいた。

甃介は憤怒をこめて語った。

「松江藩が島の防衛のために農兵をあつめ、わしら庄屋と百姓は稽古を積んできた。島を自分らでまもるという心構えも生まれた。にもかかわらず、この春、いきなり武芸差留令が出て、武術を禁止したんじゃ」

毅男はうなずきながら、

「近ごろは物価があがって、江戸や大坂でも、打ちこわしやら、百姓一揆やら、おきちょるけんのう。幕府が長州戦争に負けて世の中が混乱するわ、開国して茶やら、布やらの値段はあがるわで、そげな幕府への不満から、世直しをもとめる反乱が、あちこちで暴発しちょるんじゃ。松江藩も、隠岐の百姓が刀をふりまわす姿が、急

めし屋にいた船乗りがいっせいに顔をむけた。

「だが、島民が隠岐をまもらずして、だれがまもるのだ」甃介は大声をあげ、めし屋にいた船乗りがいっせいに顔をむけた。

かれは声を落とし、これまでの経緯《いきさつ》を、くわしく毅男に語った。

かつては松江の藩兵が百人ほど駐屯したが、遊興にふけり顰蹙《ひんしゅく》を買って帰ったこと。

西郷港にアメリカ船が侵入したときは、陣屋の藩役人は手も足も出ず、鳥取藩の景山が、松江藩の代官を異人船へ連れていったものの、刀を船に忘れて笑いものになったこと。

北前船の船主より、東洋の国々が西洋の植民地となったと聞いて、島の庄屋たちは不安をつのらせていること。

「毅男は知っとると思うが、下関では、アメリカ、イギリスらの連合艦隊が大砲をうって、異人の兵隊が上陸したんだぞ。対馬でも、ロシア人が居座った。隠岐も、うかうかしてはおれん。幕府が外国と条約をむすんでより、ますます異人の船が来るようになった。武芸差留どころか、道場をつくらねばならんのだ」

鬱憤《うっぷん》をはらすように、甃介は一気に言った。

毅男も、みやこの動きを語った。

「甃介、おまいがみやこを離れて十二年たったが、そのあいだ、京の尊攘派は、辛酸をなめてきたぞな。

天誅組が倒幕の兵を挙げたが、大敗した。池田屋では尊攘派が新撰組に斬りこまれ、中沼塾の門人、三条で書店を営む西川耕蔵どのもつかまり、獄中で死になさった。

蛤御門の変でも、長州の尊攘派が負けた。だがな、去年の幕長戦争で幕軍がやぶれ、中沼先生の宿願とされる天皇親政をはじめる好機が、ようやくおとずれた。だけんわしは帰ってきたんじゃ。尊王の大義と武道をまなぶ学校を、ここ西郷につくろうと思っての。

お手本は、大和国の十津川じゃ。

三年前、孝明天皇の命をいただいて十津川に文武館がたてられ、開校式では、中沼先生が講義をなさった。先生のもとで文武をまなんだ十津川の男たちが、さきごろみやこの濁世《だくせ》を憂《うれ》いて、御所の護衛隊となり、百八十人が天子さまをおまもりしている。もちろん、中沼先生のご推挙があってのことじゃ。

京都御所は、各藩が分担してまもってきたが、直属の兵はなかった。いまや十津川郷士が、みかどをおまもりする陸の勤王隊だ。朝廷から俸米《ほうまい》もたまわっている。しかも十津川は、幕府から離れて、天朝の御領となったのだ」

「十津川と隠岐は、不思議な縁《ゆかり》があるようだな」甃介がつぶやいた。

「そうじゃ、そこじゃ。よいか、われらが隠岐は、倒幕の兵をあげられた後醍醐天皇をおあずかりした島。十津川は、脱島されたのちの後醍醐天皇をおまもりした土地。十津川と隠岐は、いわば双子の聖地なのだ。

なあ、甃介、隠岐にも文武館をひらこうぞ。十津川が陸の勤王隊なら、わしらは、海の勤王隊となろうぞ」

「だがのう、松江は武芸差留令を出した。勤王隊なぞ、許されんぞ」

「まあ、聞け。おまいとわしは、同じことを考えちょる。島に文武館をつくり、文武をおさめて尊王の大義を果たそうぞ。文武館の設立を、陣屋に願い出ようぞ」

「願い出る、すなわち、嘆願か……。抗議の直訴《じきそ》より、はるかによい」甃介は膝をうった。「だがな、わしらふたりでは無理だ。同志をつのろう。武芸差留令に驚き、怒り、島を憂える者はたくさんいる。有志の署名をあつめて、文武館の嘆願書を、陣屋へ出そう。

わしは島の南部を説得して歩く。毅男は、北部をまわってくれ。中部は、わしのいとこ、水若酢神社の正弘が、手配してくれよう」

それからの甃介と毅男の動きは、めざましかった。すぐさま島後四十九村をめぐり、三十の村から、七十三人の賛同者をあつめた。うちわけは、農村部の庄屋二十名、神官十二名、ほかは上層農民である。

いっぽう、藩と取引のある町方の商人と庄屋、藩から保護をうけている僧侶たちは、署名しなかった。

毅男が帰郷した五月のうちに、文武館設立の嘆願書を、七十三人の連名で、陣屋へ提出した。

書状は、甃介が筆をとった。


……いまや内外は紛乱の時勢でございます。とりわけ外夷が日に日に切迫し、いついかなる行き違いや異変がおきるか予測しがたく、累卵《るいらん》のごとき危険な時節柄にございます。

隠岐は本土から離れた孤島につき、ほかを頼ることもできず、危機がせまる事態を思えば、島民は悲嘆するのみです。

もっとも、尊藩の支配をうけ、かねてより堅固《けんご》な防備がなされていることは拝察しておりますが、西郷港は、日本三港のひとつと称される名港につき、万が一、外夷との争いともなれば、異艦の船泊《ふなど》まりとなります。

尊藩が援軍を派遣されようとも、海里十三里を隔《へだ》てるゆえ、間にあわぬこともありましょう。よって防戦の備えが必要です。

私どもは、右のようなことを、日夜、心配しており、島の有志で申しあわせたすえ、防戦するにも、文武の稽古場がなくてはどうにもならぬと、意見が一致しました。（略）

分もわきまえず、罪をのがれがたいお願いですが、文武の稽古場を設立する件を、お取りあげくださいますよう、お願いいたします。貧しい島ゆえ、経費として金米《きんまい》もくだされましたら、冥加至極《みようがしごく》、ありがたき幸せにございます。

有志一同、感激し、尊藩の威徳をいただいて尽力して文武の稽古にはげみ、尊藩と国恩のため、役立つ所存です。

天下は変革の形勢にございます。孤島の切迫の事情を、ご憐察《れんさつ》のうえ、右、願いの趣旨を、よろしくお取りはからいのほど、お願い申し上げます。

慶応三年卯五月

つづいて、七十三人の村名と名をしるした。

一宮村の大宮司正弘、加茂村庄屋の甃介、山田村の毅男、南方村の冬之助、上西村庄屋の官三郎、大久村庄屋の村之助、西郷八尾村《やびむら》神官の倭文麿《しずまろ》、北方村《きたがたむら》庄屋の政一郎《せいいちろう》、原田村の医師貫一郎などである。

あて名には、郡代、山郡宇右衛門の名を書いた。

うけとった山郡は、西郷港を見おろす陣屋で、部下と協議をもった。

「馬鹿者めが。いまさら外夷排斥とは、時代錯誤もいいところ。幕府はすでに多くの港をひらき、貿易をおこなっているというに……。庄屋といえども、身分は農民。隠岐の連中は、この程度じゃ」代官の今西惣兵衛《そうべえ》へむけて、うなずきかける。

「油断は大敵ですぞ」代官が水をさした。「島の漁村は、海産物や杉材の出荷でうるおい、京へのぼって尊王攘夷をまなんだ富農のせがれがおります。そうした島に、学舎をもうけて、吉田松陰《しょういん》のような男でも出たら、どうするのです」

「むろん、文武館など認めんぞな。百姓が、孔子や孟子を読み、剣や砲術をまなぶなど、もってのほかだ」山郡が言い直した。

「お説の通りにございますとも、山郡さま」調方《しらべかた》の錦織録蔵《にしこりろくぞう》が、下座《しもざ》から、へりくだって申しのべた。「農民のやつばらが武道なぞすれば、徒党をくんで暴動をおこし、わが藩にさからうだけにございます」

山郡が赴任してくる前、錦織は、農兵隊四百八十人を、高台の調練場にあつめて、軍事調練をした。

そのあと、新農兵隊がつくられると、郡代の山郡も、農兵隊とあわせて五百十名の合同演習を指揮した。

だが、そんな過去はおくびにも出さず、山郡に追従《ついしょう》して、こびへつらった。

「浜田の城が落ち、長州は石見国を攻めとった。わが藩は、その国境《くにざかい》まで兵を送り、軍費がかさんでいる。そのおりに、百姓の文武館など、建てる余裕はない」

山郡は、また別の懸念も、口にした。

「この書面は、わが藩を敬うように見せて、どこか勤王の気配がある。隠岐の庄屋が、倒幕の長州勢と手をむすべば、出雲国はあやうい」

もっとも、こうした内輪の話を、農民に知らせる必要はない。

山郡は、形式的な理由を三つあげて、却下した。

一、嘆願書は書式の体裁がなっていない
一、礼を失《しっ》している
一、百姓に武事は不用につき、家業第一にはげむべし

山郡は、西郷の陣屋で片づけるつもりだった。松江の家老には、報告しなかった。

それが、山郡の非業の死を招くことになる。

八　投げられ、打たれ

慶応三年（一八六七）陰暦六月　隠岐

嘆願書を拒絶された甃介は、いっこうにひるまなかった。この男は打たれ強い。むしろ打たれたほうが、憤然と立ちあがる闘志の持ち主だ。

よかろう。書式に不備があり、礼を失している、というなら、書き直すまでだ。甃介は白い巻紙に、墨色も濃く筆を運んで文面をあらため、六月十一日、大久村庄屋の村之助など四人の同志とともに陣屋へあがり、再び提出した。

妻のおちかは、いたって暢気《のんき》だった。ひとまわり以上も年上の亭主ゆえ、甃介が政事《せいじ》に夢中になろうが、ほうぼうを動きまわろうが、さほど気にするふうはない。

おちかが幼いころより、甃介は加茂でも有名な「のぼせもん」、熱血漢だった。その剣術を習い、はるばる上京して儒学をおさめ、境港へわたって漢方をまなび、その挙動は、村人のうわさの的だった。はなから、そうした亭主と心得ている。丸くなってきた腹をかかえて、近くの実家へあがり、親きょうだいと番茶をのみ、夏みかんをむいていた。


山郡は、ふたたび嘆願書を拒否した。理由は前と同じだった。

しかし、村々をおさめる庄屋が、二十人も名をつらねている事態は、看過《かんか》できぬ。

「署名した庄屋のみならず、すべての庄屋を、数人ずつ陣屋に出頭させ、藩にしたがうよう、説得するのじゃ」部下に命じた。

山郡には、上級武士としての自負心があった。政事は侍の役目、庄屋は武士に服従すべきである……。


その夏、村々の庄屋が数人ずつ呼ばれ、藩役人が、ときに威圧を、ときに懐柔をまじえて説諭した。

八月十八日、甃介も呼びだしをうけた。

礼を失していると非難されぬよう、羽織は絽《ろ》の紋つき、夏袴のこしらえだ。

陣屋の表門には、槍をたてた番人がいた。

用件をつたえると、頑丈な大扉の脇のくぐり木戸から通された。

丘の中腹に広がる敷地には、いく棟も建物がならんでいる。藩役所のほか、松江から赴任している役人が家族とくらす屋敷、米蔵、文書蔵もある。

そのうちの一棟に案内されると、すでに、ふたりの庄屋が座していた。

ひとりは、西郷港に面した目貫村《めぬきむら》の庄屋、渡辺亦十郎《またじゅうろう》である。

亦十郎は、藩から委託されて海産物を松江へ運ぶ廻船問屋もいとなみ、莫大な利益をあげていた。それゆえ、文武館の嘆願書には、署名しなかった。

そればかりか、陣屋にあらわれた甃介に、身分もわきまえずに藩に頼みごとをする不逞《ふてい》の輩《やから》とでも言うように、冷ややかな目をむけた。

もうひとりは、山田村の庄屋、中西喜一郎。

こちらは毅男の実兄であり、嘆願書に署名した同志だ。わしは仲間だぞとでもいうように、甃介に目くばせして、うなずきかけた。

雇大庄屋の黒坂弥左衛門も同席していた。

大庄屋は、藩役人の指揮のもと村々の庄屋を統括する立場にあり、やはり署名はしなかった。

四人は、しばし広間で待たされた。

初秋の宵、風通しに開けはなった窓から、いくらか涼しくなった風に乗って、にぎわう港町の人声《ひとごえ》、三味線の調べが、とぎれとぎれに流れてくる。

蟄介の緊張が高まってきた。役人から、なにを命じられるのか、なにを叱責されるのか……。落ちつかなかった。

やがて調方の錦織録蔵が、傲岸《ごうがん》に唇をゆがめ、肩をそびやかしてあらわれ、上座《かみざ》にどさりとすわった。山郡の前でへりくだっていた姿とは、別人の体《てい》であった。

つづいて、点検方《てんけん》の渡辺紋七《もんしち》が、顔つきから歩き方まで、錦織をそっくり真似て入ってきた。

……そろいもそろって、小役人らしい威ばりかたじゃ。……

蟄介は、内心、苦笑した。

だが、おのれには使命がある。恫喝《どうかつ》されようが、脅されようが、文武の学舎をつくる。丹田《たんでん》に力をこめて正座していた。

錦織は、扇子であおぎながら、下目づかいに蟄介を睨《ね》めつけた。

「こやつが、嘆願書を書いた張本人、蟄介か」

さながら、罪人あつかいだった。

「よいか、蟄介。島民が出す請願書には、記載のことがらは真実、真正であると証明します、という意味をこめて、末尾に庄屋の署名をつけるものだ。ところが、おまえの書面にはない。こうした非礼な願書は、一揆をたくらむ徒党《ととう》の輩《やから》が書く俗文じゃ。

そもそも世の中が平穏になったいま、文武の研究など必要ない。このさき異変があれば、文武をまなべと命があるかもしれぬが、そのときまで待て。だがな、ひとたび戦さともなれば、火鉢ほどもある大砲の弾が、わんわん飛んでくる。そげな恐ろしい戦場へ、おまえらのような百姓がのこのこ出てって、役にたつものか。こげな書面、受理できぬ」

錦織は、甃介が書き直した嘆願書を畳にほうり投げ、扇子で叩いた。

二十歳の甃介なら、顔色を変えただろう。

だが甃介は気節《きせつ》を養っていた。冷静な面《おもて》をあげ、凜として応じた。

「まず、署名につきまして申しあげます。嘆願書は、村々の庄屋が名をしるしております。したがいまして、末尾に、さらに庄屋が名をしるす必要はございません。こうした枝葉を論じないでいただきたいと存じます」

道理にかなっている……。

嘆願書に署名しなかった亦十郎、さらには役人の渡辺紋七まで、つい、うなずいた。

思いちがいを指摘された錦織は、まぶたが痙攣《けいれん》し始めた。癇性《かんしょう》である。

この表情の変化に、甃介は注意をはらうべきだったが、本気の抗弁のあまり、気づかなかった。甃介はさらにつづけた。

「嘆願書は、一揆のたくらみではなく、深く考えてのことです。かりそめにも、世の中に憤り、嘆き、国を憂えるわれら同志が、誠意をこめて嘆願した書状を、一揆徒党の俗文と判断するとは、なにごとでしょうか。

農兵募集の令が出て、高橋伴蔵さまが兵を集められてより、今日《こんにち》にいたるまで、尊藩はめぼしい防衛もなされず、むなしい歳月がすぎました。わたしたちは無念に思っているのです。みずから粉骨砕身して、島をまもりたいのです。

しかし文武をおさめずして、急な異変に、国家の用にこたえられましょうか。教えずして戦わせる、これ民を殺すこととなり、母鶏《ははどり》が卵を狙う狸《たぬき》を伐《う》つとき、闘心あれども、ついに母鶏は死す、と申します。

戦う道を知らねば、無駄死にするのです。

世の中が平穏になったとおっしゃいますが、平時に教わらねば、有事に備えることもできません。そもそも幕藩と長州の戦さを経《へ》たいま、平時と言えるでしょうか。最後に、われら憂国の庄屋と神官にむかい、一揆徒党の輩とは、失言ではないでしょうか」

みやこの中沼塾にて、開国派や佐幕派と論じあった甃介は、弁もたった。

錦織は、怒りに色を失い、紫の唇をふるわせた。

農兵令が出たあと、錦織は、高台の調練場で百姓を訓練した。だがあとは村々の庄屋まかせであり、島民が自発的に道場をひらき、庄屋たちが稽古をつけたのだ。むなしい歳月がすぎた、という甃介の言葉に、錦織は、みずからの無責任と怠慢を批判された、と受けとった。

錦織は、こめかみに青筋をたて、どなりつけた。

「よいか、文武の修行は、士族がなすべきこと。百姓は肥《こ》えをかつぎ、年貢を勘定しておりゃええ。嘆願書なぞ出して、おまえは隠岐の大将になるつもりか。どうだ、答えろっ」

「そのような考えは、毛頭ございません。では、尊藩の農兵令に書かれていた、百姓も、竹槍、弓、刀、鉄棒を持てとは、虚言だったのでしょうか」甃介は、引きさがらなかった。「そもそも錦織さまは、調練場で、農兵の訓練をなさった。それをお忘れでしょうか」最後の切り札をつきつけた。

返答に窮した錦織は、前へ飛びでると、正座する甃介につかみかかり、投げ飛ばした。錦織は、柔《やわら》の達者だった。

ころがった甃介が起きあがろうとすると、こともあろうに、渡辺紋七が、体を押さえつけ、腕をねじり上げてきた。上役《うわやく》の錦織に加勢して、点を稼ごう、とでもいうふるまいだった。

巨漢の渡辺にのしかかられ、甃介は身動きがとれなくなった。このまま捕らえられ、投獄されるのか……。

それとも暗い庭に引きずりだされ、逆上して刀を持ちだした錦織に、滅多斬りにされるのか。武士には、切捨御免《きりすて》という特権がある。いっぺんに体が冷たくなった。

ただ伏している蟄介に、錦織が馬乗りになった。ついに、脇差《わきざし》で刺されるか……。

すると錦織は、蟄介の背を、帯にさしていた鉄扇で、いきなりなぐりつけた。蟄介はうめいた。力まかせに背骨を打ちのめされ、激痛が走る。五度、六度、まだなぐってくる。

もがいてやっとのがれたが、錦織の立腹はまだおさまらず、狂ったように畳を叩くこと、数十回。

蟄介は、すみやかに正座になおり、毅然《きぜん》と顔をあげ、両手をついて懇願の姿勢をくずさなかった。

廊下を走る足音が、響いてきた。騒動を聞きつけた下の者が駆けつけ、とりなして、ようやくその場はおさまった。

陣屋の門を出る前、蟄介は、藩役人の屋敷へむけて、捨て科白《ぜりふ》をはいた。

「ここは、虎狼《ころう》、奸物《かんぶつ》の巣窟《そうくつ》だ。まともな人間の棲《す》むところではないっ」

陣屋の上空に、丸い月がのぼった。

中秋の名月をすぎてまだ明るい月光が、眼下の西郷の港を照らすなか、虫の音すだく静寂にひとりたたずみ、頭に血がのぼっていた錦織も、われに返った。

たかが庄屋の前で、取り乱したみずからの小者ぶりが忌々しく、落ちつかない。そればかりではない。言い知れぬ不安が、ぬぐってもぬぐっても消えない墨あとのように胸に広がっていた。

世の中の大きなうねりが、対応できない自分にも藩にも投げかける暗い影を、錦織は見ていた。

民《たみ》が、力と知恵をつけてきた。これは、米蔵を襲う打ち壊しとは異なる力であり、知恵である。まつりごとに、直接、民がかかわろうとしている。

投げ飛ばされても、殴られても、聡明なひたいを凜とあげ、まっすぐに錦織を見すえた甃介の燃える目が、まぶたに残っていた。

こうした島民たちの変化に、郡代の山郡は、気づいていないのではないか。昔ながらの武士道を信奉する山郡は、幕府が長州にやぶれたいまも、武家が民衆を支配できると信じて疑わない。

旧《ふる》い侍の山郡、新しい民の甃介、このふたりが、いずれ恐ろしい災いを招くのではないか。

錦織は胸さわぎをおぼえた。

だが、深く考えないことにした。どのみち二年もすれば、島を去る身だ。あとは後任が、どうにかするであろう。

陣屋内の官舎にもどり、下女に、酒の用意と、一夜干しの烏賊《いか》をあぶり、長茄子を焼くよう命じた。

いっぽうの甃介は、悔《くや》しさのあまり、地面を蹴飛ばすようにして、月明かりのもと、帰路についた。

西郷から加茂へむかう道のりの半分は、西の湾に沿ってつづいている。港は一面に月光をうつし、さざ波が夢のような銀色にきらめいていたが、その美しさも目に入らなかった。

殴られた背中が、ずきずき疼《うず》いた。渡辺にねじり上げられた腕も、鈍く痛んだ。だが痛みよりも、悔しさが勝《まさ》った。

これから庄屋として陣屋へあがるたびに、あの野蛮で、馬鹿な役人の前にへりくだり、頭をさげるなど、屈辱の極み、死んでも御免こうむる。

帰宅すると、背中はみみず腫れになり、血がにじんでいた。おちかが、なにも言わずに手当てをしてくれた。

その晩は、怒りに、悔しさに、一睡もできなかった。

翌日、甃介は、ふたたび陣屋におもむいた。

復讐ではない。

怒りと抗議の意を、示さねば、気がすまぬ。慇懃《いんぎん》にかしこまって、庄屋の辞職願いを提出した。

受理されなかった。

役所で暴行におよんだ錦織のふるまいもまた、とがめられていたのである。

もっとも、報告をうけた山郡は、民を殴るとは人の道にもとる、と叱ったのではない。

下賤な農民の言葉など、武士がまともにうけずともよいと、諫《いさ》めたのだった。

強情な甃介は、重ねて辞表をさし出した。

後日、退役が命じられた。後任として、加茂で村役をつとめる野津《のつ》與平太《よへいた》が庄屋となった。

甃介は、ひとりの農民となった。すなわち、自由の身となった。

これからは、村人の手本となるよう、言動を慎む必要はない。庄屋は、まじめな與平太こそ、ふさわしい。これから自分は、なにをしてもよいのだ。

その身軽さに、甃介は、胸のすくような解放感をおぼえた。

と同時に、甃介の体のなかを、勝ち気な本性とも、大胆不敵な反逆心とも呼べる荒々しいものが、駈けめぐった。それはどこか、危険な快楽を伴っていた。

二度めの嘆願書も却下されたあげく、甃介が役人に暴行されて、庄屋をやめた……。

うわさがひろまると、文武館設立をもとめて署名した七十三人は、それぞれに憤激した。

聞きつけた有志が、上西村の庄屋、横地家にあつまってきた。

「陣屋の役人が相手では、もう話にならん。松江へわたって、藩に直談判《じかだんぱん》しよう」

しだいに総領の風格漂うようになった官三郎が、鼻筋のとおった顔だちをひきしめて言った。

造り酒屋の横地家では、常ならば、夕刻の来客には、一献《いっこん》、ふるまう。

だが、嘆願書に署名した七十三人は、四か条の誓約書を交わしていた。

一、嘆願書について、公私の損得、利害を言わない

一、同志は和親を心がけ、ささいなことを論争しない

一、願書が受理されるまで、同志間の対酌《たいしゃく》を禁じる

一、衣食住ともに質素につとめ、華美豪奢《ごうしゃ》を慎む

お上《かみ》にもの申すからには、おのれの身をたださねばならぬ。文武の両道をきわめんとする同志が、酒をつぎあい、酔って騒ぐ醜態を、世間にさらしてはならぬ。わが身を修める。この修身あってこそ、国はおさまり、天下は平らかになると、『大学』に書かれている。中沼塾にまなんだ蛍介と毅男の提案だった。

官三郎は、徳利のかわりに土瓶をさげて、一人一人に茶をつぎ、あいさつをした。左党がそろって興ざめの顔をすると、

「のしら（おぬしら）、そげに飲みたきゃ、うちへ去《い》んでから、好きなだけ飲めっ」

毅男が一喝《いっかつ》した。

「さて、松江藩に訴えるなら、だれに会うべきかの」毅男がふたたび礼儀をただして、たずねた。長らくみやこにいた毅男は、藩の役人を知らなかった。

「高橋伴蔵どのがよい」蛍介が答えた。「農兵隊をあつめたお侍さまだ。高橋どのが、後鳥羽上皇と後醍醐天皇がお住まいになった隠岐をまもるには農兵がいる、と陣屋で説かれて、四百八十人の兵が決まったのだ。高橋どのなら、文武館に賛同してくださるだろう。二十年ほど前、島後の代官を二年、島前でも代官を二年なさり、隠岐をよくご存じだ」

「最適のお方じゃのう」毅男が手を叩いて喜んだ。「では隠岐からは、だれを使者として送ろうか」

「わたくしが、まいりましょう」那久村《なぐむら》の安部運平《うんぺい》が声をあげた。四十がらみ、この集まりでは年長だ。

「わたくしは若いころ、高橋様より、和歌と本居《もとおり》派の国学をまなびました。弟子のひとりでございました」

慶応三年（一八六七）陰暦十月　京、松江、隠岐

そのころ、高橋伴蔵は、藩主定安の命をうけ、二条城の近く、みやこの松江藩邸に詰めていた。

慶応三年十月十四日、高橋は二条城の大広間にあがり、諸藩の重臣とともに、かしこまって列座していた。

葵《あおい》の御紋をいれた裃《かみしも》を身につけている。いわば、松江藩松平家の名代《みょうだい》だった。

やがて十五代将軍、徳川慶喜があらわれ、一同、いっせいにひれ伏した。

大政奉還……。

慶喜は、政権を朝廷にお返しすると、宣告したのだった。

慶喜としては、おのれを追い落とそうとたくらむ倒幕派の先手をうって、みずから征夷大将軍の職からしりぞいて政権を天朝に返す、だがそののちも、天皇のもとで政治に参画するつもりだった。

長州征討にやぶれた徳川にとって、大政奉還は、起死回生《きしかいせい》の奇計だった。

高橋は、慶喜の征夷大将軍辞退の沙汰書をあずかって松江城へもち帰り、定安と家老衆に報告した。

幕府は、長州に負けた上に、政権まで手ばなした。これから徳川宗家は、わが松江藩は、どうなるのか……。

藩士たちの動揺が広がる松江城へむかって、隠岐の安部運平が、異国を追い払う時代遅れの文武館嘆願書をたずさえ、初冬の日本海をわたっていた。

十二月、藩都についた運平は、月照寺《げつしょうじ》に近い高橋の私邸をたずねたが、登城につき不在だった。

その足で、紅葉の散りしく松江城二の丸の藩庁へあがり、面会をもとめた。

高橋は、古い弟子の運平が、いきなり城にやってきた驚きと喜びの入りまじった表情で、あらわれた。

「高橋様、おひさしぶりにてございます」

運平は、文武館設立の力強い味方を前にして、にこやかに趣旨をつげ、嘆願書をさし出した。

読みおえた高橋は、しわのきざまれた額に、一転、困惑の色を浮かべた。

……攘夷の時代は、とうにすぎている。異人嫌いの孝明天皇は、すでにご崩御なすった。いまや箱館《はこだて》から長崎まで各地の港がひらかれ、異国と和睦する時流である。長崎の出島のみならず、横浜にも外国人の居留地がととのい、ホテル、洋食店、パン屋、テイラー、英字新聞の店まである。

そもそも大政が奉還され、武家の先ゆきも見えぬというのに、藩の予算で、百姓のために文武館を建てろとは……。

孤島よりきた時代錯誤の農民に、なにから説明すればよいのか。……

途方にくれた高橋の顔つきが、運平には不可解だった。運平は、ただ人の好《よ》さそうな顔に、笑みをうかべている。高橋はため息をついた。

「ご家老、ご中老に、おはかりして進ぜよう。後日、また」高橋は、ひとまずのがれた。

高橋は独断で、ことを運ばない。いざというときに責任を回避する用意周到さである。

いっぽうの運平は、大船に乗ったつもりで、松江おもてを楽しむことにした。北《きた》堀《ほり》に面した荒布屋《あらめや》に宿をとり、師走《しわす》のにぎやかな城下町をそぞろ歩いた。

隠岐にいる武士は、陣屋に赴任してきた役人のみだが、さすがは藩都、大小をさした侍の姿が多い。

商人、職人、旅人、日雇いまで、さまざまな身なりの人々が、商家のならぶ往来をゆきかう。運平は、寺社をめぐり、芝居小屋、相撲小屋をのぞき、宍道湖《しんじ》でとれたわかさぎの醬油《しょうゆ》のつけ焼きを食べ、蕎麦《そば》をすすり、女房に縞《しま》の藍木綿をもとめ、吉報を待っていた。

高橋は、家老六人と会合をもった。

「なぜ隠岐郡代の山郡から、報告がないのだ。農民がいきなり登城するとは、奇妙ではないか」乙部がいぶかった。

藩の知らぬうちに、庄屋と神官が一致団結して文武館を嘆願している事態に、家老衆は驚きを隠せなかった。

「隠岐は、幕府からのあずかり地につき、文武館のごとき改革は、控えるべきでありましょう」大橋筑後が、いつもの慎重な意見をのべた。

隠岐に偏見をもつ家老もいた。

「あの島は京や大坂から、博奕《ばくち》うちや人殺しが流される土地ゆえ、罪人の悪風に染まった島人もおろう。刀や銃をもたせれば、極悪人と手をむすび、いかなる騒動を起こすやら」

かつて代官として隠岐にくらした高橋は、島民が罪人の悪風に染まるどころか、流人に農作を教え、ときには田畑や所帯までもたせて立ち直らせる懐の深さ、情け深さを知っていた。

また、みずから船をあやつって諸州をいききする隠岐人は、格式にこだわる城下町の人間より、はるかに開放的であり、進取の気象《きしょう》にとみ、富農においては勉学もさかんだ。大坂から来る北前船の寄港地につき、天下の情勢もいち早く入ってくる。

だが、ここで異論をさしはさみ、ご家老の機嫌をそこねても損をする。下臣の高橋は、沈黙をまもり、さがった。

数日後、いそいそと登城してきた運平に、嘆願書は受理できぬとつたえた。

「なぜにござりますか」

予想外の返答に、運平は呆気《あっけ》にとられ、ぽかんと口をあけた。

「高橋どのは、全庄屋の前で、外夷の脅威、防衛の必要を説諭なさいました。そのお話に感銘をうけて、庄屋たちは農兵を集めたのです。その農兵が、差留《さしとめ》になったゆえ、文武館を願い出たのでございます」

矛盾は、高橋もわかっている。

かれ自身、正直に申せば、異人は好まぬ。松江の藩士も十人十色《といろ》で、長崎へわたって肖像写真をとる欧風派もいれば、泰西《たいせい》の文物はなべて毛嫌いする排外派もいる。国学をおさめた高橋は、どちらかといえば後者である。

だが、藩の方針が、攘夷から開国へ転じたなら、現場の藩士はしたがうほかない。

「なぜでありますか」運平は重ねて問う。「庄屋たちは、高橋どのを信頼しております。その信頼と期待を一身に背負って、わたくしは松江へまいったのです」

高橋はますます苦渋の面もちになる。

「ご家老のご判断につき、理解されたい。拙者は所用ゆえ、御免」有無を言わせぬ態度で立ちあがり、退座した。

「なぜにござりますか、高橋どの、高橋どのっ」

運平の叫びを背に聞きながら、高橋は足をはやめた。

年月につれ、男の節義《せつぎ》は変わる。

島後の代官をつとめた弘化三年といえば、かれこれ二十年も前。もはや、あのころの青二才ではない。

高橋にも、人並みの野心がある。栄達のためには、ときに自説も歪《ま》げる。やむをえず、民心《みんしん》も裏切る。こうして世渡りをして、将軍慶喜の沙汰書をあずかる誉《ほま》れにも恵まれたのだ。

自家撞着《どうちゃく》は承知の上だ。だが、それで平然としていられるほど、良心を捨てた恥知らずでもない。逃げるように退出するしかなかった。

「お役目をはたせず、あいすまん」帰島した運平は、横地家に集まった同志を前に、すすり泣いて両手をついた。

「松江の役人は、信用がならん」

曲がったことの嫌いな官三郎が、まなじりをあげた。「高橋は嘘つきだ。しかも代官の枝本は腰ぬけ、錦織は狂暴、渡辺はおべっか使い。松江藩には、正義も、人の道も、ないっ」

「こげな弾圧に、屈服さんぞ」いつも穏やかな冬之助も、怒り顔になった。

「そうじゃ、わしらの真剣な嘆願を、三度もむげに却下するとは、藩は、なっちょらん」大久村庄屋の村之助が怒鳴った。

十四年前の嘉永六年、大久の湾に異国船が入ったとき、藩はすみやかに兵を送らなかった。その時の落胆と憤り、藩への不信が、高橋伴蔵の二枚舌で、倍になって村之助によみがえっていた。

「みんな、聞いてくれ」甃介が、不思議と明るい声を発した。「そんなら、朝廷へあがって、みかどにお願いしよう」

思いがけない言葉に、荒ぶる一同は息をのみ、静まりかえった。冬の庭に、百舌《もず》が鋭く鳴いた。

「文武館を朝廷に嘆願しよう。御所へあがられる中沼先生に、お取次をして頂くのだ」甃介が言った。

「その手があったか」毅男が飛びあがった。「よっしゃ、経緯《いきさつ》をしらせる文《ふみ》を、中沼先生に送るぞ」

「返事が来たら、わしは上京する」甃介が名乗りをあげた。

「わしも行くけんの」毅男が間髪入れずに発した。「この五月まで中沼塾にいたのは、この毅男じゃっ」

「甃ちゃん、おれも上京するぞ」冬之助が、鳶色の瞳をかがやかせる。

「わしもじゃ」大宮司の正弘が、太い眉をりゅうとあげた。「長旅には、神のご加護が必要じゃ」

「わしも上洛する」官三郎も手をあげた。

「では、誓いの盃《さかずき》ならぬ、誓いの番茶」ほがらかな冬之助が、土瓶をもって立ちあがる。

三十代の同志たちはどっと笑い、希望みなぎる顔を見かわした。

鬱介も笑っていた。さきごろ、おちかが出産して、初めての男児に恵まれた。赤子はさかんに泣き、勢いよく乳を吸い、よく眠り、見るからに丈夫である。

幕府が権力を失い、五百年ぶりに朝権がよみがえった年に生まれたわが息子よ、新しい日本国を築く男《お》の子たれ、という期待をこめて、新太郎と名づけた。

おちかは産後の肥立《ひだ》ちもよかった。待望の男児が誕生して、鬱介はますます自由に解きはなたれた心境だった。

井上家の跡とりはできた。老親も、幸いにして壮健である。いまこそ、男子一生の命運をかけた大勝負に出るときであろう。京へのぼり、中沼先生のお力添えにより、みかどに勤王の文武館を嘆願しよう。

九　鳥羽伏見の戦い

慶応三年（一八六七）陰暦十二月

その秋、みやこの了三に、ふたたび投獄の危機がせまっていた。

池田屋事件で捕縛されたひとり、了三の門弟、書店主の西川耕蔵《と》が、激しい拷問のすえ、学習院儒官の中沼了三が、薩摩と土佐の藩士に倒幕を説いている、と言わされた挙げ句、血へどを吐いて絶命した。

それをうけて、会津（福島）、桑名（三重）、津（三重）の三藩が、二条城で会合をもち、了三の捕縛を決めたのである。

会津と桑名の藩主、松平容保《かたもり》と松平定敬《さだあき》は兄弟であり、両藩は、徹頭徹尾、佐幕派である。

津藩は外様ではあるが、天誅組の乱では、勤王の十津川郷士と戦って打ちやぶり、幕府側についていた。

その夜、仁和寺御室《にんなじおむろ》の了三の屋敷へ、御用の提灯《ちょうちん》をともした幕府の捕り方が、三十人、駈けつけ、ものものしく包囲した。

家の様子をうかがうと、庭にむいた丸窓から、行灯《あんどん》の光がぼんやりこぼれている。

夜霧を裂いて合図の笛が鳴るや、十手《じって》に突棒《つくぼう》、刺股《さすまた》をたずさえた捕吏《ほり》が、表門、裏門から、いっせいになだれこんだ。

中沼了三を捕えよ。

……もぬけの殻だった。


了三の捕縛を話しあった二条城の座敷では、次の間に、津藩士がひかえていた。そこに、たまたま了三の門弟、立川実斎《じっさい》がいて、捕縛を聞いたのである。

すわ、恩師の一大事。

「厠《かわや》へ、失礼」

立川は、なにげないふうを装って退席すると、ひそかに二条城を抜け出し、了三の私邸へ、一目散に駕籠を走らせた。

「先生、お逃げくださいっ。捕り手がきます」

了三は、驚愕しつつも、一瞬、迷った。

逃げ隠れする卑怯なふるまいは、わが信念に反する。

だが、今年、践祚《せんそ》なさったばかりの十代の睦仁親王《むつひとしんのう》、ならびに皇国のため、なすべきわが天命を思えば、いまはむなしく捕縛されるべきではない。

身支度もそこそこに、妻のくら、息子の璉三郎《れんざぶろう》と、駕籠三丁にのって京をたち、はるばる十津川へ避難、長男の清蔵が教授する文武館に身をよせた。

いっぽう、裏をかかれた会津、桑名、津の三藩は、執拗《しつよう》に刺客《しかく》を、十津川に送りつづけた。

了三は枕を高くして休むこともままならぬ。

ある日も、巨漢の侍があらわれた。

「中沼先生は、ご在宅でありもすか」体の底から、太い声を発する。

応対に出た弟子は、警戒の顔をこわばらせ、答えなかった。

「それがし、薩摩の西郷従道《つぐみち》でごわす。先生の弟子にて、ござりもんす。兄、隆盛《たかもり》の文《ふみ》を、あずかって参りもした」

書簡にいわく、……護衛の少ない十津川よりも、みやこのほうが、安全でござりましょう。京詰めのわが薩摩藩士をして、先生を護衛させますゆえ、なにとぞ、お帰りください。さらなる重要なお役目が、先生をお待ちしております。……

隆盛、従道の厚情に、了三は目頭を熱くして、十津川郷士の警護のもと、帰京の途についた。

伏見までもどると、京街道を駈け足でくだってくる別の十津川郷士とゆきあった。

「先生、大政奉還ですっ」了三に報せるため、十津川をさして走ってきたのだった。

朗報に接した了三は、歓喜に手をうち、快哉《かいさい》を叫んだ。

室町の幕府より五百年つづいた武士の世が、ついに終わった。いよいよ天皇親政がはじまる。

了三の一行は、感涙と武者震いとともに、からくれないのもみじ燃える都大路《みやこおおじ》を、勇ましく進んでいった。

だが、弔《とむら》いもあった。

帰京してほどない十一月十五日、みやこの十津川屋敷に近い近江屋《おうみや》にて、土佐の坂本龍馬と、中岡慎太郎が襲撃された。

龍馬は、その夜に絶命。慎太郎は、二日後に息をひきとった。

生前の慎太郎は忙しく諸国を歩いていたが、みやこへもどると、「中沼先生、帰りました」と笑顔を見せにきた。

思いかえせば、中沼塾入門の日、慎太郎は、「拙者《せっしゃ》、阿波《あわ》（徳島）の産、西山頼《にしやまらい》作《さく》と申す」と名乗った。

その口ぶりが土佐弁であることを不審に思い、問いただすと、にわかに、男は、気まずい顔に転じた。

了三は言った。「内《うち》に省《かえり》みて、疚《やま》しからず、と論語に言います。わが身をかえりみて、良心に恥じることがない。そうした心でなければ、学問も、人徳も、身につきません。素性を偽っていては、学友もできぬでしょう。失礼」了三はたちあがった。

「お待ちくだされ」退室する了三の袴に、男はむんずと太い腕をのばした。「それがしが、間違っておりました。土佐脱藩、中岡慎太郎と申します」

素直に詫びたところに好感をもって、入塾をみとめると、

「ありがたく存じます」慎太郎は、にっと皓歯《こうし》をみせた。

あの男は、笑顔に、愛嬌があった。どこか、憎めない男であった。土佐の侍は、なぜかしら、くったくなく、明るい。

また慎太郎は、深い教養をしのばせる書簡をつづる侍であった。勉強家であり、昼は、了三のかたわらで一心に文机《ふづくえ》にむかい、夜になると町へ出て時事をさぐっていた。

慎太郎は、将軍の大政奉還に納得せず、武力で幕府を倒せと、断固、主張していた。その強硬論がわざわいして、ねらわれたのか。

卓越した門弟を喪《うしな》って、了三は、悲嘆にくれた。

葬儀でかわされたみやこびとの噂によれば、新撰組が斬った、という。が、真相はわからぬ。

尊攘派と佐幕派。

その対立の根深さに、了三は暗澹《あんたん》としつつ、白髪の混じる頭《こうべ》をたれ、東山霊山《りょうぜん》へむかう土佐藩士の葬列につづいた。

翌十二月の九日、明治天皇の名のもとに、王政復古の大号令が発せられた。

幕府を廃絶して、天皇を中心にした新しい政府がなったと、宣言されたのである。

まつりごとに参画しようとあえて将軍職をしりぞいた徳川慶喜を排除するため、薩摩の西郷隆盛と大久保利通《おおくぼとしみち》、公家の岩倉具視らが考えぬいた意趣返しだった。

朝廷のしくみも一新された。

昔ながらの摂政《せっしょう》と関白をとりやめ、総裁《そうさい》、議定《ぎじょう》、参与からなる三職《さんしょく》がおかれた。

総裁には、かつて皇女和宮の婚約者だった有栖川宮熾仁親王《ありすがわのみやたるひと》がつき、国政を総理する。

議定は、了三が伴読《はんどく》としておつかえする仁和寺宮嘉彰《にんなじのみやよしあき》親王などの皇族、公卿、福井藩主の松平春嶽《しゅんがく》などの大名。

参与には、岩倉、西園寺公望《さいおんじきんもち》といった公家、西郷隆盛、大久保などの武士。民間からは、中沼了三が抜擢《ばってき》され、新政府の中枢に入り、国政に身を投じることになった。

だが薩摩の西郷と大久保は、倒幕の手をゆるめなかった。慶喜の力をさらに弱めるため、内大臣の辞官と徳川家の広大な領地返納をもとめた。

それをうけ、京の二条城にいた慶喜は、ひとまず大坂城へしりぞいた。

幕府側は、反撃に転じた。

年が明けた慶応四年（一八六八）正月二日、大坂城の幕兵、会津藩、桑名藩など一万五千人の兵が、薩摩藩討伐のため、みやこをさして北上。

翌三日、京の南、鳥羽《とば》を強行突破しようとする幕軍にむけて、薩摩が砲撃でむかえた。伏見でも長州が幕軍と戦闘を始めた。ここに、鳥羽伏見の戦いが、はじまった。

この日、了三は、新政府の参与、大久保に提言した。

「出陣するには、天朝を守る軍隊としての大義名分が必要であります。薩長兵のよせ集めではなく、みかどの兵としての大義と組織をととのえるべきです。わが軍《みくさ》が皇軍ならば、征討《せいとう》大将軍は宮様を、たとえば仁和寺宮様を任命すべきでありましょう」

進言はとりいれられ、四日、明治天皇は、仁和寺宮を征討大将軍に命じ、みかどの権限を代行する証《あかし》となる刀もさずけた。

これにより、新政府軍は、天朝から正式に認められた官軍となった。敵対する幕軍は、朝敵《ちょうてき》、賊軍となった。

了三は、軍事参謀を命じられ、仁和寺宮からたまわった唐織《からおり》の陣羽織、「赤心《せきしん》報国」ときざまれた浅見絅斎《あさみけいさい》の太刀《たち》を帯び、京の東寺《とうじ》より出陣。ふたりの息子、清蔵、璉三郎とともに進軍した。

兵力において、新政府軍は四千人と劣っていたが、薩長兵の新型銃と洋装、さらにみかどの軍隊であることを示す錦《にしき》の御旗《みはた》が、幕兵を打ちのめす強力な武器となった。

錦の御旗とは、赤い絹織地に、菊の御紋を、金糸で縫いとったのぼり旗だ。後鳥羽上皇が鎌倉討幕の兵をあげるに際し、朝廷軍の印としてもちいたのが、始まりとされる。

その故事にならって、新政府軍は赤いのぼり旗を急ごしらえし、砲弾が炸裂して土煙のあがる戦場に高々とかかげると、金色の菊の御紋が、きらきらと日に輝いた。神々しい御旗を目にするや、幕軍の兵は、みずからが朝敵となったことに恐怖し、顔色を変えて退却した。

同日、幕軍は、淀川《よどがわ》にちかい淀城に助けをもとめた。淀の藩主は、江戸幕府の老中である。当然、佐幕派のはずだった。

ところが淀藩は、幕府が朝敵となったと知るや、おしよせる幕兵の目の前で城門をとざし、敗退させたのだ。幕軍にとっては、衝撃の裏切りだった。

幕府側諸藩の寝返りはつづいた。新政府軍にとっては、有利な展開となった。

六日には、これまで幕軍だった津藩が、突然、新政府側に転身して、幕兵へむけて砲撃をはじめた。

味方から大砲がとんできた幕軍の兵は、大混乱におちいり、大坂へ敗退した。

この夜、徳川慶喜は、ひそかに大坂城をぬけ、海路、江戸へしりぞいた。幕府と朝廷が対立したときは天朝をえらぶ。水戸藩出身の将軍は、勤王の水戸学の教えに、したがったのである。

七日、慶喜征討の令が、天朝よりだされた。これを知った西日本の諸藩の多くが、新政府の軍門にくだった。

　この日、仁和寺宮嘉彰親王と了三ら参謀の一行は、新政府側に転じた淀城へ、華々しく入城した。

　城内にて、了三は、親王にもとめられて、浅見絅斎の『靖献遺言《せいけんいげん》』から「出師《すいし》表《ひょう》」を講義した。

「出師表」とは、古代中国の三国時代に、蜀《しょく》の国の丞相《さいじょう》、諸葛孔明《しょかつこうめい》が、主君におくった上奏文《じょうそうぶん》だ。

　諸葛孔明は、お仕えした先帝、劉備《りゅうび》の死後、魏《ぎ》の国を討つために出陣するに際し、後に残る亡き帝の子、劉禅《りゅうぜん》に、出師表をほうじた。

　その内容は、祖国の危急存亡《ききゅうそんぼう》の秋《とき》、後を継いだ主君に、人材を大切にすること、先帝だった劉備の遺徳を高めることを願い、さらに自分が先帝に登用された感謝と恩義を述べるものだった。

　主君への忠義と祖国への憂国の情にあふれ、「出師表を読んで、落涙せざる人は、不忠なり」といわれるほど、心うつ名文だった。そして諸葛孔明は出陣し、七年間にわたり戦地にあった。

　鳥羽伏見の勝利は、まだ始まりにすぎない。これから新政府軍は、東国《とうごく》へすすみ、江戸で、さらに東北で、幕軍と砲火をまじえる試練が待ち受けよう。どんな苦難があろうとも、みかどによる新しい国造りという大義名分のために真心を尽くすことを、諸葛孔明の言葉から、了三は説いたのだった。それはまた、亡き孝明天皇に登用されてお仕えした儒官、了三の決意でもあった。


この陣中から、中沼清蔵は、島後の毅男にあてて、文を送った。

冒頭には新年のあいさつを、つづいて父了三の積年の宿願がかない、王政復古と幕府瓦解《がかい》がなったこと。

鳥羽伏見の戦いにおいて、了三は参謀に任じられ、みかどより菊の御紋の御旗をたまわり感涙したこと。さらに従軍している鳥羽伏見の戦況日録である。

「賊徒《ぞくと》たる幕軍は、大愉快にも降参して、天下の大勢《たいせい》はさだまったゆえ、この書簡が届きしだい、上京されたい」と手紙はむすばれていた。


うけとった毅男は狂喜した。それから、むせび泣いた。

思えば、中沼塾で尊攘をまなんでより、はや十三年。毅男にとっても、大願の倒幕がなったのだった。

書簡を見せられた甃介、官三郎も、野獣のごとき歓声をあげた。

「幕府軍が負けたぞっ。万歳っ」官三郎にしては珍しく叫んだ。

「さっそく上京しよう。いよいよ朝廷に、文武館を直願《じきがん》するのだ。天皇をお守りする軍隊をつくるのだ」蛩介が言った。「だがな、密航だぞ。文武館嘆願という上洛の理由を申し出たら、陣屋も寺も、通行手形を出してはくれぬ。よって手形はもたず、ひそかに脱島する、犯罪じゃ」蛩介がにやりとした。

「して、船は……」と官三郎。

「同志の大西政一郎さんの弟、仙助《せんすけ》さんが、廻船問屋をやっちょる。仙助さんに船を借りて、船頭《ふなおさ》もたのもうぞ」毅男が提案した。

「よしっ」と蛩介。「では、島後の北部の港から、出帆しよう。西郷から船を出せば、陣屋の役人に見つかる。ただし、わしは別行動をとる。嘆願書の件で殴られてより、藩に目をつけられている。わしはひとり、小舟で島を出る。となりの島前《どうぜん》で、落ちあおうぞっ」

慶応四年（一八六八）陰暦正月

みやこの松江藩は、正月三日に鳥羽伏見の戦いが始まると、ひとまず幕軍に加わった。親藩として当然の選択だった。

翌四日、みやこでは、山陰道鎮撫使《ちんぶし》が結成された。文字通り、山陰道の諸藩を鎮圧して、新政府に恭順《きようじゆん》させる部隊である。

総督は西園寺公望、二十歳。

西園寺は、公家の徳大寺《とくだいじ》家に生まれ、西園寺家へ養子に入った。同じく新政府の参与となった徳大寺実則《さねのり》の弟である。

このとき、幕府と新政府の戦さは始まったばかり、勝負のゆくえは、まだ見えなかった。

幕軍は一万五千人の大兵力を擁《よう》し、新政府軍がやぶれる見込みもあった。

万が一、幕兵が御所に攻めこんできたら、みかどをいかにおまもりするか。

岩倉と大久保は、攪乱《かくらん》作戦を編み出した。

大勢の女官《によかん》にかしずかれて育ったみかどは、いまだ少年の華奢《きやしや》なお体つきである。女官に変装していただき、薩長の屈強な兵士を少数、あやしまれぬようにお供させつつ、日本海へぬけて山陰道をくだる。芸備（広島、岡山）あたりに、仮の宮居《みやい》をもうけ、天下に檄《げき》して、倒幕の義兵をつのる。

その先がけとして、まずは山陰道の八国を、新政府に屈服させておかねばならぬ。とくに、徳川親藩の松江藩は、幕軍についた敵であり、油断がならない。

正月五日、西園寺と薩長兵からなる山陰道鎮撫使は、みやこをたち、西へくだっていった。

そのころ松江城では、六人の家老が、これから幕府につくか、朝廷につくか、激論を戦わしていた。

いまや幕府は朝敵となり、幕軍についた松江藩も、はからずも賊軍の汚名を着る羽目となった。

それでも義を重んじて、徳川家への忠節をつらぬくか……。それとも親藩松平家の誇りをかなぐり捨てて、朝廷に寝がえるか。

家老の大橋筑後の祖先は、慶長五年（一六〇〇）の関ヶ原にて、家康ひきいる東軍として戦った武士であり、あくまでも徳川家への忠孝をつらぬく覚悟だった。

乙部勘解由の先祖も、大坂冬の陣、夏の陣で、徳川方として豊臣勢を討ちほろぼし、家康の孫、松平直政の家臣となってより、代々、松平家一筋につかえてきた。

おめおめと朝廷の軍門にくだる屈辱よりは、松平家におつかえして討ち死にする誉《ほま》れを選ぶ。

松江城では、幕府につく方針へかたむいた。

ところが、一月八日になると、戦場の松江藩は、新政府軍についたのである。幕軍の敗北は、ほぼ決定的となり、前将軍の慶喜が大坂から船で江戸へ逃げ帰ったのを知ってのことだった。

藩論はまた揺らぎ、決まらなかった。

家老は、密使を西国の各地に送りこみ、諸藩は新政府に服従するのか、幕軍として抵抗するのか、動向をさぐらせた。

そして大勢《たいせい》が新政府についたと知った一月十六日、藩主の定安はようやく、「ひたすら勤王のほかこれなし」という決意を、初めて内外に示した。

慎重にも慎重を重ねる松江藩の、あまりにも遅すぎた決定だった。

このあいまいな態度が、山陰道を進んでいく鎮撫使に、疑念をもたらした。松江藩は、いまだ徳川家と通じているのではないか……。

ちなみに隣の鳥取藩は、鳥羽伏見の戦いが始まると、家老荒尾の判断で、すみやかに官軍についた。さらに山陰道鎮撫使がくだってくると、恭順の使者を鳥取から送り、藩主の屈服状をさしだした。

ところが松江藩からは、使者も来なければ、藩主の屈服状も届かない。

松江藩の不審な行動はつづいた。

一月下旬、二番八雲丸が、若狭の宮津《みやづ》港（京都）へ、二度、出入りをくり返したのである。

すぐ近くには、西園寺と鎮撫使が滞在していた。

大砲四門を搭載したアメリカ製の軍艦を、わざわざ近づけるとは、官軍への威圧、挑発ではなかろうか。

鎮撫使は強権《きょうけん》を発動して、八雲丸を拿捕《だほ》、港に抑留《よくりゅう》した。

すべては定安の計略だった。

鳥羽伏見で幕軍がやぶれたとはいえ、会津、長岡といった東北、北越勢は、いまだ佐幕を堅持している。

江戸へしりぞいた慶喜公が、幕臣に説得されて、ふたたび挙兵して京を攻める可能性もある。

たとえば、幕臣の大鳥圭介《おおとりけいすけ》殿が、幕府海軍の連合艦隊をひきいて、大坂湾へまいもどったら……。

大鳥殿は、かつて江戸表の松江藩士に、洋式歩兵術を指南した恩人だ。四年前の第一次長州征討では松江城に来て、長州勢をにらんで戦略を練った軍監でもある。激しい闘志の持ち主であり、こうした幕臣の反撃は、充分に予測された。

そこで、南の大坂湾に幕府の軍艦が集結したら、松江の八雲丸は、東北の諸藩と協力して、北の若狭から京へ攻めこみ、薩長軍を挟みうちにして、戦う。

だが、万にひとつ、新政府軍が江戸城を落としたら……。わが藩も、遺憾千万《いかんせんばん》ながら、天朝にしたがうほかない。

時勢は、流動的である。いずれにも対処できるよう、定安は、風向きを注意深く見きわめて、両面作戦をとっていた。

それはもはや、徳川家をまもるためでは、なかった。徳川家は、広大な領地の返上を朝廷からもとめられ、衰亡の一途をたどっている。

幕府は消えていく命運にあるのかもしれぬ。

だが、なにがあろうと、松江藩は、生き残らねばならぬ。それが婿養子にきた定安にとっての、命がけの使命だった。すべては、出雲国と松江藩松平家を死守するための奇策だった。

慶応四年（一八六八）陰暦二月

鵜介は、怒濤《どとう》さかまく日本海を漂流していた。

天朝に文武館を嘆願するため、京へむかう帆船《ほぶね》、純康丸《じゅんこうまる》は、吹き荒れるみぞれ混じりの雨と強風、激浪に翻弄されていた。仙助の舵とりもむなしく、灰色に荒れ狂う海をかたむいて流されていく。

濁った海から白い波濤《はとう》がまきあがって船を高くもちあげ、また暗い波間のどん底へ突き落とす。

渦巻く大波が船べりにぶつかって砕け、船体を右にも左にも激しく揺さぶる。

船室から甲板に頭を出した甃介に、凍える波しぶきが打ちつけ、塩辛い海水が目にしみた。大雨と波しぶきを浴びて、船はいまにも沈むかと思われるほど、かたむいた。

通行手形をうけぬまま脱島したのは、甃介、毅男、官三郎、正弘、冬之助、貫一郎、その弟の二郎、北方村庄屋の政一郎、代村《しろむら》庄屋の息子、八幡《やわた》信左衛門《しんざえもん》など総勢十二人。

十九歳から四十六歳の男ざかりの一行は、船室でみな沈黙して青ざめ、正弘が海の神に祈禱《きとう》を捧げ、若い二郎は船酔いに吐いていた。

このたびの上京は、若狭の小浜経由ではなく、長州の萩と下関に寄って、鳥羽伏見後の政情をつかんでから、瀬戸内をぬけて大坂港へ、あとは陸路、京街道を歩いてのぼる旅程だった。

極秘の上洛ゆえ、同志は、家族にさえ、目的を告げずに出ていた。

甃介も同様であった。

「久しぶりに京へのぼって、中沼先生にお目にかかろうと思うてな」

朝廷への直訴は、父にも黙っていた。

ところが出立の前夜、おちかは、乾飯《ほしいい》、味噌、梅干しの包みにそえて、つげの櫛《くし》をさし出した。

「この櫛を、おもちください。櫛は、苦労と死の危険をとりさり、身代わりとなってくれると言います」女の勘で、なにかを察していたらしかった。

「新太郎を頼んだぞ」

小さな布団に寝息をたてているわが息子を、磐介は愛しく見まもった。

旅には、さまざまの苦難が予測された。

出国届を出さない脱島、冬のなごりの季節風が吹く日本海の航行、鳥羽伏見の戦場跡を歩いて京へのぼる道々の困難も、予想された。

なにしろ鳥羽伏見の残党狩りはむごたらしく、官軍の薩摩や長州の兵は、会津、桑名らしき幕軍の兵を見つけると、首を斬り落とし、金目のものを身ぐるみはぎとるという風評だった。

さらに朝廷への大それた請願もある……。

すべてに、磐介は薄氷をふむような不安と緊張をおぼえていた。

これが、おちかとの永遠《なが》の別れとなるかもしれない。

「きっとお帰りください。待っております」行灯《あんどん》の暗いあかりに、おちかの細長い目が濡れていた。

それでもくわしいことは秘していた。

だが、有木村の常太郎だけは別だった。

世直しのため、大塩の乱に出陣して逃亡のすえに死した父を持つ常太郎には、万一の事態にそなえて、脱島する目的を話しておきたかった。

細雪《ささめゆき》のちらつく二里の道のりを、甃介は蓑《みの》をまとい、うつむいて歩いていった。

雪は、西郷の港にあとからあとからふりかかり、音もなく溶けていた。

静かに淡雪のふる隠岐にいると想像もできない革命が、いま、みやこを揺り動かしている。

何百年もつづいた武家の治世が終わり、隠岐ゆかりの後鳥羽上皇、後醍醐天皇が悲願となさった天皇親政が、ついに成し遂げられたのだ。さらに薩長軍は、幕軍をうちやぶり、京から敗退させたのだ。

そのみやこをこの目で見たい、海の勤王隊を養成する文武館を、隠岐につくりたい。甃介の胸は燃えたっていた。

常太郎は、すり鉢に漢薬を調合していた。甃介が凍えた手指を囲炉裏《いろり》にかざしながら、鳥羽伏見の幕府敗北を告げると、常太郎は、目尻に涙をたたえた。

その心を、甃介は即座に理解した。

……常太郎どのは、幕府が倒れる日を、ひそかに待ち望んでおられたのだ。大塩の乱の罪がとかれ、故郷《おくに》の河内《かわち》へ帰る日を、長年にわたり、待ち焦《こ》がれておいでであったのだ。……

常太郎は涙をぬぐい、目を赤くして言った。

「勤王のお志も、大事にございましょう。されど甃介どの、どうか、島のため、民のためになるよう、お働きくだされ」

甃介は、陣屋の監視をあざむくため、単身、島前の西ノ島へわたった。待ちうけていた官三郎、毅男ら十一人と合流して、仙助が所有する純康丸に乗りこんだ。

帆船《ほぶね》は一路、西へ。

長州の藩都、萩をめざした。

だが、冬から春先の日本海は、北西の季節風が激しい。まさに逆風である。

帆船は嵐の海を難航し、二月十三日、萩の手前、石見国の浜田、外《と》の浦《うら》へどうにか避難した。北前船の入る港町である。ところが、船が入る目印となって港に見えていた浜田城の天守閣は、あとかたもなく消えていた。

「慶応二年の浜田落城は、話には聞いていたが……」

幕藩の権力の象徴として天を突いていた城が、そっくり消えている。世の中はまさしく、倒幕へむけて激動している。天地が動くとは、こういうことか。

かつては城がそびえ、いまは雪のふりしきる城山を、鷲介が言葉もなく見あげていると、

「浜田の殿さまは、敵の長州兵を前にして、船で逃げ出したげな」毅男が、勝ち誇ったように言った。

船を港につけ、目前に看板をあげていた船宿、清水屋《しみずや》に、一同は入った。時化《しけ》を漂流した寒さと疲れから、温かい夕飯をとると、同志は倒れるように床につき、海鳴りを聞きながら深い眠りに落ちていった。

「お侍さま、お侍さまっ」

翌朝、ふすまごしに声がした。

お侍さまとは、だれであろう……。なかば寝ていた鷲介が不審に思ったそのとき、ふすまが音を立ててあき、冷気が流れこんだ。

眠い目をあけると、二刀をさした武士が四人、勇猛の足どりで布団に荒々しく踏みこんできた。

「おまえら、幕軍の敗残兵だなっ」怒号が、頭上に響いた。

この侍は、なに者か……。甃介が狐につままれた思いでいると、

「きさまは、会津か、桑名か。鳥羽伏見からは逃げおおせても、長州からは、逃げられんぞっ」

思いがけない言葉に、慌てて起きあがった甃介の前に、長い白刃《しらは》がふりおろされ、つららのように冷たく光った。武士に抜き身をむけられたのは、初めてだった。

「動くな。逃げれば、斬るぞ」

低い怒号に、殺気がみなぎっていた。

甃介は、自分の大小を枕もとに、横たえていた。

武士はその二本を、目の端に鋭くとらえてから、刀の柄《つか》をにぎり直し、甃介にむけて、太い腕でかまえた。

「おぬし、幕府の隠密《おんみつ》だな。長州をさぐりにきたか」

鳥羽伏見の落ち武者と誤解されている。このままでは、むごたらしい残党狩りの餌食《えじき》となる……。ふと思えば、同志はみな月代《さかやき》をのばし、後ろでたばねた総髪《そうはつ》だった。

「われわれは長藩である。城が落ちた浜田藩に駐屯しておる。覚悟せよ」武士は怒鳴った。

そのとき、寝床から声がした。

「わたくしは、隠岐国一《いち》の宮《みや》、水若酢神社の大宮司、忌部正弘と申す。動けば斬る、と言われますけん、寝たままで失礼いたす。われわれは、鳥羽伏見から逃げた落ち武者ではない。徳川の隠密でもない」

いとこの甃介が、いましも斬られようとしている……。その危急に、正弘は声をあげたのだった。

「拙者も、同じく隠岐国の産《さん》、上西村庄屋、官三郎」布団から、くぐもった声がした。「われらは、庄屋、神官、医者、地主の一行。幕軍どころか、尊王の志を抱《いだ》いて、京へのぼる途上にて、ございます」

「ならば、通行手形を見せいっ」

長州藩の役人が面食らった様子で、ふたたび怒鳴った。

「往来の手形は……、ございませぬ」官三郎は刀の切っ先を避《よ》けて、寝床の奥へもぐったのか、声が小さくなった。

「ほれ見ろっ、やはり怪しい。手形がない上、二刀をもち、頭は総髪とくれば、幕軍の落ち武者じゃ。さもなくば、手に負えぬ狼藉者《ろうぜきもの》にて、国もとから追い出されたか」

「ここに、上京の目的にまつわる書面が、ございますが……」刀の下に身をかがめている甃介が、首をすくめながら口をひらいた。「みかどのため、海の勤王隊にならんと、文武館設立を朝廷に嘆願する書状にございます。わたくし蟄介がしたためました」

「見せろっ」

「その前に、この御刀《おんかたな》を……」

蟄介の面前に光る長い抜き身が、やっと鞘《さや》におさまった。

長州藩役人の頭《かしら》らしきひとりが、嘆願書の写しに目を通した。

外夷から隠岐をまもるため、文武館で稽古に励み、国恩に報いたい……とする書面である。

下関で西洋列強から圧倒的な砲撃をうけて屈服した長藩としては、外夷排斥とは、時代錯誤にも思えるが、それなりに筋が通っている。蟄介と申す男、なかなかの素《そ》養《よう》の持ち主……と、見直す表情に変わっていた。

同志は胸をなでおろす思いで、息をもらした。

「して、拙者、官三郎が、代表して事情を申しあげます。起きあがって、よろしいでしょうか」

「しかたあるまい」

寝ぼけ面の同志は、こわごわ起きだし、布団に正座した。

官三郎いわく……、文武館を松江藩に嘆願したものの三たび拒絶され、新政府参与をつとめる同郷の中沼了三先生をたよって朝廷に請願するため上京中であること、ゆえに、藩の通行手形をもたぬ密航となったこと。

「ま、話半分として聞いておこうぞ。それがしは長州藩、徳富恒輔《とくとみつねすけ》と申す。今朝がた、わが藩の改船局《かいせんきょく》が、外の浦に碇泊中の船舶をあらためたところ、不審船を発見。乗員の十数人が、ここ、清水屋に投宿したと漁師から聞きおよび、逃亡せぬうちにと、朝一番に踏みこんだ次第じゃ。

よいか、おまえらの疑いは、まだ晴れてはおらぬ。得体の知れぬ二本差しの連中を、みすみす取り逃がすわけには、いかん。素性が明らかになるまで、出帆《しゅっぱん》は、まかりならぬ」

四人の役人は、いまだ不審そうに同志をにらみつつ退去した。

「まさか、このわしらが、鳥羽伏見の落人《おちうど》に間違われようとはのう」毅男が寝起きの頭をかきむしった。

「甃介が無傷で、安堵したよ」冬之助がやっと笑みをうかべた。「いま思えば、みなして布団に正座して、おかしな光景だったたな」

ほかの同志も笑った。

「して、どげして、身もとを証明するか」官三郎が乱れた髪を、几帳面に撫でつけた。「石見国の浜田に、知りあいはおらぬし」

「わしでよければ、どうにか、いたしましょう」船主の仙助が、朝めしも早々に宿を飛びだし、暗くなるまでもどらなかった。


翌朝、小林儀兵衛《ぎへえ》と名乗る身なりのよい男が、船宿へあらわれた。

「これはこれは、小林様、ようおいでなった」玄関の大火鉢にあたりながら待っていた仙助が、両手をもみしだいた。

小林は、浜田の廻船問屋だった。所有する船に買いつけた商品を積み、隠岐へ、松江へ、また全州へわたって売りさばく。同じ商《あきな》いの仙助とは、ほうぼうの港で顔をあわせ、潮の流れ、売れ筋をつたえあう間がらだった。

「お身もとの保証なら、おまかせあれ」小林はうけあった。「お役人の御前《ごぜん》にて、証言して進ぜましょう」


一行が、勤王の志士と判明すると、長州藩の態度は一変した。

「さきのご無礼、おわびいたす」

徳富恒輔が、同志にむかって頭をさげた。

　鼇介は、新鮮な驚きと感銘をおぼえた。陣屋の松江藩士が、農民に謝ったことなど、あっただろうか。この徳富というお侍は、信頼のおけるお方だ。鼇介は胸のうちに思った。

　徳富が丁重な口ぶりで言った。

「みなさまがたは、京へのぼられる道中とうかがったが、上洛は、しばし待たれるがよい。徳川征討の令が発せられ、東国《とうごく》に戦さ、動乱がおこるであろう」

「徳川を討つ戦さなら、ぜひ、わが輩《はい》もつれて行ってくだされ」医師の貫一郎が申し出た。

　弟の二郎も、「みかどの軍に加わり、お役に立ちたいと存じます」と両手をついた。

　徳富は困惑の体《てい》で、「いまひとたび、ご帰島されるがよい」と答えた。

　辺鄙《へんぴ》な孤島の農民兵の面倒など、見切れぬわい、征討軍にくわえても、かえって足手まといになるばかり……。

　徳富にうっすら軽侮の色が浮かんだのを、鼇介は見のがさなかった。

　やはり武士というものは、勤王の長州藩でも、わしらを小馬鹿にするのか。鼇介の負けじ魂に、火がついた。

「帰島して、なにをせよ、とおっしゃるのですか」鼇介はつっかかった。

「うむ。そうじゃな……」徳富は腕ぐみをした。「松江藩は、朝敵である。よって、すべての藩役人を、隠岐から追放すべきであろう。文武館は、そのあとじゃ」

甃介に問い詰められ、徳富は、さほど深い意味もなく口にしたようだった。

ところが……。

「藩役人を追放する……」つぶやいた毅男が、雷にうたれたように身ぶるいして、顔つきまで一変した。「そうじゃっ、山郡郡代の追放だ。松江の役人を、片っぱしから追いはらうのだ」

毅男が叫んだとき、同志の表情も、そろって変わった。みなの志が、文武館設立から、藩役人の放逐《ほうちく》へ、勤王の島づくりへ、変わった瞬間だった。

毅男が同志にむかい、言い切った。

「すでに幕府の力は地に墜《お》ちた。わしらの隠岐は、徳川から離れ、天朝の島になるべきじゃ」

「隠岐が、みかどの島に……」甃介が、興奮の声をあげた。

「して、松江が、報復の兵を送ったら……」冷静な官三郎が、たずねた。

「ご安心あれ」徳富がこたえた。「松江は、官軍寄りの藩に包囲されている。東に鳥取、南には広島、西にわが長州。この逆境を顧《かえり》みずして、愚かにも、隠岐へ兵をさしむけることは、なかろう。松江の役人を放逐の上、隠岐国を、勤王の一心にまとめられよ。藩とつながりの深い商人、僧侶も、島には、いることであろうよし」

最後に、徳富はむすんだ。

「郡代の山郡殿とやらを追いだされた暁には、敵《てき》を討ち取った印に、その首を、わが藩に届けられよ。さもなくば、貴殿らに屈服した、と、山郡殿の一筆をとられよ。もっとも……、郡代ともあらば、身分の高いお侍。屈服状をしたためるような面汚しは、なさるまい。やはり首じゃ、その首をとられいっ」

そう言いながら、徳富は、庄屋や百姓が、徳川親藩の武士を相手にできるとは、到底、信じていなかった。

十　家老の首

慶応四年（一八六八）陰暦二月　鳥取、松江

松江藩役人の追放を決めた懿介たちは、さっそく帰島することにしたが、風むき悪く、順風をまって、浜田に二十日ほど、足止めを食っていた。

そのころ松江城には、鳥取藩の米子《よなご》城までくだってきた山陰道鎮撫使より、抗議書がとどいていた。

……総督の西園寺殿が滞在なさった但馬国《たじまのくに》（兵庫）村岡の近く、宮津《みやづ》（京都）の港に、松江藩は、八雲丸を二度にわたり、無断で出入りさせた。

また山陰道の大藩、小藩ともに、西へくだる鎮撫使の本営をおとずれ、官軍に恭順の誓約書をさし出しているが、尊藩からは音沙汰がない。いずれも無礼である。

……

松江藩は、みやこから来た官軍に、難癖をつけられたのである。

うけとった城では、定安が上洛につき、不在だった。

家老の大橋が、藩を代表して、鎮撫使の滞在する鳥取藩の米子へ、国境をこえてはせ参じた。

鳥取藩は、鳥羽伏見の戦いが始まると、水戸学の教えに従い、すみやかに藩論を勤王にさだめ、全州でも真っ先に薩長軍にくわわり、官軍として参戦、淀城の戦いに貢献した。鳥取の藩主は前将軍慶喜の兄だけに、朝廷からあらぬ誤解をうけぬよう、いち早く官軍についた、とも言える。

さらに鎮撫使がくだってくると、鳥取藩領に入る前に、出迎えの使者を送り、勤王奉仕の誓約書を出した。

こうした服従の姿勢ゆえに、鎮撫使のおぼえはめでたかった。

たいする松江藩は、鳥羽伏見で幕軍について敵対したばかりか、西国諸藩が降伏したあとで、ようやく帰順した。しかも、いまだに降伏の誓約書をよこさない。

松江の城には、反官軍の勢力がある……、と鎮撫使は見て、手始めに、八雲丸の不審行動から糾問《きゅうもん》することにした。

大橋が、中海に面した米子城につくと、鳥取藩士の神戸《かんべ》源内《げんない》より、厳しい追及をうけた。

「尊藩は、八雲丸を、鎮撫使のご滞在地に近い宮津へ、さしむけた。これはすなわち、官軍と一戦をまじえるおつもりであったな」

大橋は、ひたすらに恐縮の体で、膝のあたりをこすりながら、

「いえいえ、京の南、山崎をまもるわが藩士へ、兵糧米《ひょうろうまい》を送りとどける任務にござります」

「ふむ。米の輸送なら、なにも大砲をつんだ軍艦でなくともよかろうに……」神戸は薄ら笑いを浮かべた。

大橋は返答に窮した。

神戸はさらに問いつめた。

「みやこへ米を運ぶなら、荷揚げ地は小浜のはず。なぜ宮津に入ったのだ」

「それは……、日本海が大時化《おおしけ》につき、暴風を避けるため、宮津に入ったようでござります」

「さようか。では宮津を出たあと、なぜまた同じ港に入ったのじゃ。よいか、宮津

藩は幕軍についた朝敵。その宮津と組んで、反撃を謀《はか》ったなっ」語調が鋭くなった。

「それが……、船が故障して、もどったようでございます」

しどろもどろに釈明しながら、大橋自身、こんな嘘がまかり通るとは思っていない。だが一度ついた嘘は、つき通すしかない。

「松江のご家老殿は、そのような見えすいた虚言をもうされるか」神戸は、侮蔑するように、鼻を鳴らした。

大橋家老は、実直の人となりが、風采ににじみ出ている初老の武士である。早春というのに、しきりに汗をぬぐっていた。

この家老も、なにも好んで言い逃れをするのではない。藩をまもるため、やむなく苦し紛れの抗弁をしているにすぎない。同席の鳥取藩士は、みな察していた。だが、目をしばたたかせて釈明する家老への糾問は、これで終わらなかった。官軍という虎の威をかりた鳥取藩と鎮撫使の追及は、容赦なかった。

二月十三日、大橋はふたたび鳥取藩に呼びだされ、鎮撫使の御《お》達書《たつししょ》をうけとった。

松江藩不届《ふとど》きの処罰として、四か条が書かれていた。

一、出雲国松江藩の領地の半分を、朝廷にお返しする
一、家老が切腹する
一、藩主の跡つぎを、人質としてさし出す
一、出雲国の国境で、松江藩と新政府軍が一戦をまじえて、決着をつける
いずれかを選んで、謝罪せよ

徳川家につらなる松江藩が、二度と反官軍のたくらみや抗戦をせぬよう、再起できぬほど徹底的に打ちのめす。そのための恫喝だった。

大橋は、悲愴の面もちで読み終えると、家老らしい品位を保ち、ゆっくり筆をはこび、請《う》け書に、名をしるした。

中海にそって藩都の松江へもどる道々、駕籠にゆられながら、大橋は心を決めていた。

二項めの「家老が切腹する」を選ぼうぞ。おのれひとりが犠牲になれば、すべては丸くおさまる。この腹を切れば、わが藩の領地は保たれる。お世つぎの御身《おんみ》もご無事となる。出雲国の民草《たみくさ》も、戦火にさらされることはない。

出雲国と松江藩松平家のため、この老体を捧げよう。

わが祖先は、関ヶ原の戦いにて家康公ひきいる東軍として戦って、勝利に導いた

誉れある忠臣。その末裔《まつえい》たるわれも、徳川への忠義のため、腹を切ろう。

松江城にもどった大橋は、重臣を集め、おごそかに言いわたした。

「わが首さし出して、朝廷に謝罪いたす。

だが、武家たるわれは、決して朝廷に屈服するまいぞ。たとい今生《こんじょう》を去ろうとも、わが忠魂は、徳川宗家とともにある」

二月二十四日、割腹所にあてられた出雲国安来《やすぎ》の常福寺へむかう一隊があった。駕籠をかつぐ男たちは、沈黙のまま、涙を流している。護衛の松江藩士は、悲嘆に青ざめ、怒りに唇をかみしめていた。

駕籠のなかでは、大橋が諦念の面もちで、まなこをつぶっていた。

今朝がた、永別の水盃《みずさかずき》を交わした妻の涙顔、せがれのなごりの顔も去来したが、心残りは、藩主、定安公だった。

……幕府瓦解の世に、殿に忠孝を尽くせぬうちに、先だつ非礼を、どうかお許しくだされ。

思い返せば、定安さまが、江戸から初めて出雲へお国いりなすったのは、嘉永七年二月……。今から十四年前の寒い日であった。

殿は、まだかぞえの二十歳。城の天守閣へご案内すると、遠めがねをあてて、夕日にかがやく宍道湖を、薄暮《はくぼ》につつまれていく松江の城下を、熱心にごらんになっていた。

あのころは山陰沖に黒船が出没し、外夷撃退のため、蒸気船を英米から購入した。ところが、世は鎖国から開国へうつっていた。長州戦争ではわが藩がやぶれ、ひと月前の鳥羽伏見でも幕軍が惨敗した。

乱世のさなか、殿にお仕えしたものの、愚臣の力不足ゆえ、幕藩の廃退に歯どめをかけることも、かなわなかった。これまた無念である。

よもや幕府が倒れるとは、思いもよらなんだ。その見通しの甘さには、権力の座にあぐらをかいた奢りもあったかもしれぬ。あるいはもとより、浮き世は無常の定めか、これもわが天命か。……


寺につくと、生け垣の紅椿が散っていた。

大橋は、白装束、水浅葱《みずあさぎ》の裃《かみしも》、白足袋にあらためた。

本堂には、厳しい尋問をした鳥取藩の神戸が、神妙に座していた。

二人は黙礼し、鎮撫使の検使《けんし》を待った。詰め腹がなされたことを見とどける官吏《かんり》である。

寺の老住職も、数珠《じゅず》をくりながら、伏し目がちに控えている。

裏庭では幕が張りめぐらされた。砂をしきつめ、畳二枚をおいて白木綿でおおう。介錯人《かいしゃくにん》は刀を清め、したくが整っていった。

正座して、そのときを待ちながら、寂々《じゃくじゃく》としてまなこを閉じている大橋の耳が、かすかな地響きをとらえた。

あれは……。こちらへ近づいてくる。

もしや、馬のひづめの音。

目をひらくと、隆々《りゅうりゅう》たる馬が、砂煙をあげて寺へ迫ってくる。

「殿さまからの早馬じゃ、のけっ、のけえっ、定安公のお使いじゃあっ」乗り手が叫ぶ。

駿馬《しゅんめ》は、黒光りする毛並みから、湯気を立ちのぼらせていた。馬上の男は、手綱を引くや、嘶《いなな》く馬から飛びおり、一目散に走ってきた。

「みやこの定安公より、使いの者にてござる」汗みどろの男は、息も絶え絶えに叫ぶ。「大橋殿は、いずこにっ」

「こちらへ、拙者でござる」

大橋が姿をあらわすと、使者は大きく息をしてから、うやうやしく、白装束のもとにひざまずき、一封をさし出した。

……大橋筑後殿

見なれた筆づかい。まさしく定安公の墨の色、お手跡《てあと》であった。

定安公のため、藩のため、露と消える老臣の最期を、お心にかけてくださった。

自刃を決めてより、一度も涙をみせなかった大橋が、封書をおしいただくや、うっとつまり、顔をゆがめた。

やがて巻紙をひらいて読み進むうち、大橋は、ぬれ縁につっ伏して、肩をふるわせた。

大橋の切腹を知った京の定安は、朝廷にあがり、西園寺の兄である徳大寺実則《さねのり》、岩倉具視といった政府の有力公家に働きかけ、家老の助命をとりつけたのだった。

大橋は男泣きに哭《な》いた。

老僧はもとより、敵対する鳥取藩の神戸も、目頭に袖をあてた。


ほどなく、みやこの太政官政府から、正式な通達があった。

先の四か条はとり消され、松江藩には、謹慎と謝罪がもとめられることになった。


慶応四年二月二十八日、松江の町に、浅い春の雪が舞っていた。

灰色の雲がたれ籠《こ》める空から、白い雪ひらがこぼれ、城下町をおおう黒い甍《いらか》にかかっていく。

薩摩、長州、鳥取の藩士からなる鎮撫使四百四十人の隊列が、勇壮の足どりで城の堀ばたを進軍した。

往来は人影もまばらで静まりかえっていた。家々は戸口をかたく閉ざし、商家の店先も、しとみ板《いた》をおろしている。

「すべてにわたり謹慎すべし」

松江藩は、国中に、お触れを発していた。刃ものの携行を禁ずる。笛や太鼓の音曲、歌舞は控えよ。

国をあげて、戦々恐々として官軍をむかえた。

鎮撫使が、松江城の大手門をくぐり、二の丸から本丸へ石段をのぼると、目を疑う光景がひろがっていた。

家老以下、すべての松江藩士が、裃《かみしも》の礼装であらたまり、地べたに正座していた。しかも大小をはずした丸腰で、無抵抗と投降をあらわしていた。

西園寺の御輿《みこし》が通ると、松江藩士は、雪のちらつく地面に両手をおき、いっせいにひれ伏し、土下座をした。悔しさに歯嚙みして泣く者もいた。

大橋も、額《ぬか》ずいた。鎮撫使のもののふが足音高く、その前を通りすぎる。蹴散らされた泥が、大橋の細くなった結髪《けっぱつ》に、無惨にかかった。

松江藩の家老衆は、西園寺総督にあてて、誓約書をしたためた。

……このたび王政復古とあいなり、山陰道鎮撫使がみやこからくだられて、糾問がございましたが、家老大橋筑後の赤心《せきしん》からの決死の謝罪をもち、事態は解決いたしました。

今後は、反臣《はんしん》徳川慶喜との本家親戚の関係は、天朝への大義をもって断絶いたします。

みかどに忠義を尽くし、謹《つつし》んでお仕えするよう、一心につとめます。

天地神明に誓って、子々孫々、異議を申し立てることはございません。

万が一にも、謀反《むほん》のきざしがございましたら、天地の神々の厳罰をうけるべく、後年のため、ここに誓約いたします。

恐惶《きょうこう》謹言

大橋、乙部など十一人の重臣が署名した。おのおのが指先を小刀でつき、血判《けっぱん》も押した。

この日をもって、松江藩は、新政府に全面降伏した。

山陰道鎮撫使の役目は終わった。

出雲国から西は、石見国。すでに長州藩の軍政下にあり、鎮撫の必要はなかったのである。

西園寺は、松江城の二の丸に本営をさだめ、三日間、滞在した。

任務を終えた薩長兵は、思う存分に羽目をはずした。

松江藩は、城下と港町の美保関《みほのせき》から大勢の酌婦と遊女を呼びよせて酌をさせ、宍道湖と日本海の美味、唄に踊り、枕席と、莫大な費用をかけて饗応接待をした。

官軍に失礼があってはならぬ。酒席でも、藩士は怖《お》じ気《け》づき、びくびくしていた。

図に乗った鎮撫使の副総督は、刀を抜き、切っ先に蒲鉾《かまぼこ》を刺すと、口でとって食べよと、おかよという酌婦に突きだした。

薩長の男なぞ、なにするものぞ。松江女の心意気を見せてやる。

おかよは平然として刀を口でうけ、うまそうに食べた。こうした女丈夫《じょじょうふ》もいたが、松江の藩士は、卑屈なほどに、鎮撫使にへりくだった。

一見したところ、鎮撫使の動きが、鷲介のめざす藩役人追放に影響をおよぼすとは、考えられない。だが、そうではなかった。

十一　鎮撫使《ちんぶし》と赤報隊《せきほうたい》

慶応四年（一八六八）陰暦三月　石見国浜田、出雲国宇龍《うりゆう》

浜田で順風を待っていた甃介と同志十一人は、三月五日、ようやく出帆した。

舳先《へさき》は、ふるさとと隠岐をさして、青い波を左右にかきわけて進んでいく。

濃紺の海原は、落日とともに濃い蜜柑色《みかんいろ》に輝き、やがて、うす紫色に暮れていく。

行きは大時化《おおしけ》だったが、帰りは心地よい春の帆走《はんそう》となった。

船上の夜ふけ、目ざめた甃介は甲板へあがった。

冷たい海風に、衿もとをかきあわせて立つと、夜空は漆黒に澄みわたり、大きな星が玉《ぎょく》のごとくきらめいている。小さな無数の星々は、白い大河となって天を流れ、暗い海の果てに滝となって落ちていた。

銀にまたたく天の川のむこうに、おちかが待っている。親の決めた嫁だ。惚れて一緒になったわけではない。だが離れてみて、妻を恋しいと初めて思った。胴巻から小さな櫛をとりだした。長州藩に斬られかけたわが身が、あやうく助かったのは、櫛のおかげかもしれぬ。

郷里にもどれば、藩役人追放という隠岐の御一新《ごいっしん》が待っている。前代未聞の大変革を、果たして、無血のうちに成し遂げられるだろうか。またそれは、隠岐の民に、幸いをもたらすだろうか。

鬣介は、銀漢の雄大な流れを追って、天空の端から端へ、首をまわした。

おちかがいれば成し遂げられるのではないか。まだ十八だが、賢く、気丈なおちかがいれば、そしてこの同志と歩んでいけば、どんな難関も突破できるのではないか。

鬣介は大願の成就を祈るように、暗い空にまたたく綺羅星《きらぼし》を見あげ、手をあわせた。

あくる日、純康丸は、杵築《きづき》（出雲）の大社に近い宇龍《うりゅう》へ、水と食糧をもとめて寄った。やはり北前船の港である。

春の日だまりに、行商人が小店《こみせ》を広げていた。市場町の今市《いまいち》から、真鍮《しんちゅう》細工のかんざしを売りにきていた。

花をあしらった、かれんな前差《まえざし》に、鬐介は目をとめた。おちかが顔をほころばせ、手鏡にむかう姿が、ちらちらする。

つややかな黒髪に、似合うだろう。かれは思った。

三月九日、島後北西部、福浦の港に、純康丸は近づいていた。二月に脱島してより、ひと月ぶりの帰郷である。

気持ちのよい晴天をうつした青い海が、ゆったりと上下していた。

島後のいりくんだ海岸には高い岸がそびえ、見事な赤松がおおっている。ときおり心惹《ひ》かれる小さな入江があり、浅瀬は、あざやかな翡翠《ひすい》色から水色にすきとおり、魚影がゆらめく。

ときおり白砂青松《はくしゃせいしょう》の浜もすぎるが、ほとんどが青々と松のしげる山の斜面が、岩場の波打ちぎわにせまっている。波に洗われた奇岩の数々も見事である。

「こげなきれいな島が、よそにあろうかのう」毅男が、しみじみと言った。

晩春の日を反射して瑠璃《るり》色にちらちらする海の匂い、山の緑の息吹を、鬐介は深々と吸いこんだ。

港に入ると、白い鰈を干す懐かしい光景がむかえてくれる。

上陸すると、弥生《やよい》の島は、いっせいに芽吹いて、新緑のもやに包まれ、さながら鮗介たちの帰国を祝福するようだった。

一同は、福浦の同志の屋敷に泊まりこみ、いつ、いかにして郡代を追放するか、話しあいを始めた。

そこへ、一同の帰島を知った吉岡倭文麿《しずまろ》が紅顔をほてらせて、あらわれた。西郷の港に面した水祖《みおや》神社の神官、十九歳である。

「みなさま、隠岐が、松江藩を離れ、ついに天子さまの御領地になりましたぞっ」

高らかに叫んだ。

思いがけない朗報に、歓呼の声が、いちどきに沸きたった。

毅男にいたっては、めでたや、めでたやと、躍りあがった。

「して、いかに知ったのだ、倭文麿」官三郎が問うた。

「大久村の村之助さんから、聞いたのです。みなさんが、お留守の間に、動きがありました。村之助さんが、郡代に呼び出されたのです」

「なぜだ」鮗介が、うわずった声をあげた。「もしや、わしらの密航がばれて、罪を問われたか」

倭文麿の語るところによると……、もっとも、すべては村之助からの伝聞ではあるが……。

呼び出しをくらった村之助が陣屋へおもむくと、大庄屋《おおじょうや》代理をつとめる平村《へいむら》の横地愛蔵《あいぞう》もいた。

ほどなく郡代の山郡が、いつになく柔和な面もちであらわれ、なにやら怪しいと村之助が思ったところ、松江城から出張してきた曽田甚内《そたじんない》という藩士も同席して、話を切り出した。

「こんたび、みやこから、お公卿の西園寺公望殿ひきいる薩長軍が、鎮撫使として山陰にくだられ、諸藩を訪ねておられる。そのおり、隠岐へも渡海されるかもしれぬ」

山郡が、話をついだ。

「だがの、お公家さんやら、薩長の兵やらが、何百人と、隠岐へ来られると、おむかえするわが藩の費用が、かさむのだ。おぬしらの村々にも、人足と馬を出してもらうことになり、大いに負担であろう」

「そこで、おぬしらに頼みがある」曽田があらたまった。「隠岐は辺鄙《へんぴ》な島ゆえ、大勢の官吏さまがおわたりになっても、充分なおもてなしはできませぬ、渡海の人数を減らしてくだされと、鎮撫使へ陳情に行ってくれぬか。あわせて、日ごろから松江藩には恩をかけていただいていると、西園寺殿に伝えてもらえると、ありがたい」

村之助は、露骨に、怒り顔を見せた。

「王命をうけて、みやこのお公家さまがいらっしゃるにもかかわらず、人数を減らせとは、ご無礼ではないかっ。しかも、かようなことを庄屋に言わせるとは、意地汚いっ」

だが、大庄屋代理の愛蔵は、もとより藩に従順であり、承諾した。

結局、島前の庄屋一名もくわわり、三人で藩都へむかうことになった。

二月二十八日、三人の乗った船が、松江大橋のたもとにつくと、驚いたことに、いつもは往来の多い大橋の上が、閑散としている。宍道湖にも大橋川にも、船影がない。往来の商家はみな閉まり、死の都さながらに静まりかえっていた。

茶屋の前を掃いていた婆さんに聞けば、官軍さまが、親藩松江を成敗《せいばい》しにきなさるというので、町中が、おっかなびっくり身を慎んでいるという。

ということは、これから松江へ鎮撫にくる西園寺殿の一行に、陳情せよ、というお役目か……。

合点した村之助たちが、城の隠岐役所へあがると、元郡代の鈴村祐平がこれまた、いつにない愛想笑いを浮かべて、待ちうけていた。

村之助は、ますます奇っ怪に思った。

鈴村は、一通の封書を、さしだした。

差出人は、伯州《はくしゅう》米子城下の鎮撫使役所、西園寺殿下とある。

宛名には、次のように書かれていた。

隠岐国
公文役方中江《くもんやくがたちゅうへ》
大急御用《おおいそぎ》

「待てっ」聞いていた毅男が口をはさんだ。「隠岐国の公文《くもん》とは、なんだ。わしは知らんぞ」

「庄屋のことだ」物知りの甃介が言った。「公文とは、平安のころの荘園《しょうえん》で文書と租税を扱った役人だ。時代がくだって、徳川の世になると、公文の名が、庄屋に変わった。代官のもとで村をおさめる者、つまりわしらのような農民だ。ちなみに東《とう》国《ごく》では、名主《なぬし》と呼ぶらしい」

「新政府は、王政復古をかかげているゆえ、役職の名前も、みかどが国をおさめていた古い時代にもどされている。よって西園寺殿は、庄屋ではなく、昔風に、公文と書かれたのであろう」官三郎が理詰めで説明した。

「それで、松江城へあがった村之助は、どうなったのだ。鈴村は、なにを言ったのだ」貫一郎がせっかちにたずねた。

ふたたび倭文麿が語りはじめた。

城にあがった村之助は、大いに怒った。というのも元郡代の鈴村が、西園寺からの封書を手にして失敬なことを言ったのだ。

「すまぬ。わが藩士が、公文の意味がわからぬまま、藩の隠岐役所あての手紙だろうと考えて、開封してしまった。

もっとも、ほれ、書簡は二重封筒だ。開けたのは表封筒のみ。中の封は、切っておらぬ。この鈴村の顔に免じて、ご寛容をお願いいたす」

この日、四百人をこえる鎮撫使の登城を控えて、城内は上を下への大騒ぎであり、混乱をきわめていた。他意はなく、ついうっかり開けてしまったという。

だが村之助は、語気も荒くたたみかけた。

「よしんば、ついうっかりであっても、隠岐庄屋あての公簡を、勝手に開けたとあっては、西園寺殿へのご無礼、ひいては天朝への不敬である。断じて許されん」

ところが鈴村は、さらに無茶を言った。

「ものは相談だが、この公簡を、いま開封して読んで、たしかに受けとったとする請け書を、書いてはもらえぬか」

鈴村は気をもんでいた。

官軍が、藩の頭ごしに、隠岐の庄屋へ公簡を送るとは、いったい、なんの用であろう。

もしや、賊軍松江を討て、という檄文《げきぶん》では……。

さらに、万一、鎮撫使に無断開封を責められたときに、

「封を切って読んだのは庄屋、藩は開封していない」という証《あかし》を、三人の署名つきで確保しておかねばならぬ。

鈴村は、さまざまな事態を予測して、それぞれに用意周到にそなえる実務家だった。

「お断りいたす」村之助が間髪いれずに言った。「図々《ずうずう》しい」

だが大庄屋代理の愛蔵が、元郡代の顔をたてて、封を切った。次のように書かれていた。

……このたび山陰道鎮撫使として西園寺殿がくだられた。松江から隠岐へもわたるべきではあるが、西園寺殿下に、帰京のご急用ができ、渡海できなくなった。

代わりに隠岐の公文二名が、松江の鎮撫使陣営、もしくは京の役所まで、出頭す

るように。

なお隠岐国は、朝廷御領とあいなった。よって田畑の石高、人員数、牛馬数、海産物などを記載した帳簿を、当役所へ持参するように。

二月二十六日
山陰道鎮撫使　御守衛役所……

松江藩士の鈴村は、驚愕した。

隠岐が天朝領となった……。わが藩は、隠岐の領地をうばわれた……。官軍は、ここまでの強欲、非道をするのか。

衝撃に、茫然《ぼうぜん》自失の鈴村とはうって変わって、村之助は、「なんと、隠岐が、みかどの島に」と、城内にいることも忘れて、喜びの声をはりあげた。

だが鈴村は、ただちに平素の理性をとりもどした。

「ささっ、請け書じゃ、請け書を書くのじゃ」腰を浮かせてせかし、部下に墨をすらせる。

「わしは、署名はせぬぞ」村之助が腕組みをして横をむいた。

「おのれ、まだ言うかっ」

百姓の強情に、さすがの鈴村も刀に手をかけて立て膝になり、怒鳴りかえした。その剣幕におされ、村之助も筆をとり、三人はおのおの、公簡の請け書に、名をしるした。

むりやり署名させられた村之助は、怒りに赤目《あかめ》をむき、

「鈴村殿の強引なやり口、いまに見ておれっ」と鼻息も荒く罵倒しながら、二の丸の藩庁をでた。

三人の庄屋が大手門をくぐり、お濠にかかる橋をわたると、なにやら物々しい行列がこちらへむかってくる。

「みやこから来られた朝廷の鎮撫使さんだと」

大風呂敷を背負った旅の商人《あきんど》が、話しかけてきた。

「西園寺という偉いお公家さんがお頭《かしら》で、薩摩、長州、鳥取のお侍さんが護衛じゃっとな」

道ばたから、珍しい隊列を見物していると、案内する松江の侍は、しきりに頭をさげ、卑屈なほど、へりくだっている。驚いたことに、二刀をさしていない。

つづく薩長、鳥取の藩士は胸をはり、あたりを睥睨《へいげい》しつつ、威風堂々と歩いてくる。

松江藩士の平身低頭ぶりに、村之助は、にわかに目のさめる思いがした。

天下の権力は、もはや、松江藩にはない。松江の侍は、官軍に頭があがらぬのだ……。

聞き終えた毅男が、罵《ののし》った。

「無断開封も、鈴村の非礼も、断じて、許せんっ」

「藩は、わしら庄屋を小馬鹿にしているのだ」官三郎が言った。「官軍の渡海の人数を減らせと鎮撫使に言わせようとしたり、無断開封をなかったことにする請け書を書けとせまったり、隠岐を軽んじている証拠じゃ」

「よいか、西園寺殿の公簡には、隠岐が天朝領になったと書かれていた。ならば、幕藩の役人が、島に居座る理由はない。明日にでも、郡代追放にむけて動こうではないか」甃介が言った。

「生ぬるいっ。郡代の首を斬るべし」貫一郎が高言した。「朝廷の書簡を無断開封した責任を、郡代にとらせるべし。さもなくば、陣屋の門前にて、わしが腹をかっさばいて抗議する。長州藩の徳富どのは、郡代の首をとれと、おっしゃったではないか」

「同志よ」官三郎が、冷静にいさめた。「これはもはや、わしらだけの問題ではない。日をあらため、島後の全庄屋が、一堂に会して、論じるべきではないか」

「そうだ。そのとおりだ」甃介が言った。

「して、どこで会合をもとうか。西郷では、陣屋に話が漏れて、危ないぞ」と官三郎。

「国分寺は、いかがであろう」正弘が提案した。「国分寺は、隠岐へ流された後醍醐天皇が、いっとき仮の御所をおかれた……と『増鏡《ますかがみ》』に書かれている。みかどの御領となった隠岐のこれからを、論ずるにふさわしい寺だ」

「『増鏡』とは、なんですぞな」冬之助が、頭をかくようにしてたずねた。

「隠岐にもゆかり深い、南北朝時代の歴史物語でありますぞ」正弘が答えた。

「この書物は、後鳥羽上皇が、高倉《たかくら》天皇の第四皇子《おうじ》としてお生まれになった治承《じしょう》四年（一一八〇）に、始まります。

　上皇の兄上は、安徳《あんとく》天皇。平清盛《たいらのきよもり》の孫にあたる天子さまです。

　されど安徳天皇は、平家一門とともに、壇《だん》ノ浦《うら》に入水《じゅすい》なさったため、後鳥羽上皇は四歳にして、みかどの座につかれました。

　長じてのちに、鎌倉幕府、北条家追討の兵をあげたため、隠岐へ流され、和歌を読まれながら、十八年お暮らしになったのち、島前でみまかり、ご火葬にふされたのであります。

『増鏡』には、宮廷のみやびな風俗、みかどの外戚として権勢をほこった西園寺家の栄華がつづられ、後半は、後醍醐天皇の挙兵、その敗北、隠岐配流、島からの脱出、鎌倉幕府の滅亡、そしてみかどが京へご帰還なされた元弘三年（一三三三）まで、およそ百五十年をたどり、筆をおくのです」

「むずかしそうなご本ですね」年若い十九歳の二郎が素直に言った。

「いやいや、『源氏物語』の趣《おもむ》きもあるのですよ。後鳥羽院と後醍醐天皇の隠岐への配流は、みやこから須磨明石《すまあかし》へ流された光源氏《ひかるげんじ》のわび住まいに、なぞらえて描かれているのです」

国学に親しむ正弘が語り終えると、男たちは愛郷心に目を潤ませていた。

が、理知の人、官三郎が釘《くぎ》をさした。

「後醍醐天皇は、たしかに島前には、おいでになった。しかし島後にも、おいでになったかどうか……。『増鏡』の国分寺のくだりは、隠岐に来たこともない京の殿《てん》上人《じょうびと》が想像で書いたと……」

正弘は、毛虫のような眉をつりあげた。

「みかどは、島後の国分寺にもおいでになった。勤王のわれらは、そう思っておればよい」

郡代追放を話しあう庄屋大会は、慶応四年（一八六八）三月十五日、満月の夜、国分寺にて開かれることに決まった。

しかし、藩に叛旗をひるがえすくわだてゆえ、陣屋に知られてはならぬ。

全四十九村の庄屋に秘密裡《ひみつり》に知らせる手配を算段していると、さらなる吉報がもたらされた。

但馬《たじま》からきた船問屋が、鼻をおごめかして言ったという。

「官軍さまは、年貢を半分にしてくださるそうや。山陰道鎮撫使さまのお達しですわ。日本海の諸国は、このうわさでもちきりでっせ」

鎮撫使は、民心を、藩から新政府へひきつけるため、年貢の半減を布告しながら西国へくだっていた。

租税が半分になれば、暮らしむきが楽になる……。丹波《たんば》（京都府中部）、丹後《たんご》（京都府北部）、但馬の農民はもろ手をあげて、鎮撫使を歓迎した。

いっぽう、年貢半減を東へ伝えたのは、赤報隊《せきほうたい》だった。

隊長は、江戸赤坂に生まれ、国学をおさめて尊攘の志士となった相楽総三《さがらそうぞう》。

相楽は、水戸藩の尊攘派である天狗党《てんぐとう》の筑波山《つくばさん》挙兵に加わるなど、倒幕の活動をしていたが、慶応四年一月、東の国々を、新政府にしたがわせる助けとなるべく、草莽《そうもう》の志士をあつめ、赤報隊と名づけた。

赤心《せきしん》から報国する隊士、という意味である。

おもに、東北の豪農、商人、脱藩浪士がくわわった。

こうした在野の人材を、人手も軍資金も足りない新政府は、積極的に利用した。

相楽は、物価高騰にあえぐ民衆の支持をとりつけるため、年貢半減を進言したところ、政府はとりいれ、一月なかば、「今年の年貢を半分にする。昨年の未納分も同様にする」と布告した。

官軍のお墨つきをえた赤報隊は、岩倉具視の子、具定《ともさだ》を総督とする東山道《とうさんどう》（中山道《なかせんどう》）鎮撫隊の先がけとして、近江（滋賀）から美濃（岐阜）へ、年貢半減を謳《うた》いながら進んでいった。

道中の民衆は、熱狂してうけとめた。

中山道木曽路、馬籠《まごめ》で、本陣と庄屋をかねていた島崎正樹も、そのひとりだった。かれは国学の徒であり、王政復古に胸おどらせていた。年貢半減令と御一新《ごいっしん》によって、幕藩の抑圧から民は解放され、世直しがなるだろう。赤報隊に感銘をうけ、二十両の大金を寄付した。

ところが、半減令の布告から半月もたたないうちに、新政府は財源不足に気づき、とり消した。

赤報隊には、京へ帰るようにもとめたが、相楽は先がけ隊としての使命感から、そのまま東進して、信州へむかった。

できもしない年貢半減を喧伝《けんでん》しながら江戸へむかう赤報隊に、もはや利用価値はない。むしろ農民の期待を煽《あお》るだけ煽って、あとあと厄介なことになる。

岩倉具視が命をくだした。

「相楽を偽《にせ》官軍として、とらえよ。赤報隊は、政府とは無関係である、年貢半減とうそぶいて、民衆を扇動し、金をあつめる強盗、無頼《ぶらい》の徒である、とせよ」

三月三日、相楽は信州下諏訪《しもすわ》でとらえられ、とり調べも釈明の機会も与えられぬまま、処刑された。享年三十。


山陰道鎮撫使もまた、出雲国へ入る前には、半減令をとり消していた。

遠い信州における相楽の斬殺を、鵥介たちは知るよしもなかった。諸藩を恭順させるために赤報隊を利用したのちに、斬り捨てた新政府の変節も、知らない。

但馬の村々で評判の年貢半減令だけを、聞いていた。

何も知らない鵥介は、大いに勇気づけられる思いだった。

王政復古によって、幕府の苛政がゆるめられ、みかどの仁政が始まる。わしらのめざす郡代追放は、謀反《むほん》ではなく、民をすくう正しい決断なのだ。

「年貢が半分になるぞー。世直しじゃ、御一新じゃ」

同志のなかでも、冬之助は、はつらつとして村から村へ知らせた。

相楽総三がそうであったように、朝廷の善政をわが身の誇りとして、新政府への期待に、頬を輝かせて、険しい山道も、海岸ぞいの高い崖道も、苦ともせずに歩いていった。

年貢半減の知らせが、枯れ野に火が広がるように島の村々へつたわった。

奥の間で寝ついていた老人が起きあがった。畑に鋤《すき》をいれる父親がもどってきた。寺で遊んでいた子どもも走ってきた。

冬之助は叫ぶ。

「年貢が半分になるぞー、官軍さまの世直しじゃー」

十二　隠岐相撲《おきずもう》

慶応四年（一八六八）陰暦三月　隠岐島後

三月十五日夜、花冷えの満月が、天頂高くのぼっていた。

国分寺では、島後の全庄屋四十九人のうち四十人が顔をそろえ、郡代と藩役人を島から追放すべきか、否《いな》か、議論をつづけていた。

それぞれが村をおさめる立場にあり、ひとかどの見識を持つ三十代から五十代の富農、また旧家の当主である。

庄屋たちは二手にわかれ、真っ向から対立していた。

農村部の庄屋たち、ことに文武館設立の嘆願書に署名した二十人の庄屋は、もとより藩政に批判的であり、追放に賛成した。

なかでも二月に松江城へおもむいた大久村の村之助は、批判の急先鋒だった。

鎮撫使が庄屋にあてた公簡を藩が無断開封した失態、さらに公簡の請け書を書くよう、元郡代の鈴村が強要した非礼を、口をきわめて非難した。

「もはや松江藩に、まつりごとの力はないのだぞ」村之助が、秘密をもらすように、目をおどらせた。「わしは松江へ行って、この目でしかと見たのだ。京からきた薩摩と長州、随行の鳥取の藩士は、威勢赫々《いせいかっかく》としておられたが、松江の藩士ときたら、刀をはずして平身低頭、おどおどして、あの卑屈ななりは、情けないほどであった。あのざまを見たれば、だれしも松江藩に愛想づかしをするぞな」

いっぽう、村之助とともに城にあがった愛蔵は、藩にしたがう姿勢をもとめた。

大庄屋代理の愛蔵には、租税納入についての公文書が、松江藩から届いていた。御一新後の納税先について、新政府が、松江藩に指示した書簡だった。

愛蔵が、読みあげた。


……松江藩があずかる隠岐国、田畑一万二千五百石の年貢は、米納は大坂へ、銀納ならば会計裁判所へ送るように。期日もこれまで通り、五月中に納めること。

慶応四年正月……


「この書類にありますように、隠岐の年貢は、松江藩が国へ納めます。以前と変わりはありません。よって藩とは、よい関係を保つべきであります」

「よい関係なんぞ、もとよりないっ」黒船以来、藩に不信感をもっている村之助が反撃して、国防の手薄、米価高騰、特定商人との癒着、食糧難と、藩の失政をならべたてた。

こうして郡代追放をもとめる同志は、みずからを「隠岐正義党」、略して「正義党」と名づけた。

いっぽう、出雲国松江藩とつながったまま、藩政の旧弊《きゅうへい》をあらためない一派を、同志は侮蔑もまじえて、「出雲因循《いんじゅん》党」、ちぢめて「出雲党」と呼んだ。

官三郎が、凜と言いはなった。

「みやこでは王政復古があいなり、隠岐は、みかどの御領となったのです。賊軍の松江藩を、島から追い出し、勤王で島を統一すべきであります」

「しかし、身分の低い島民が、お上《かみ》に楯《たて》つくのは、不穏当でありましょう。われわれ庄屋は、島民のよき手本となるよう、お上にしたがうべきです。さもなくば、村人も庄屋にしたがいますまい。また隠岐が天朝領に変わったなら、役人を追い出さずとも、いずれ朝廷から、お沙汰《さた》がございましょう」愛蔵が言った。

「その通りだ」西郷港に面した八尾村の池田多久治《たくじ》が、声援《こえだす》けをした。

目貫村の亦十郎《またじゅうろう》も、反対にまわった。鵞介が藩士錦織に打擲《ちょうちゃく》されたとき、同席しながら、傍観していた庄屋である。

多久治、亦十郎をはじめとして、海運でうるおっている町方の庄屋、藩の委託をうけて海産物を出荷する廻船問屋も兼ねた庄屋は、反対した。

「結局は、金《かね》か」村之助が侮蔑に顔をゆがめ、啖呵《たんか》を切った。「反対のみなさんは、藩を相手に干物《ひもの》や米を取引しておいでだ。手前《てめえ》の金儲けのため、藩には残ってほしい。呆《あき》れた守銭奴じゃ」

「失敬なっ」多久治が座布団を蹴飛ばし、立ちあがった。

多久治をいさめるように、愛蔵が袖を引いて、座らせた。

「わしは商売はしておらぬが、藩の追放には賛成できぬ」刺々《とげとげ》しい空気を和らげるように、愛蔵は語り始めた。

「郡代さまを追い出すとは、大勢で陣屋へつめかけて、直談判であろう。かような騒動を起こせば、松江から兵が来ましょうぞ。鉄砲の弾が飛びかい、刀が抜かれる。西郷の町人がけがをして、死人も出ましょう。そうした大事《だいじ》にならぬよう、大庄屋代理として、わしにも正義があるのです。ふるさとを思うがゆえ……」愛蔵は唇をふるわせ、言葉をつまらせた。「島民を守る責任があるのです」

「わしも隠岐を思うがゆえに、追放に、反対するのじゃ」座っていられぬとでもいうように、多久治が、また立ちあがった。

「藩との取引がなければ、貧しい島は食べていけけん。干鮑《ほしあわび》、干椎茸《ほししいたけ》、煎海鼠《いりこ》、漆《うるし》、菜種を、藩に買いあげてもらう。その金があってこそ、島の経済はまわる。やれ勤王だ、やれ賊軍だのと、威勢のいい言葉をならべるだけでは、無責任だ」

「ところがの、鎮撫使どのから、年貢半減のお触《ふ》れが出たんじゃ」村之助が、鬼の首でもとったように言った。「官軍に加わった村は、年貢が半分になる。鳥取までお触れが届いておる。藩の支配をうけるより、暮らしは楽になるぞ」

年貢半減という言葉に、多久治は顔色を変えたが、「とにかく、わしは追放には反対ですけん、失礼させて頂きます」と中座した。

亦十郎をはじめ、五、六名の町方の庄屋も、立ちあがり出ていった。

多久治は、提灯《ちょうちん》をかざして国分寺の長い石段をくだりながら、反対にまわった庄屋の顔ぶれをたしかめ、たがいにうなずきあった。

「わしらは常識のある仲間じゃ。よいか、明朝いちばんに、陣屋へあがろう。山郡さまに、この謀反をおつたえせねばならぬ」声をひそめて言った。


そのころ……。

庄屋職についていない甃介、大宮司の正弘は、ほかの同志とともに、上西村の横地家につどい、庄屋大会の結果を待っていた。

横地家は、国分寺から北へ、わずか半里。しかも藩役人が目を光らせている西郷からは一里以上も離れ、密議にふさわしかった。

「甃介、いっぺん家へもどったら、どげだ」冬之助が耳うちした。「松江藩とは戦さになるかもしれんぞ。もどるなら、今夜しかないぞ」

ときどき妻子を思っているらしい甃介の思案顔に、冬之助は気づいていた。

浜田へ行った一行が帰りついた福浦の港は、島の北にある。近くに住む同志は、冬之助もふくめて、いったん帰宅していた。

だが南の加茂に暮らす甃介は、隠岐を出てより、ひと月半、帰っていなかった。

「明日の夕方、横地家にもどってくれれば大丈夫だ」冬之助は、甃介の背を押すようにした。

大半の庄屋が追放に賛成している、と中途の報せもあり、待っている同志には、安堵の表情も浮かんでいた。

加茂までは、わずか二里、無理な話ではない。おちかと子どもは、どうしているだろう。

「そうだよ、うちへ去《い》んなさい」やりとりを聞いて、横地のおかっつぁんが口をはさんだ。男前の官三郎を産んだだけあり、昔は惚れ惚れする美貌だったが、いまはたいそう肥えていた。「加茂の親御さんも、さだめし心配しちょられましょう。うちの小舟を貸してあげますけん」

「ではありがたく、お言葉に甘えて」

甃介は一礼すると、満月の照らす白い道へ出ていった。男の影が、躍るように遠ざかった。

八尾川の葦原《あしはら》につながれた舟を、流れへ押しだし、乗りこんだ。甃介は、慣れた手つきで櫓《ろ》をとり、くだっていった。

暗い川面《かわも》は丸い月をうつし、南へ、西郷の港へ、はやる心をのせて八尾川平野を流れていく。田んぼはちょうど水を張ったところで、舟がゆきすぎる田ごとに、丸い月がうつった。

舳先《へさき》によせる水音だけが聞こえていた。

藩役人に見つからぬよう、船灯りはつけず、月明かりをたよりに、肌寒い春の夜をくだる。

国分寺をすぎ、河口から西郷港へ出ると、西の湾をこぎ進み、つき当たりの岸へ舟をつけた。

あとは陸路、加茂へ急ぐ。

甃介が小走りになると、大きな月も揺れながら追いかけてくる。杉木立から見え隠れする月と競うように、足をはやめた。

加茂の集落に入ると、銀色に光る静かな砂浜が、懐かしい潮の匂いが、甃介を待っていた。

わが家の茅《かや》ぶき屋根が見えてきた。

ゆるやかな坂道をのぼっていくと、白銀の光のふりそそぐ庭に、人影がある。

背におぶった赤子をあやしながら、土蔵の前を行ったり来たりしている。

「おちか」われ知らず、走り出していた。

妻がふり返った。わが目をうたがうように足をとめ、小首をかしげる。仕草が愛らしかった。

かけよった甃介は、おぶいひもの赤ん坊ごと、妻を抱きしめた。

四か月になった新太郎は、久しぶりの父を恐れるふうもなく、小さな手をのばし、無精ひげの顔にふれる。

若い父の頬をつたって、温かいものが流れた。泣きながら、甃介は声をあげて笑っていた。

おちかの笑顔も、涙に濡れていた。

甃介は、おちかの唇を吸った。おちかも夢中でこたえてきた。やっと本当の夫婦《めおと》になった。甃介の胸のうちが熱くなった。

目ざめると、すでに日は高かった。

厨《くりや》では湯気があがり、たすき掛けの母、姉さまかぶりのおちかが、昼飯をこしらえていた。

浜の漁師からもとめた黒鯛《ちぬ》をさばいて刺身にし、そのあらのすまし汁、筍《たけのこ》の木の芽あえ、鯛の卵《こ》と蕗《ふき》の煮もの、菜のひたしの白ごまあえ、高野豆腐と麩《ふ》のふくめ煮、大根の味噌漬け、麦いりの米飯。おちかが隣で地酒をついでくれる。

いつもの膳にむかい、家族の顔をひとりひとりながめ、箸をとる。しまいに熱い番茶をすすると、甃介は、満ちたりた吐息をついた。

母が言った。

「甃介、おまえの留守中、おちかは、無事の帰りを祈って、毎日三度三度、蔭膳《かげぜん》をそなえてくれた。よい嫁御じゃ」

昼食を終えると、脱島後のあらましを、父に語った。

長州藩との面談をへて、同志の目標が、文武館設立から郡代追放へ変わったこと。ゆうべの庄屋大会では過半が賛同したこと。

「藩のていたらくを思えば、いたし方なかろう」権之丞は、諸手《もろて》をあげて、とはいかぬまでも、理解をしめした。

三十年以上前の天保《てんぽう》の大飢饉のころ、権之丞は二十代だった。飢えてやせ細った村人、耕す者が死んで荒れはてた田畑の風景は、むごたらしい記憶となって残っていた。

つづく疫病の流行、止まらぬ物価高、百姓一揆、黒船の接岸、異人上陸、藩兵の女郎遊びと、松江藩の無策に、権之丞も失望し、改革をもとめていた。

「だがの、郡代さまを放逐とは、大事《おおごと》だ。一部の庄屋が独断で決めて、村と村が喧嘩別れとなり、禍根《かこん》を残してはならん。反対する庄屋にも納得してもらえるよう、よく話しあうことだ。島が一心となれば、人心も安定しよう」

「心得ました。されど紛糾したときは、父上もおこしください。父上が説得すれば、耳を傾ける者もおりましょう」

長らく加茂の庄屋をつとめた権之丞は、息子に職をゆずったのちも、長老格として一目《いちもく》おかれていた。


出立する甃介が、あがりかまちに座った。

「これからまた、郡代追放を話しあいます。合意が得られ次第、陣屋へむかい、藩役人に退出をせまります。よって、しばらく帰宅できぬでしょう」

甃介は、手甲《てこう》をつけ、脚絆《きゃはん》をまき、わらじのひもをむすんだ。腰に大小をさし、さらには、村にひとつしかない猟銃を背負った。

「藩役人が、刀や鉄砲で応戦するかもしれぬゆえ、念のため、武装して行きます」

家族が固唾《かたず》をのんで、不安げに見守っている。

農兵隊に入り、甃介から剣術の指導をうけた若い百姓十人も、案じ顔をならべて見送りに来た。

おちかの前髪の上に、小さなかんざしの花が咲いていた。細長い目いっぱいに涙をたたえて、いまにもこぼれそうになっている。

その肩ごしに、おんぶの新太郎だけがなにもわからず、歯もまだ生えない口をあけて、あどけなく甃介に笑いかけていた。

「無茶をするなよ」甃介の猟銃と二本差しに目をやりながら、父がくり返した。

「無茶をするなよ」


そのころ、三月十六日の昼。

西郷の陣屋では、多久治の報告をうけた郡代の山郡が、早船をしたて、松江へ急使を送った。

……去る二月、勤王倒幕の庄屋がひそかに脱島して、官軍の長州藩と接触をもった。さらにいま、長州藩の指図もあり、わが藩への謀反《むほん》、郡代追放をくわだてている。

……

だが山郡は、この期《ご》におよんでも、まだ事態を甘く見ていたふしがある。

島後の庄屋は四十九人。恐れる数ではない。しかも暮らしむきのよい旧家の主《あるじ》だ。飢えた小作ではあるまいし、刃ものをふりかざして米蔵を打ち壊すような粗暴はあるまい。文武館嘆願の時と同様、紋つきのだんな衆《しゅう》が勢ぞろいして、巻紙の書状を届けるくらいであろう。


十六日夕刻、急使は、松江城に到着した。

報告をうけた家老は、元郡代の鈴村祐平を、ただちに西郷へ派遣することに決めた。

鈴村は、アメリカ船に刀を忘れた代官の後任として隠岐へわたり、さらについ先月も、公簡無断開封のおり、隠岐から来た三人の庄屋をたくみに説得して善処した。

その手腕がかわれて、ふたたび事態の収拾にむけて、登用されたのだ。

「軍艦の二番八雲丸も、送ろうぞ。よこしまな暴徒を弾圧するのじゃ」家老の乙部が言った。

「それは危険では……」大橋が、慎重な態度をみせた。「太政官からの文書では、隠岐の年貢は、従来通り、わが藩が徴収、納税せよ、とございますが、西園寺殿の公簡には、隠岐は天朝領になったとございます。

もしみかどの島へ軍艦を送れば、朝廷への反逆とみなされ、宮津港の二の舞となりますぞ」

宮津に八雲丸が入った責任をとり、危うく切腹するところだった大橋の言葉だ。

重臣たちは一様にうなずき、軍艦の出動は見あわせた。

「だがの、隠岐がわが藩あずかりと決まれば、出陣じゃ。暴徒弾圧にむけて、一斉攻撃じゃ」乙部がしめくくった。


松江城で、島後への出兵の是非が語られていたころ……。

たそがれどきの上西村の横地家には、百人をこえる島民がつめかけていた。

前夜の庄屋大会で初めて表沙汰になった郡代追放の動きを聞きつけて、まだぞくぞくとやって来る。

「このままでは、藩役人が、捕り道具を手に、駈けつけるだろう」甃介は警戒した。

上西村から西郷へ通じる街道の辻《つじ》ごとに見はりをたて、役人が近づけば、ただちに報せるよう命じた。

横地家では、三間つづきの座敷から、ふすまをとりはらい、大広間とした。

上座《かみざ》には、浜田へ密航した同志十二人がならび、郡代追放を呼びかけた。

ところが、こともあろうに、上座の同志から、異論が出た。

廻船業もいとなむ庄屋の政一郎が、全州をめぐる家業柄、身につけた見識から、

「役人の追放は、農民一揆とは異なりますぞ。朝廷にとっても治安紊乱《びんらん》にあたり、新政府が弾圧するであろう」と疑問を呈したのだ。

原田村の若き医者、貫一郎が、まなじりを裂き、怒りの声をあげた。

「あの大嵐を乗りこえ、命がけで浜田へわたった仲間はみな、同志のはず。大西さんは、同志でありながら、二心をいだくのか。姦物《かんぶつ》は、見せしめのためにも、血祭りにあげて斬るっ」

と言いざまに、貫一郎は刀に右手をかけ、一歩、前へ飛び出た。

座敷いっぱいの農民は、どよめきの声をあげ、後ろへのけぞった。

「仲間割れしては、大事をなすこと、かなわぬぞ」大宮司の正弘が、野太い声でいさめた。

神職について二十年の正弘は、いまや、ある種、神がかりの妖気が漂い、太い眉根をよせて、にらみをきかせると、人みな、身がすくむ威風をそなえていた。

「すまぬことを申した」貫一郎は素直にあやまった。「刃《やいば》は、罪ある郡代へむけるべきであった。わしは山郡の首を斬るっ」

「貫一郎、おぬし、人斬りの死骸を見たことが、おありか」毅男が、二十代の貫一郎を諭《さと》すように問いかけた。

「ない」

「わしは、みやこで見たぞな」

恐怖と好奇心のないまぜになったため息が、広間にあがった。

「文久《ぶんきゅう》から元治《げんじ》のころ、わしは京におった。道ばたに、天誅《てんちゅう》の人斬りにあった仏《ほとけ》が、倒れておったもんじゃ。

また別の晩は、名の通った洋学者、佐久間象山《しょうざん》を斬った男に、しがみつかれた。その男の名は、あえて言わぬが、島後の若衆《わけし》よ」

ふたたび驚きと動揺のため息が、座敷にもれ広がった。

あとで甃介が問いつめたところ、西郷の廻船問屋、松浦家のせがれ、虎吉《とらきち》だった。

虎吉は、十代のころ、隠岐の俵物を運ぶ船で初めて長崎へわたったところ、異人がわがもの顔で馬車を乗りまわし、日本の女を慰《なぐさ》み者にし、邪教の耶蘇寺《やそでら》がたつさまに憤り、神州が蹂躙《じゅうりん》されている、外夷を排撃せねばならぬと決意して、上京した。

鳥取藩の尊攘派が暮らす因幡《いなば》屋敷に寝起きするうち、尊攘の肥後《ひご》藩士、宮部鼎蔵《みやべていぞう》の知遇を得て、兄貴と慕い、行動を共にするようになった。

ところが、元治元年六月の池田屋事件で、鼎蔵は新撰組に襲撃され、自刃する。その敵《かたき》を討つため、虎吉が目をつけたのが、佐久間象山だった。

佐久間とやら、開国派と聞くが、夷服《いふく》をきて洋鞍《ようぐら》の馬上高くみやこを徘徊《はいかい》するとは、不敬者め。

虎吉は、待ち伏せをして、馬上の佐久間象山に斬りかかった。

落馬したところを、肥後藩士、河上彦斎《かわかみげんさい》が三白眼《さんぱくがん》でにらみつけ、逆袈裟《げさ》斬りにしたという。

とどめを刺した彦斎は平然としていたが、虎吉は血刀《けつとう》をさげたまま、どこを歩いたのかもわからぬ様子で因幡屋敷にもどったところを、たまたま同郷の毅男がたずねたのだという……。

毅男は貫一郎に言った。

「おぬし、山郡を斬るなんぞと、いともたやすく言うが、初めて人を斬ったばかりのその隠岐の男は、震えておった。そやつに抱きつかれて、全身に浴びた返り血が、わしの衣にじっとり、しみこんだ。死人の血脂《ちあぶら》の生臭さといったら、そらぁ、もう、まがまがしいもんじゃ。

殺された佐久間象山の息子は、父親の仇《あだ》を討つため、新撰組に入ったそうな。人を斬れば、仇討ちのくり返しだ。志は高くとも、殺しあいは空《むな》しい。

以来、わしは、姦物を斬れだの、幕藩の開国派を殺《や》れだの、荒っぽしいことを言うのはやめたんじゃ」

「わしの家は代々の医者じゃ」貫一郎が怒鳴り返した。「流れる血も、人の生き死も、なんぼでも見てきた。

みんな、思い出してくれ。はしかや、コレラが流行って、村のもんが次々と斃《たお》れたとき、藩はなにをした。

不作の年に、飢えた農民が突き上げや一揆を起こしたとき、藩はなにをしてくれた。

なんだいせなんだ。病気の民、腹のへった民を見過ごしにして、西郷でうまい酒を飲んでいた」

「そうだっ」広間から怒号があがった。

甃介は、はしかで死んだ幼い娘おもとを思いだし、つばを飲みこんだ。あのとき、藩役人に、病人を隔離する掛け小屋をたてるよう懇願したが、迷惑そうなしかめ顔《つら》を返すのみだった。

小作が鎌をもって屋敷に押しかけるほど不作だった年も、藩役人はなにもしなかった。

座敷の農民からは、藩への不信を申したてるささやきが、口々にのぼった。

場の空気を読んだ貫一郎が、罵声を浴びせた。

「毅男は、肝細《きもほそ》じゃっ、腰抜けじゃっ」

「なんなと言っとれっ」毅男は、さらに大声で吠え返した。が、平然としていた。

その横顔をみた愁介は、短気だった毅男が、中沼塾で丸くなったことを初めて知ったのだった。

「のう、わしらは、侍か……」前の大庄屋、黒坂弥左衛門が、ぼそりと言った。

「ちがうだろう。わしらは農民じゃ。田を耕し、米を実らせる。桑を育て、おかいこさんを飼い、繭《まゆ》をとる。そうやって、平和な島をつくってきた。刀なども持ち出さず、おだやかに話ができぬものか。たしかに、藩政には不満もあろう。だがな、世話になった郡代どのを斬る、そこまでしなければ、わしらの島は、よくならぬ、そう申されるのか」

弥左衛門は涙ぐんでいた。

「ああ、そうだともっ」貫一郎も、目を赤くした。「徳川の幕府から、みかどの政府へ、国は変わった。わしらの島でも、松江藩士の首を斬らねば、隠岐が勤王に変わり、御一新がなったことを、みやこびとにも、長州にも、示すことはできんのです。

なにも血が見たくて斬るのではない。流れる血も、死人も、子どもの時分から嫌というほど見てきた医者の家のわしが、郡代を斬れ、と言うのです。

わしは浜田で、長州のお侍に会った。その徳富どのがおっしゃった言葉が、忘れられんのじゃ。

長藩は、幕府を倒して新しい国をつくるため、ずっと戦ってきた、とおっしゃった。

元治元年、というからには、いまから四年前じゃ。みやこの池田屋という旅館で、倒幕の長州藩士が、新撰組に斬られて死んだ。その報復のため、上京した蛤御門《はまぐりごもん》の変でも、長藩はやぶれた。

さらには、御所に弓を引いた朝敵という汚名をきせられ、幕藩の連合軍が長州に攻めて来て、四境《しきょう》戦争を戦った。数えきれぬほどの長州藩士が、幕府との戦火に、斃れていった。

そのとき、隠岐の尊攘派は、いったい、なにをしていたのか。すべての戦さが終わったいまごろになって、のこのこあらわれるとは、寒い冬が去り、春になってから、蛙《かえる》が寝ぼけ顔で、地面から出てきたようなもの。そうおっしゃった。

わしらは、これまでの悪政を斬り捨て、新しい隠岐をつくるため、やはり郡代を斬らねばならんのです」

目頭を熱くして熱弁をふるう貫一郎に心打たれた者が、やはり涙をぬぐっていた。

「郡代の首をとる、賛同される方は、原田村の拙宅に来られたい」貫一郎は一礼すると、足早に退座した。同じ年ごろの若い男たちが、つづいて出ていった。

郡代追放という当初の目的のほかに、殺害という新たな意見も出て、話はまとまらないまま、散会となった。

黙介は、官三郎と戸惑いの顔を見あわせて、たがいにため息をついた。

「島民の心をひとつにまとめる。わずか直径五里の島でも、むずかしいなぁ」黙介がぼやいた。

「それがこの島のよいところだ」冬之助が思いがけないことを言った。「みなが、いろんな考えを率直によせる。間違った道に進まぬよう、知恵を出し、よく議論する。それが隠岐の美徳だよ」

冬之助は、生来のほがらかな人柄から、苦難の局面にも、明るい一面を見いだして、友をはげます度量をそなえた男だった。


翌三月十七日――

前夜の仲間割れをうけて、横地家での話しあいには、島の長老も、加わった。黙介の父、井上権之丞、そして毅男の養父、中西淡斎《たんさい》である。

淡斎は、若い日に京へのぼって中沼了三とともに儒学をおさめ、いまは水若酢神社に膺懲館《ようちようかん》と名づけた学塾をひらき、毅男とともに漢学を教えていた。

「遠き慮《おもんぱかり》なければ、かならずや近き憂《うれい》あり」

淡斎は、『論語』を引いて、しわぶき声で語った。

「先々を深慮して行動せねば、すぐさま困難が起きるもの。いっときの怒りから、人殺しなど、無体をしてはならぬ。わしのような年寄りは、遠からず、あの世へ逝く。だからといって、死ねば、あとは野となれ山となれ、とは思わぬ」淡斎は病いを得ていた。余命が長くないことも、知っていた。「息子らが、孫らが、祖先の因《いん》縁《ねん》ごとで反目《はんもく》して、不憫《ふびん》な目にあってはならん」

権之丞も、言った。

「わしらのよき伝統に、隠岐相撲がある。みなさん、ご存じのように、隠岐の相撲は、二番勝負。同じ相手と、二度つづけて土俵にあがる。

一番めは、本気の取組をする。実力勝負じゃ。されど二番めは、最初に勝ったもんが、わざと負けて、相手に花をもたせる。

それを知った上で、見物客は、土俵のふたりに、よくやった、とやんやの喝采を送る。

これは隠岐の知恵じゃ。今日は力ずくの勝負をして、勝者と敗者にわかれても、明日からは、また同じ島で顔をあわせ、力をあわせて畑をして、漁をして、生きていかねばならん。勝った、負けたで、ひがみ、そねみが出ては、島は丸くおさまらぬ。

してみれば、追放される郡代どのは、いわば相撲に負けた男。その郡代どのの首を斬るとは、負けた力士に石つぶてを投げるような無慈悲なふるまい。負けた男に花をもたせて、松江へ送り出す。そうした心もちが、隠岐の人情ではないか。それが隠岐の男の真心ではないか」

「そうだ、その通りじゃ」毅男が大声を発した。座敷の衆もこぞって顔をあわせ、うなずきあった。

「郡代どのを無事に松江へお返しする。それが隠岐正義党の誇りである。武力を使わぬ。それがわしらの矜持《きょうじ》である」大宮司の正弘が結論を出した。

三月十五日の国分寺の庄屋大会から三日におよぶ議論をつくして、全島の庄屋と村役は、郡代追放を決めた。のちのち分裂や対立が起きないよう、充分な根まわしと意見交換を重ねたのだった。

十七日の夜、農民たちが横地家から去ると、脱島組の同志は、濡れ縁に座して、酒をくみ交わした。

疲れてほてった顔と髷《まげ》をなでて、つめたい夜風がふいていた。

同志は、かつて対酌をいましめていた。が、左党の甃介が、「話のかたはついた、もうよかろう」と言い出したのだ。

酒飲みは、待たされることを嫌う。

官三郎が大どっくりをかかえてあらわれ、手早く湯呑みを配った。

すぐに出る肴《さかな》はないかと、厨《くりや》の戸棚をあけ、板若布《いたわかめ》、塩抜きした梅干しの砂糖煮、生海苔の佃煮《つくだに》を出す。白菜のぬか漬けを切り、鯣《するめ》もあぶった。

密航を共にした気のおけない同志らが、一杯やりつつ、島民の決起にむけて、声高に話していると、官三郎の母親があらわれた。

「おめさんがた、いい加減にさっしゃい。いつまで騒ぐつもりかね。用がすんだら、さっさと、うちへ去《い》んで、はやこと寝なさい、ほれ、ほれっ」

大ぼうきで掃《は》くようにして、同志を追い出す。庭へ転がり落ちる者もいた。

「おお、こわこわ、おっかないおかっつぁんだ」

さしもの正義党の勇士たちも、剛毅《ごうき》で知られる横地のおかっつぁんには、かなわないのだった。

三月十八日――

郡代の首を斬れ、と息まく貫一郎に、島の総意として、役人追放を伝えることになった。

血の気の多い貫一郎との折衝役《せっしょう》には、人あたりのよい冬之助が選ばれた。

貫一郎は、長老もまじえての決定をうけいれ、正義党は一枚岩となった。

一部の町方庄屋をのぞいて、全島をあげて、郡代追放が決定した。


横地家に、本部がおかれた。

「蜂起じゃ、いよいよ島が動くぞっ」毅男が宣言した。

三間つづきの座敷で、百名近い同志たちが、おう、と声をあげた。

「これから、村人たちに、蜂起への参加を呼びかける。その檄文《げきぶん》は、蟄介が書く」

蟄介は、蜂起の書記役に任じられた。横地家の静かな奥座敷にて、窓辺にゆれる竹林の葉ずれの音を聞きながら、檄文をしたためた。


……飛檄《ひげき》をもって、全島民に申し入れる。

先ごろ、わが隠岐国は、天朝の御領となった。郡代ならびに全藩役人を追放して、世直しの蜂起に立ちあがる。

三月十九日早朝、村中のこらず、長さ六尺（約一・八メートル）の竹槍をこしらえ、西郷の調練場に集まるべし。戦争におよぶことも考えられるゆえ、武器はもとより、腰の兵糧にいたるまで持参されたい。

三月十八日
全島民へ
同志中より

檄文は、同志の手によって四十九枚、書き写された。

「みなのもの、ゆけっ。全島四十九の村々へ、届けるのじゃ」毅男が叫んだ。

「夜道の早馬、無事を祈る」甃介が両手をあわせて見送る。

「わが同志よ。たのんだぞ」官三郎が言った。

懐に檄文を大切にしまった同志が、馬にまたがり、つぎつぎと横地家を走り出て、土煙をあげて夜道を駈けぬけていった。島後は、馬を飼う農家が多い。上西村中の馬を、かき集めたのだった。

甃介は、流人の医師、常太郎へも、文をもたせて、使いを送った。

……かような次第につき、郡代追放とあいなり、島のため、民のため、決起いたします。先生はお立場ゆえ、蜂起に参加なされぬよし、承知しております。われらの勝利を、神にご祈願ください。……

おり返し、使いが大きな風呂敷包みを背負って、もどってきた。

返信にそえて、薬が入っていた。


……戦国時代の武将が、出陣前に服用してより、広く使われている打ち身薬です。打撲の腫れ、疼痛《とうつう》をとりさる桂枝茯苓丸《けいしぶくりょうがん》です。

大塩先生の蜂起に出陣する日、父は、『論語』の一節を、まだ六つの幼いわたくしに語ってから、家を出て行きました。

身を殺して仁《じん》をなす。

それが、父との最後の別れとなりました。

仁をなすため、わが身を殺す。その覚悟は必要です。

されど、身あってこそ、仁もなります。ご無事、ご勝運を祈念します。

常太郎

そのころ西園寺の鎮撫使一行は、宍道湖《しんじこ》を船でわたってさらに西へくだり、出雲の大社に参拝したのち、帰京の途についていた。

取り消したはずの年貢半減、隠岐が天朝領となったという西園寺の公簡がひとり歩きして、島後に反乱をもたらしているとは、つゆ知らなかった。

西園寺は、みやこの新政府にあてて、警告の書簡を送っていた。

「山陰道の指揮は、現場がとる。にもかかわらず、現地と異なるお触れが京から出ては、混乱のもとである」

西園寺は、隠岐は天朝領と公布した。だが、みやこには、その兄、徳大寺実則がいて、また別の考えをもっていた。

徳大寺家をついだ兄、西園寺家へ養子に出て鎮撫使総督となり山陰道を鎮圧した弟……。二人の意見の違いが、隠岐の正義党に、甃介たちに、暗雲をなげかけていた。

十三　やまたのおろち

慶応四年（一八六八）陰暦三月　西郷、原田村

蜂起を翌日に控えた三月十八日の朝、蟄介は、官三郎の屋敷で目をさました。前夜、酒を酌みかわし始めた同志は、横地のおかっつぁんに、早く帰って寝ろと追い出されたが、遠方の蟄介と毅男は、泊まったのだ。

顔を洗いに井戸端へ出ると、竹林に風がわたり、さわさわと葉が鳴っている。春の下草には菫《すみれ》が首を折り曲げ、朝露が光っていた。明くる日にせまった蜂起を案ずる心も、晴れるようだった。

「起きさしたか」おかっつぁんが声をかけた。

「おはようさんです」蟄介は会釈をした。

おかっつぁんは夜明け前から厨《くりや》に立ち、掘りたての筍《たけのこ》で醬油飯《しょうゆめし》を炊き、小蕪《こかぶ》のぬか漬け、浅蜊《あさり》の味噌汁を用意してくれた。

官三郎の息子たちも、ならんで箸をとった。頭子《かしらご》は六つ、信太郎といった。父親に似て、行儀のよい男児だった。


そのころ、西郷の港では、元郡代、鈴村祐平の乗った藩船観音丸が、松江から到着したところだった。

鈴村は、丘の陣屋につくなり、郡代の山郡をさしおいて指揮をとった。

「一揆の謀《はか》りごとをする庄屋の村々へ、ゆけ。偵察をせよ」

藩の家老は、鈴村を、郡代頭取《とうどり》として送り出していた。

山郡は、面白くない。

隠岐の責任者は自分のはずが、松江へ去った鈴村が、郡代頭取という、聞いたこともない役職名をひっさげて乗りこんできたのだ。

庄屋をさぐりにいく偵察役に選ばれたのは、渡辺紋七だった。

かつて陣屋で、鷲介の体を、やすやすと押さえつけただけあり、この大柄の武士は、強力《ごうりき》、かつ捕縛の達人だった。

かつて農民が、西郷の米屋を打ち壊しに集まったとき、渡辺は、わずか数名の藩士をしたがえて駈けつけ、捕り道具の袖がらみを、百姓の筒袖《つっそで》にかけると、「えいやっ、えいっ」と次々にひねり倒した。

その気迫、豪気《ごうぎ》にして、凄《すさ》まじく、以来、渡辺の顔を見ると、百姓どもは蜘蛛《くも》の子を散らすように逃げていく、と藩内でも評判の猛者《もさ》だ。

もっとも、島民からは、短慮《たんりょ》にして粗暴、袖の下をせびる不徳の小役人として、忌み嫌われていた。

さて、偵察といっても、どの村をさぐればよいものか……。陣屋では、わからぬ。

そこで八尾村《やびむら》の庄屋、多久治が呼び出された。国分寺の会合で郡代追放に反対し、さらに庄屋たちの動きを陣屋へ報せに来た「出雲党」である。

渡辺は、案内役の多久治をつれて、西郷から八尾川にそって北上しながら、正義党の庄屋をまわった。

「米蔵をあらためるぞ。飢饉にそなえて、藩の決めた量の籾米《もみごめ》を備蓄しているか、抜きうちの調べじゃ」

というのは、もちろん建前だ。蔵に、銃器、刀、槍を隠していないか、さぐるのだ。

海岸の村々では、浜の舟小屋、船底《ふなぞこ》まで調べた。勤王の長州、鳥取から届いた鉄砲があるかもしれぬ。

十八日の夕暮れ、渡辺は、八尾川中流の原田村にさしかかった。

「この村の医者、貫一郎は、郡代どのの首を斬れ、と息まく過激者にございます」

「そのような手ごわい村ならば、明日、あらためようぞ」

渡辺は、原田村の年寄、高井家に泊まることになった。年寄とは、庄屋を補佐する村役である。


半刻《はんとき》（一時間）のち……。

となりの上西村では、とっぷり暮れた横地家に、頰かむりをした男が、辺りをうかがうように入ってきた。高井家の下男だった。

「今晩、藩役人の渡辺紋七どのが、うちに泊まられます」

高井家の当主が、本部へ報せに寄こしたのだった。

いましも横地家では、正義党の面々が、決起の最終準備にとりかかっていた。島民の動員、役人追い払《はら》いの分担、武器調達、衆議問罪《しゅうぎもんざい》、兵糧《ひょうろう》などの役目にわかれ、明朝にさしせまった蜂起にむけて働いていた。話すこと、決めること、手配することは、山ほどあった。

横地のおかっつぁんも、百姓家のおかみさん連中を集め、かまどの大釜で飯を炊き、塩のきいた握り飯をこしらえて竹の皮に包み、炉ばたでは餅を焼き、味噌をあぶり、西郷へむかう同志の弁当をしたくした。

その多忙のさなかに、藩士の渡辺が、となりの原田村まで来たのだ。

「飛んで火に入《い》る夏の虫。まさか、むこうさんから、おいでになるとはね」毅男がほくそ笑んだ。

「渡辺は、捕りものの達者だぞ。剣術も、わしらの手には負えん凄腕《すごうで》だ」甃介が忌々《いまいま》しげに言った。

前年の夏、渡辺に体を押さえつけられ、藩役人に殴られた。渡辺の馬鹿力に負けた悔《くや》しさが、苦々しくよみがえった。

「凄腕ならば、なおのこと、決起の前に捕《つか》まえておいたほうが、あとあと都合がよい」貫一郎が言った。

だが、どうやって捕《と》らえるか。

「あやつの弱点は……」官三郎が腕組みしてつぶやきながら、つと、顔を明るくした。

「酒だっ」異口同音に返った。

渡辺の酒好き、泥酔の失敗談は、島民の耳にも入っていた。

「うまい酒を飲ませて、酔って、寝たところを」官三郎が言った。

「やまたのおろち退治だな」甃介も、つい、含み笑いをした。「おろちは、樽酒を浴びるように飲んで、だらしなく寝こむ、そこを、須佐之男命《すさのおのみこと》が……」

「うちは造り酒屋だけんの。わしに妙案がある」切れものの官三郎が言った。「渡辺の泊まる屋敷が、原田村の年寄家ならば、ここ上西村からも、年寄の山田祐四郎《ゆうしろう》さんに、客を装って行ってもらおう。年寄同士なら、渡辺も、不審に思わんだろう。田植えの水ひきの相談にきた、という用件にしての。手土産は、うちの酒じゃ。おまえやつには出さんような、とっときのうまい酒を用意しよう」

一同は官三郎をこづき、声をひそめて笑った。

やがて、高井家へむかう毅男たちが、刀と槍、長刀《なぎなた》、鉄砲のしたくを始めた。

「黙介、おまいも行くかっ」毅男が、ふり返った。

「わしが行けば、ただではすまん。相手の出方によっちゃ、死人が出る。やめておく」

ほどなく、奇妙な隊列が、横地家を出発した。

見よ、先頭には、高井家の下男が、提灯《ちょうちん》と、清酒の大どっくりをさげていく。つづいて、上西村の年寄、五十がらみの山田祐四郎が、風呂敷包みをかかえ、神妙な面もちで歩いていった。

中身は、隠岐の珍味、このこ、このわた。

このこは、海鼠《こ》の卵巣《こ》を、日に干したもの。三味線の撥《ばち》の形をした黄色く薄いこのこを、さっとあぶって酒を塗り、千切りにすると、もうこたえられぬうまさ、唐《から》墨《すみ》に肩をならべる美味だ。

このわたは、海鼠《こ》のわた、つまり海鼠《なまこ》の腸の塩辛であり、これまた、いくらでも酒盃が進む。

ふたりのはるか後ろには、毅男、東太《とうた》、信左衛門ら三十二人が、しのび足でつづいた。

大勢で動けば、人目につく。

幸い、花曇りの晩。月は雲におおわれ、空は、ほの暗い。怪しまれぬよう数名ずつにわかれ、武装した同志は、闇にまぎれていった。

高井家の座敷からは、渡辺の上機嫌な酔い声が聞こえていた。土産の酒と肴が、案の定、気に入ったらしい。

三十余人は、屋敷をとりまき、息をつめて庭木の陰にかがんでいた。

夜もふけて……、屋内は静まり、灯りも消えた。

下男が、手まねきをする。

同志は腰を低くして庭を進み、座敷に近づいた。

「やい、渡辺紋七っ、やいっ」毅男が、大声をあげた。

一同は、耳をすます。座敷の障子に、目をすえた。

返事は、ない。いびきが聞こえる。

ふたたび、毅男が呼んだ。

部屋では、酒焼けの赤い鼻をした渡辺がひとり、布団に横たわり、暗がりに目玉をぎょろりと光らせていた。わが名を呼ぶ声に、すぐ目ざめたが、あえて高いびきを装っていたのだった。

が、そこは侍のすばやさ。

異変を察し、そくざに跳《は》ねおきると、両刀をひとからげにして、縁側に転がり出た。

三人の影が、槍、長刀を、かまえて立っていた。

渡辺は、とっさに片膝をたて、すばやく刀を抜きはなった。居合《いあい》の術……。急な危難に応じて、ことに狭い室内でも、座したまま、長い刀を抜いて敵を制する技である。

素人の同志三人は、侍の刀を恐れて、おっかなびっくり、長い槍をふりまわす。

勢いづいた渡辺は、居合声を発して立ちあがるも、急に酔いがまわったのか、足がふらついた。いかん……。

庭へ逃げようとした渡辺の前に、槍穂が光った。

防ごうと、渡辺が顔にかざした左ひじを、槍さきがかすめる。

あっ、とうなりながら、渡辺が庭に飛びおり、ふと気づけば、庭では、居ならぶ銃口が、いっせいに、こちらをむいていた。

渡辺が石像のごとく動かなくなった。また酒でしくじった。おのれへの嫌悪が、かすかな吐き気とともに、こみあがった。

「撃つなーっ、殺すなーっ」毅男が、声の限りに叫んだ。

「渡辺は人質じゃ。郡代が陣屋を出ぬ、とごねたとき、こやつを使う。渡辺をあずかっている、あやつの命は惜しくないか、と交渉の切り札にするんじゃ。生け捕りにしろ」

抜き身の刀を手にした渡辺に、若い東太が果敢に飛びかかり、とっくみあいのすえ、取り押さえた。後ろ手にしばりあげ、腰に縄をかけた。

東太は、千鳥足の渡辺を引いて、上西村まで歩かせ、横地家の籾蔵に押しこめたのだった。

「おぬし、籾米の点検に来たとな」毅男が憎々しげに言った。「ならば、この籾蔵に、好きなだけ入っちょれ。おお、酔いざましに、水くらい飲ましてやろう」

毅男は、水をくんだ桶《おけ》をおいた。「飲めるものなら、飲んでみろい」

柱につながれた渡辺のぎりぎり届かないところへ、桶をおいたのだった。

「わしらの甃介に、よくも乱暴を働いたな。よもや、忘れてはおるまい。仕返しじゃ、ざまあみろっ」

毅男は土蔵の重い扉を閉め、音をたてて鍵をかけた。

十四　島燃ゆ

慶応四年（一八六八）陰暦三月十九日　島後

大宮司の忌部正弘は、横地家から街道ぞいに疾風《しっぷう》のごとく馬を走らせ、水若酢神社へ帰った。

出陣の前に、神に祈念をせねばならぬ。冷水で斎戒沐浴《さいかいもくよく》をして心身を清め、衣をあらためると、暗い本殿に蠟燭をともしてこもった。

天地開闢《かいびゃく》より神州と隠岐をまもりたもう八百万《やおよろず》の神々に、守護の御礼《おんれい》をもうしのべ、蜂起の無血成就を願う祈禱文を、ろうろうと響く声で唱えつづけた。

……本朝古来のみかどの御世《みよ》をとりもどすため、聖帝による平らかな国づくりのため、天地の神々さま、われら勤王愛国の民に、力をお授けくださいますよう、かしこみ申し奉《たてまつ》る。……

籾蔵に鍵をかけた毅男が、横地家の母屋にもどると、甃介は奥座敷の文机《ふづくえ》にむかい、郡代にさし出す問責状をしたためていた。

郡代と藩の罪をならべあげ、追放する根拠をつきつける書面である。ゆくゆくは、松江の殿さまも、ご覧になるだろう。

ふさわしい文言を思いあぐねて、甃介が顔をあげると、障子のむこうでは、竹の葉がさやかに鳴っている。涼やかな音色が、甃介の疲れた頭をなぐさめた。

そのとき、遠くで、なにかが炸裂する音が響いた。

甃介と毅男が表へ出ると、官三郎も、庭に立ち、不安げにあたりを見わたしている。

ほどなく、手前の山の尾根から、花火が、また燃える矢が、夜空にうちあがった。

ひとつ、ふたつ、みっつ。

「烽火《のろし》だっ」官三郎が声をあげた。

ややあって、むこうの原田村の丘からも、炎の矢が、漆黒の空を、赤い流れ星となって飛んでいく。

つづいて寺の梵鐘《ぼんしょう》が、夜の底を震わすように鳴り響いた。

「おおっ、農兵隊の連絡網じゃ」毅男が叫び、感にたえぬように首をふった。

村から隣村へ、また隣村へ、烽火がうちあがり、寺の鐘がつき鳴らされ、急変が知らされていく。

「檄文《げきぶん》がたしかに届いたのだ」鷲介が目をうるませた。

檄文は、村々の庄屋から年寄へ、さらに村の全戸へまわり、郡代追放、年貢半減、世直しの蜂起、西郷集合がつたわっていった。

「西郷には、何人くらい来るかのう」毅男の声が、興奮にうわずっている。

「村の数は四十九。一村《いっそん》から二十人として、千人ほども来れば、ありがたい」鷲介が言った。

自分たちが投《とう》じた一石が、全島の静かな夜を揺るがしていくさまを目の当たりにして、武者震いしていた。

春の夜がさらにふけたころ、鷲介、毅男、官三郎の三人は、奇妙な光景を見た。

闇に浮かびあがる山々の黒い稜線《りょうせん》から、暗い谷から、無数の赤い炎が、列をなして流れていく。

揺らめく火のもとには、黒い人影が、それも大勢の影が、うごめいている。男たちの低い声が、遠くから聞こえてきた。

「あれは……」官三郎が息をのんだ。

「わしらの、仲間だないか」毅男が、驚きに目を見ひらいた。

「島が、燃えている」鍪介が言った。「炎の道すじが、西郷へ流れていく」

村々から夜通し歩いて、西郷へむかう男たちの松明《たいまつ》が、近づいてきた。

夜気に乗って、松脂《まつやに》のはぜる匂い、たなびく煙が、せまってくる。

蓑《みの》を着た農民たちが、手に手に燃える松の枝をかかげ、竹槍、鳶口、鎌を、たずさえていた。猟師は弓矢も背負っている。それぞれの腰には、兵糧の焼き米、粗塩《あらじお》、味噌の包みをくくりつけ、肩には、替えのわらじをかけていた。西郷へつづく街道は、赤く燃える炎の道となった。

「よしっ、わしらも出陣じゃ」毅男が言った。

「その前に、神に祈願しよう」官三郎が、同志を母屋へ集めた。

横地家には大きな神棚があった。

この屋敷に限らず、隠岐の旧家は、表玄関の正面に、扉のついた三段重ねの堂々たる神棚をもうけ、神霊を祀《まつ》っている。

官三郎が灯明《とうみよう》をあげ、おかっつぁんが、同志の頭上に、火打ち石を切った。同志は順々に神前ににじり出て、柏手をうち、役人追放の完遂《かんすい》、一同の無事帰還を祈った。

庭へ出ると、毅男が、号令をかけた。

「いざ、西郷へ、陣屋へ、出陣じゃ、えいえい」

「おーうっ」同志がいっせいに、力強い鬨《とき》の声をあげた。

毅男が先頭におどりでると、同志は二列になり、夜道を進んでいった。荷車には薪《まき》、水の樽、担架、打ち身薬、酒樽も積んだ。

越えていく山道のそこかしこに、山桜が、夜目にも白く浮かびあがって咲いていた。西郷へむかう島民たちは、頭上の清楚な花びらに目をとめることもなく、力強い歩みを早めていく。

だが甃介は、次々と通りすぎる松明に照らされた花盛りの枝を、見あげて歩いた。暗い山の斜面に、一本、また一本、山桜は、かれんな花を、いまを命の盛りと咲かせていた。


西郷の港にさしかかるころ、東の夜空のふちが、わずかに明らんできた。

陣屋上の調練場を、本陣にさだめ、標《しるし》のかがり火を、曙《あけぼの》の空を焦がさんばかりに高く燃やした。

中央には、総指揮をとる正弘が、四方に睨《にら》みをきかせて腰かけている。四斗入りの酒樽もしつらえた。

村名をしるした幟《のぼり》を立て、整列すると、驚くべき人数が集まっていた。

貫一郎の原田村から二百十五人、官三郎の上西村は百五人、毅男の山田村は九十人、村之助の大久村から九十人、政一郎の北方村から九十三人、甃介の加茂村から八十三人、冬之助の南方村から六十人、倭文麿の西郷八尾村は二百十五人、東太の目貫村は百五十人、信左衛門の代村《しろむら》は二十五人……。

四十九の村から、あわせて三千四十六人が、集結していた。

島後の男は、七千五百人。反対する庄屋、町人ら、そして子どもと老人をのぞく、ほとんどの男子が、決起にくわわったのだ。

三千本をこえる竹槍が、栗の毬《いが》さながらに、立錐《りっすい》の余地もなくならび、熱気がみなぎっている。

同志たちが、感激に頬を紅潮させ、白鉢巻で指揮に奔走すると、あちらこちらで、おおーっと雄叫《おたけ》びがあがる。

島の民が、いかに藩の悪政に絶望し、いかに切実に世直しをもとめていたか。甃介は、蜂起の意義があったと、心強かった。

そこへ新農兵隊の三十名が、一糸乱れぬ隊列を組んで、調練場に行進してきた。藩から射撃の訓練をうけ、俸米を支給されている兵だ。めいめいが見事な刀をさし、古い和銃をかついでいた。

「なんの用だ」甃介が立ちはだかり、問いただした。

「われわれは、憂国の同志に協力するため、はせ参じました」新農兵隊のひとりが、きびきび答えた。

藩に叛旗《はんき》をひるがえし、味方についてくれた。甃介は、目頭を熱くして、うなずき返した。

日がのぼると、墨染めの衣をまとった僧侶が七人、あらわれた。肥《ふと》った老僧が、総大将の正弘に歩みより、数珠をかけた両手をあわせた。

「大宮司どの。すみやかに解散なされるがよい。かような物々しい騒ぎは、西郷の町民も迷惑でござりまするぞ」読経そのままの声で言った。

「お断りいたす」正弘がおごそかに返した。「隠岐は、神につながるみかどの島と、あいなりました。仏の道に帰依《きえ》するお方に、用はございませぬ。お帰りくだされ」

僧侶の後ろ姿を見送りながら、毅男が言った。

「藩のやつらめ、自分たちは出てこぬくせに、坊主を使いに出しおって」

「寺の坊さんなら、農民たちが襲うことはあるまいと、郡代あたりが考えたのであろう」官三郎が言った。

やがて三千余人は「おう、おう」と勇ましい掛け声をあげながら、高台の調練場から西郷の町へ、おりていった。練り歩く大通りは、農民の編み笠《がさ》で埋めつくされた。

いままでは、藩に重税をとられるばかりだった。今日こそは、百姓の心意気を見せてやる。

町では、いまにも戦乱が起きるかと、女たちは、家の奥へ隠れた。

胡乱《うろん》な企《くわだ》てをしてくれたと、辻に立ち、しわばんだ目尻をぬぐう老爺《ろうや》がいる。おれは正義党の味方だと、声をかける町人もいれば、野次馬もいる。

三千人が陣屋をとりかこむと、官三郎と與平太ら三名の庄屋が、交渉役となって番兵とかけあい、問責状を手に、門のなかに消えた。

官三郎は、藩役所の玄関にあがり、あらわれた代官の今西惣兵衛に、うやうやしく封書をさし出した。礼儀正しい官三郎に、今西もおのずと慇懃《いんぎん》にかしこまり、うけとった。

鬣介が書いた問責状は、次のような主旨だった。

一、藩政に、私利私欲の取り扱いが多く、また苛政《かせい》多く、人心を苦しめた
一、防衛のため、文武館設立の嘆願をしたところ、採用しないばかりか、庄屋に暴力をふるった
一、松江藩士の曽田が、朝廷から来島する鎮撫使の人員を減らそうと謀《はか》った
一、鎮撫使が隠岐公文にあてた書簡を、藩は無断で開封した

一、島は天朝御領となり、これより島民は勤王の大義をとる。朝敵徳川家より隠岐をあずかる貴藩は早々に立ち退き、松江に帰国されたい

ただし貴藩に敵意はないゆえ、動揺せぬように

もっとも、こちらに武器をむける者があれば、残らず討ち取るので、心しておくように

その日、陣屋には、郡代の山郡、松江から来た鈴村、代官の今西、調方の錦織録蔵など五人の藩士のみだった。あとは、それぞれの妻子と下僕《げぼく》だ。

思いもよらぬ多勢《たぜい》の来襲に、鈴村は青ざめたが、たちどころに理性をとりもどし、善後策を考えた。

いっぽう、郡代の山郡は、問責状を読み終えた手をふるわせ、「百姓ごときの一揆に、応じてなるものか」と憤りの面《おもて》をあげた。

「われは、お仕えする定安公より、隠岐管轄のお役目を命じられておる。陣屋を明け渡して、農民に後ろ姿を見せるとは、士道にそむく恥。

かりそめにも、この山郡宇右衛門、目の黒い限りは、一歩も動くものにあらず。

われは親の代よりの槍術家《そうじゅつか》につき、成敗《せいばい》してやろうぞ」

長押《なげし》に腕を伸ばし、槍をとると、さやをはずしながら、藩役所の玄関へ、大股に

歩み出た。

門の外へ突撃じゃ。暴徒を刺し殺し、われも討ち死にせん。

武士道というは、死ぬことと見つけたり……。

山郡は、あくまでも士道の侍だった。

鈴村が、あわてて廊下を追いかけ、後ろから、袂《たもと》がちぎれるほど、袖を引いた。

「待たれ、山郡どの。落ちつかれよ。ここで戦って死ぬのは、たやすい。だが、そのような死は、犬死にである。そもそも、われらは五人の寡勢《かぜい》。たいする敵は、少なくとも数千人はおろう。陣屋にたてこもり死守しようとも、持ちこたえるは、わずか一日。藩の援軍が来るまで、もたぬことは明々白々。となりの島前へ引きあげ、代官の足羽《あすわ》と再挙をはかるほうが、賢明であるぞ」

鈴村は、先輩風をふかせて、山郡を叱責した。

いっそ鈴村を槍で刺してやろうか……。頭に血がのぼった山郡は、ふと殺意をおぼえた。

だが鈴村は、深慮をもって、激高する山郡をとどめたのだった。

……もし山郡が槍で突撃すれば、いまはおとなしい群衆も殺気だち、おのれもふくめて、藩役人は皆殺し。

そもそも、隠岐が天朝領なら、島民と戦さなど、もってのほか。定安公が切腹して朝廷にわびる重罪となろう。出雲国松平家はおとりつぶし、領地も没収となる。だが、激高している山郡に言っても、いまは聞く耳をもたぬ……。

「待たぬかっ、山郡どのっ」鈴村は、ふたたび怒鳴りつけた。

いさめられた山郡が、ふとあたりを見れば、部下はすでに、退却のしたくを始めていた。

「反撃の気概《きがい》ある者は、われのみ……」

むなしさに、脳天にあがっていた血もさがり、山郡の槍は、廊下にこぼれた。

代官の今西が、奥から玄関にあらわれ、官三郎に告げた。

「陣屋は引きわたす。よって暴動はせぬように」

官三郎は、正義党の代表としての品位と風格を保って、お辞儀をした。

役人が退去すると聞いて、表は勢いづき、大声をあげ門を叩く者もいた。騒然とするなか、西郷に暮らす下男たちは、くぐり戸から逃げていく。

山郡もついに観念して、下僕と荷造りにかかった。役所の物品、書類は残し、官庫におさめた。ふたたびもどるつもりだった。

裏門より陣屋を出ると、蜂起の男たちが罵声を浴びせるなか、波止場へおりていった。

夕暮れの町に灯火がともるころ、藩役人と女房、その子らが、港の藩船観音丸へむかう。両脇を、百姓がならんで見守った。

　哀れな退陣見たさに、町人も押し寄せていた。藩となじみの商人のなかには、見苦しいことに、代官にとりすがって泣く男もいた。

「郡代、二度と帰ってくるなよ」野次も飛んだ。

　ところが、日没の海は、そよとも風がない。帆船に乗りこんだ郡代は、しばし風待ちをすることになった。

　そもそも、点検方の渡辺紋七が、前日、偵察に出たまま、もどって来ない。暴徒の島に、ひとり残していけば、どんな恐ろしい目にあうやら。帰りを待たねば……と、案じていると、甃介、毅男、官三郎が、観音丸をたずねてきた。

　陣屋明け渡しを成しとげた同志たちは、晴れ晴れとした表情だった。なかでも伊達《だて》の甃介は、町の床屋で髷《まげ》を結い直し、顔もあたっていた。

「渡辺どのを、おあずかりしております。ご無事です。この書面に署名して頂けましたら、おつれします」

　甃介が、書状をさし出した。

　屈服状
　　このたび憂国の同志より申し出のあった件は、それぞれ承知しました。したがって本日立ち退《の》き、帰国いたします。

三月十九日

憂国同志衆へ

読み下した山郡から血の気が引いたが、鈴村が、目でうながした。どのみち今日のところは去るのだから、署名せよ……、とでも言うように、傲岸《ごうがん》にも、山郡へあごでしゃくる。

またも鈴村に指図《さしず》され、山郡は屈辱にかみしめた唇をさらに白くしながら、筆をとり、末尾に名をしるした。朱の印もついた。

屈服状と引きかえに、渡辺が、横地家の籾蔵から、駕籠で送り届けられた。

同志たちは、白米を二俵、清酒の二斗樽も、大八車で運んできた。

「心ばかりの餞別《はなむけ》でございます」官三郎がおごそかにのべた。

「隠岐の男の真心です」甃介も言った。

「うけとるわけにいかぬ」山郡はこわばった面で冷ややかに応じた。「わしは、おまえたち暴徒にやぶれ、屈服した身。武士の意地として、断じてうけとらぬ」

去っていく山郡にとって、最後の自負心だった。

そこへ、鈴村が割って入った。

「せっかくの心遣いではないか。船旅の道中、米と酒があれば、ありがたいもの。うけとろうぞ」

実際家の鈴村は、人足に命じて、さっさと藩船に積みこませた。

山郡は、武士の矜恃が打ち砕かれた思いだった。同じ殿に仕えようとも、鈴村とは、ことごとくそりがあわぬ……。あきらめるほかなかった。


郡代以下、三十余人が港をたったのは、海風の出た翌二十日の宵。

出帆の銅鑼《どら》が、銀ねずの色に沈む春の黄昏《たそがれ》に鳴りわたった。

夕もやの岸辺から離れていく観音丸は、島前の港町、別府へむかっているはずだった。

別府にも藩の役所があり、足羽《あすわ》代官をはじめとする役人が赴任している。そこで松江の援兵を待ち、島後にとって返そう。

次の手を思案しながら、山郡はひとり艫《とも》に立ち、遠ざかっていく西郷の町の灯《ひ》を見ていた。

思えば、隠岐に異国船があらわれたころから、江戸の支配が、幕府の安泰の世が、ゆらぎ始めていた。その果てに、百姓どもに追われ、島後を去ろうとしている。無念と悲しみのために、山郡は、したり顔の鈴村から離れ、沈む気分の底で、ひとりになりたいのだった。

そのころ、鈴村は、ひそかに船頭に命じていた。

「このまま松江へむかえ。藩都へもどるのじゃ」

隠岐がわが藩の支配地とたしかめるまで、出撃はならぬ。もしみかどの島へ軍艦を送れば、大罪となる……。

わが殿、定安公に朝廷から罪が着せられる。それだけは避けねばならぬ。

これが鈴村の忠孝だった。だが、このまま城へもどれば、山郡は、騒動の責任をとり、切腹を命ぜられるであろう。暗い海のかなたへ、鈴村は老いた目をやった。

夜空にも星は見えなかった。

十五　自治政府、立つ

慶応四年（一八六八）陰暦三月

三月二十一日——

黆介が、陣屋の正門をくぐると、役人と妻子が慌ただしく家財をまとめて去った広い敷地には、不思議な静寂が満ちていた。

山郡の暮らした郡代屋敷、代官屋敷、藩役所、米蔵、番所、会所といった棟々が、白壁に黒瓦を乗せた優美な姿のまま、主《あるじ》を失い、春の日を浴びている。

二日前の蜂起では、三千人を越える島民が陣屋を包囲したが、打ち壊し、放火、略奪をする者はいなかった。

覇業《はぎょう》によらず、蜂起を成就させた……、それは黆介たちの誇りだった。

陣屋の丘のいちばん高いところにある郡代屋敷に立ち、眉に手をかざして見はらせば、眼下に西郷の家なみが広がり、燕《つばめ》が身をひるがえして飛んでいく。港の海は春光にきらめき、潮風が香った。

鴑介は満足そうにあたりを見わたして言った。

「ここに、わしらの役所をおこう」

「隠岐国の政府だ」官三郎が言い直した。「いずれ、頭《かしら》となる役人が朝廷からおいでになろうが、自分たちの手で島を治め、まつりごとをするのだ」

「おれやつの手で国をつくる。藩士の怠慢も、不正もない。過酷な年貢もない。わしらの国が生まれたんじゃ」毅男は涙声になった。

「泣くのは、まだ早いぞ」鴑介が、友に笑みかけた。「これから政府を組織する。文武館もつくる。松江の反撃を防ぐため、朝廷、長州、鳥取に協力もとりつけねばならぬ。島前との連携もはかる。為《な》すべきことを、順に成しとげていこう」

まずは、学校を郡代屋敷にひらいた。

「すべては、文武館設立の嘆願から始まったのだから」と鴑介が言ったのだ。

百二十石取りの山郡の屋敷は、書院づくりの座敷、茶室、美しく掃き目を入れた枯山水の庭も典雅である。ここに政府をおこうと、だれもが思っていたところ、

「ここを学舎にしよう。向学の島民がつどうところは、青々とした畳、よい掛けものがあり、心が澄みわたるような学び舎でなければならん」鴑介が提案したのだ。

かれは口数の少ない男だが、胸には、学問によせる美しい夢、あるいは理想と言ってもいい世界が宿っている……。毅男は、ひそかに心うたれていた。

校舎の入口に、立教館、と墨書きした板をうちつけた。

漢学、国学をまなばんと志すもの来たれ、と呼びかけると、百五十人の門人がつめかけた。

開講の日、儒者の中西淡斎が、居ならぶ同志と島民に『大学』から、明徳《めいとく》、新民《しんみん》、止至善《ししぜん》の三綱領、ならびに格物《かくぶつ》、致知《ちち》、誠意、正心《せいしん》、修身、斉家《せいか》、治国、平天下の八条目を講じた。

淡斎は、病んでますます痩せた体を奮い立たせて、まつりごとにたずさわる者の心がまえを、息子の毅男をはじめ、若い同志たちに語ったのだった。

武術の道場では、外様の広島、鳥取の藩士が師範となり、剣術、柔術を教えた。

松江藩が残した銃と大砲のあつかいも、指導した。

自治政府の最大の恐れは、松江藩の報復だった。

同志たちは道場に通って打ちあい稽古に汗を流した。甃介は、鳥取藩士から、新しい洋式銃の射撃もならった。

自治政府は、代官屋敷におき、七十人が役についた。

ちなみに、島前にも同調をもとめたが、島前の庄屋たちは足羽代官と関係が良好であり、藩役人を追放しなかった。そこでまずは島後だけで、自治政府をたちあげた。

まつりごと全般について話しあう会議所（立法）には、長老の四人がついた。すなわち島の北部からは、儒者の中西淡斎、水若酢神社大宮司の忌部正弘。南部からは、庄屋家の井上権之丞、第四十三代の隠岐国造家《こくそうけ》にして玉若酢命《たまわかすみこと》神社の宮司、億岐有尚《おきありひさ》がえらばれた。

政府の代表は、独裁にならないよう、この四人の長老による合議制となった。

公務をおこなう行政府としては、総会所（行政府、内閣）をもうけた。頭取は、前の大庄屋の重栖恕平《おもすじょへい》。

そのもとに業務に応じて各部署をおき、同志がついた。長年のつきあいがある同志たちは、それぞれの向き不向きを心得ていたのである。

漢文に長じた甃介、毅男らは、文事頭取（内閣官房、文部）。

與平太らは、算用調方（大蔵）。

廻船問屋の松浦十郎らは、廻船方頭取（運輸）。

安部運平、大西玄友らは、周旋方《しゅうせんがた》（外務）。

吉岡久七郎は、目付役（裁判）。

官三郎、神官の倭文麿などは、軍事方頭取（防衛）についた。

軍事方は、松江藩の逆襲にそなえて、さらに細かくわかれた。撃剣頭取（攻撃部隊）には貫一郎、東太、信左衛門など、精力みなぎる二十代の剣客を配置した。四十がらみの村之助は、兵糧方。船頭《ふなおさ》の仙助は、武具方についた。

政府の七十人とは別に、武装した自警団を三部隊ととのえ、交代で西郷の警護にあたることになった。

冬之助ひきいる義勇《ぎゆう》局、船田二郎ひきいる戍兵《じゅへい》局、揮刀《きとう》局の各四十人、計百二十人である。

生まれたばかりの政府の組織一覧を、慭介が、紙に墨色も濃くしるした。同志は、正月をむかえたようなめでたさと厳粛さのなかで読んだ。

戍兵局長の二郎が、十代のにきび面を、慭介にむけた。

「百姓は、政府に入《い》れんのですか。わしらの政府というなら、小作もくわわる役場でなければ、ならんと思う。いまは、ええとこの衆《す》ばっか、選ばれとります」

小作を政府に入れないのか……。

あまりにも無垢《むく》な意表をつく問いかけに、慭介は、一瞬、言葉を失った。考えたこともなかった。

「小作も政治をする。それは理想ではあろう」官三郎が思案しながら、語り始めた。

「だがな、漢字も読めん者《もん》に、まつりごとは任せられん。先々、学問をおさめた農民が育ってゆけば、身分をとわず、志ある者が政治をおこなう、そげな世が来るかもしれん」

「身分をとわず、志ある者が政治をおこなう」二郎は夢でも見ているように、顔を明るくした。

「イギリス語でデモクラシーと言うのです。民がみずから、まつりごとをおこなうことを」大西玄友が、総髪《そうはつ》の額をあげて語った。

玄友は、長崎でオランダ人医師から西洋医学をまなんで帰ってきた、二十六歳の外科医である。外国語に通じる才を買われて、周旋方についていた。

「民がみずから、まつりごとをおこなう。ほんなら、わしらの自治政府もデモクラシーだ」二郎がまた弾んだ声をあげた。

「デモクラシー……」代官屋敷につどった同志たちが、口々に珍しい言葉をつぶやいた。

「そうかもしれない。だが、朝廷からお役人がおいでになるなら、完全ではない。お頭も民が選びだすしくみが、本当のデモクラシーであり、自治だ」玄友が言った。

「長崎では、蘭医の先生から、欧羅巴《ヨーロッパ》の世の中についても、教わったのです。身分の平等とか、権力の分立とか」

二郎は、初めて耳にする考えに魅入《みい》られたように、目を輝かせて、玄友の話に聞き入っていた。

自治政府では、さっそく三権分立がとりいれられ、立法の会議所、行政の総会所、司法の目付に、わかれることになった。

神州のどこにもない最良の政府を組織して、よきまつりごとをしよう。旧態の藩役人に代わって、民の力で、島を正しく治めていこう。喜びと理想を胸に、同志はそれぞれの持ち場でいきいきと働いた。

意気揚々の甃介は装いもあらため、義経袴《よしつねばかま》を身につけた。腰に羽二重の白いひもをつけ、裾に平打の組ひもを通して飾りにした外出用の袴だ。

長い刀を帯び、筒袖に、背縫いの下がひらいた三斎羽織《さんさい》をひらひらさせて、若葉もえる港町を闊歩《かっぽ》した。髪型も、ひたいの剃《そ》りこみを狭くして、どことなく侍をまねた。

港に入る諸州の船乗りが目を見はるほど、颯爽《さっそう》としたいでたちだった。

自治政府では、朝廷と長州へ、報告にあがる準備も進めた。

みやこへは、中沼塾にまなんだ毅男と庄屋の村之助が、浜田へは、二月にも渡海した甃介、官三郎、東太がわたることになった。

三月二十四日――

山郡と鈴村祐平の乗った観音丸は、宍道湖に面した松江大橋のたもとに帰りつき、きなりの帆をたたんだ。

うつろな目をした山郡が、小舟にうつり、深緑色によどむ掘割《ほりわり》を、城へむかった。

島後から追放されたとき、山郡の心づもりとしては、島前別府の代官所へ直行して、松江からの援軍を待ち、兵をひきつれて西郷に反撃にむかうはずだった。

ところが鈴村は、山郡に告げぬまま、船首を松江へむけさせたのだ。

騙《だま》された、と気づいた山郡は、色をなして抗議した。

ところが鈴村は、軽蔑の面もちで冷ややかに返した。

「山郡どの、いい加減、目をさまされよ。天朝領か、わが藩あずかりか、わからぬような島で、戦さはできぬ。

かりに、わが藩のあずかりとしても、島前を、騒動に巻きこんではならんのだ。島後に反撃する際の前線基地として、島前は、確保しておかねばならぬ。兵法《へいほう》じゃ。その島前へ、追放されたわしらが上陸して、島民の反発を買ったら、どうなる。西郷のような一揆が起きては、元も子もない」

鈴村は、先々の攻撃にそなえて、藩と友好的な島前を、基地として利用できるよう、残したのだった。兵学に長《た》けた鈴村の作戦だった。

城へあがると、家老衆は、島前の足羽代官が寄こした飛船により、すでに島後の反乱と郡代追放を知っていた。

山郡は「失政につき、島民の不信をまねいた」として、御役《おやく》御免と謹慎《きんしん》を申しわたされた。

代官の今西、調方の錦織、点検方の渡辺も、同じ処分をうけた。

意外にも、鈴村は、制裁をまぬかれた。

かれは、ひそかに胸をなでおろしつつ、思案をめぐらせた。

……山郡は割腹を命じられると思ったが、幸いにも首はつながった。おそらく、島後の失政は長年にわたり、山郡のみの責任ではない、とするご判断であろう。ならば、かつて郡代と代官をつとめたこのわしも、安心はできぬ。ご家老中に、鮮やかな解決策をしめし、点をかせがねば……。

鈴村は、重臣の前にかしこまり、申しのべた。

「陣屋を占拠した者どもは、勤王倒幕の庄屋たちでございます。すなわち、官軍の長州、鳥取と通じておりますゆえ、わが藩が不利にならぬよう、ただちに朝廷へあがり、うまく報告する必要がございます。勤王の民の蜂起ではなく、暴徒の土民が陣屋を占領した、と届け出るほうが、よろしいでしょう。

また隠岐は、天朝領か、わが藩あずかりか。みやこの鎮撫使庁へ早飛脚《はやびきやく》を送り、照会すべきです。

もし天朝領ならば、朝廷へ陳情にあがり、わが藩あずかりにもどして頂く。

わが藩あずかりと判明すれば、兵を送り、暴動の庄屋を捕らえましょうぞ」

鈴村の提言はとりいれられ、早飛脚と藩士が、上洛していった。しかも鈴村の入れ知恵で、島前の庄屋たちもともなって、みやこへのぼっていったのだった。

四月五日——

松江藩の朝廷工作を知らない島後では、甃介、官三郎、東太の三人が、浜田へむけて、加茂の港から船出した。

このたび幕藩の役人を平和裡に追放し、ふるさとに島民の自治政府を樹立した。

甃介は大願を果たした幸福な思いに満たされながら、潮の匂いを心ゆくまで吸いこみ、またゆっくりと吐いた。

底まで透きとおった入江を船が進んでいくと、大きな甲羅の海亀が、海面近くをのんびり泳いでいる。

船は厚地木綿の帆を高々とかかげて、悠々と日本海へ出ていった。

雲ひとつない青空に太陽が照り、海は鮮やかな瑠璃《るり》色に輝いている。かなたの水平線は弧を描いて、この世界の広さを甃介に伝えていた。

やがて落日とともに、波は金色に輝いた。

南からのぼってきた飛《と》び魚《うお》の群れが、翼のような銀の胸びれを広げ、水しぶきをあげて勢いよく飛んでいく。

うねる波を乗りこえるたびに、ゆるやかに上下する甲板に立ち、甃介が晴れやかに言った。

「わしらは、この飛び魚のように、広い海原を自由自在にわたっていく。隠岐の男に生まれて、よかったのう」

官三郎も海風に吹かれながら、夕日に目を細め、うなずいた。


浜田では、長州藩の徳富と面談した。二か月前、甃介たちを鳥羽伏見の敗残兵と疑い、刃《やいば》をむけた侍である。

しかしいま、約束した郡代の屈服状を手わたすと、相好《そうごう》をくずして、褒《ほ》めそやした。

「よくぞ松江藩を追放なすった。武士をむこうにまわして、庄屋のみなさんが、実にあっぱれ、見事なお働き。萩の城へ、また京へ、わが藩からもお知らせいたそうぞ」

百姓ごときが侍を放逐できるはずがない。見くびっていた徳富は、内心、舌を巻いていた。

鷲介たちは祝いの饗応をうけ、後日、答礼の宴《うたげ》もひらいて、親しく語らった。酒席で、みやこの動きを教わった。

たとえば、三月十四日の五箇条の御誓文。

みかどが新政府の方針を神に誓われ、そこに知識を世界にもとめる、という開国の一文があること。

みやこを大坂または江戸へうつす動きが、新政府にあり、まずは天子さまが京を離れて大坂へ行幸《みゆき》なさること。

鷲介と官三郎は、驚きに、表情を曇らせた。

尊王と攘夷は、ふたりの良心、全存在にかかわる信念だった。

知識を西洋にもとめる、天皇が京から離れる、いずれも神州の伝統を破壊する暴挙と感じられた。

正直な思いを鷲介がつたえると、徳富はきびしく警告した。

「攘夷なぞ、もはや噴飯《ふんぱん》ものよ。新政府は開国和親を世界にしめし、異人を襲った岡山藩士を、さきごろ切腹させたばかり。隠岐が、かたくなに外夷排斥を訴えると、国の迷惑として、切り捨てられようぞ」

甃介は、さらに思いがけない事実を知った。

年貢半減令が、蜂起よりも前の一月末に、取り消されていたのだ。

官軍にしたがえば租税が半分になる。

そう伝えて農民を集めた蜂起が、根底からくつがえされた。

「村人をだましたことになる」正義感の強い官三郎は、青ざめていた。「わしら隠岐の正義党にとっては、勤王の決起だった。だが、自分で削った竹槍をたずさえ、西郷まで夜通し歩いてきた三千人の百姓には、年貢半減を勝ちとる闘いだった。わしらが取り消しを知らなかったにせよ、責任は重い」

官三郎は傷ついた顔でふさぎこみ、口を閉ざしてしまった。

「新政府といっても、国庫《こっこ》は空っぽじゃ。官軍も、民をだましたのではない」徳富が弁解したが、官三郎は、陰気な吐息をもらすばかりだ。

もっぱら、甃介が応対した。

「松江藩来襲の急には、島へ、援軍を出してもらえませぬか」

徳富は、盃を運んだ口もとを引きしめた。

「実は、近々、江戸で戦さが始まる。さきの将軍、慶喜公の恭順をよしとせぬ幕臣が、二月、彰義隊《しょうぎたい》という部隊をつくり、官軍に抗戦のかまえである。

わが藩は、大村益次郎ひきいる兵を江戸へ送る。その有事に、隠岐への渡海は、困難である。

だが、貴殿らのこと、心得ておく。

隠岐の正義党は、わが藩の亡き勇士、高杉晋作の正義党に名をとったのかもしれぬ。いわば、高杉の忘れ形見。倒幕の日を見ることなく、若くして逝った高杉のためにも、松江逆襲のおりは、そくざに報せられよ」

徳富の声は誠実さにあふれ、甃介の胸に深く響いた。

「なにとぞ、隠岐を、よろしくお願いします」甃介は正座になおり、頭をさげた。

「して、隠岐は、天朝領か、松江藩あずかりか、いずれにて、ござりましょう」官三郎が、やっと口をひらいた。

「すべては朝命による。お国もとにて、命《めい》を待たれよ」隠岐の管轄など知らない徳富は、武士の威厳をもって答えるほかなかった。

長州から援軍の約束は得られず、隠岐の所轄は不明。異国の文明をとりいれると宣告した新政府にも、不安が残る。

だが、徳富から祝福をうけたことをよしとして、甃介、官三郎、東太は、加茂へ帰ってきた。

陣屋へあがると、正門をまもる冬之助が、穏和なこの男に似あわぬ渋面《しぶづら》でむかえた。

「悪い報せだ。島前の庄屋たちが、松江へわたり、藩役人の手引きで、上京した」

「なんだとっ」鬢介も、珍しく声を荒らげた。「松江の家老どもめっ、島前を味方につけた上で、島後の暴徒が役人を追放したと、被害者面《づら》をして、朝廷に訴えるつもりだな」

「藩は、島前と島後の仲間割れを、意図したのだ」官三郎が分析した。「島前と島後が一枚岩となって藩に刃むかっては困る、という思惑《おもわく》であろう」

鬢介は口惜《くちお》しさに、唇をゆがめて言った。

「朝廷には、毅男と村之助が、自治政府樹立の報告にあがっている。だが、松江の卑劣な動きは知らぬだろう。ただちに上京して、報せねば」

「藩は、西郷へ反撃に来るかもしれぬぞ。その阻止も、朝廷にたのまねばならぬ。中沼先生に、お力ぞえを願おうぞ。こたびはわしも行こう。先生にお目にかかりたい」

みやこを知らない官三郎も上洛を望んだ。

出立の前夜、暗い部屋で旅じたくをする鬢介を、父が呼びとめた。

「鬢介、官三郎、毅男……。みやこに三人がそろうのか」

「はい」

「よいか、隠岐のゆくすえは、おまえたち若い者の働きにかかっている。おまえたちは、三人三様《さんよう》だ。毅男は、火のような気性で激しい。だが、そそっかしい一面もある。官三郎は、土のごとく、なにごとにも動ぜず堅実だ。責任感も強い。しかし持論に固執するところがないではない。そして甃介、おまえは風であろう。どこへでも軽やかに飛んでいく。読み書きが達者なだけに知恵もある。だがときとして、才気が奔《はし》りすぎる。火の男、土の男、風の男。たがいの長所をいかし、重責を果たせよ。わしらの島をまもれよ。頼んだぞ」


四月二十八日——

甃介と官三郎は、西郷の波止場から、帆船に漕ぎ手をつけた急ぎの飛船に乗りこんだ。

冬之助ひきいる義勇局が、見送りにきた。

「甃介、京の土産はいらんけん、吉報をもって帰れ。隠岐は天朝領、松江の支配は脱した、という証書を待っとるぞ」

「おお、冬之助も、留守を頼んだぞ」

「まかしとけ。松江の矢がふろうが、弾が飛ぼうが、陣屋の門は断じてあけん」冬之助が胸を叩いて、ほがらかに笑った。

その明るい鳶《とび》色の瞳を、紅潮した色白の頬を、甃介は、いつまでも憶えていた。

藍の稽古着に木綿の袴をつけた冬之助は、西郷の町なみを背にして岸にたち、遠ざかっていく船に、手ぬぐいをふっていた。そのすこやかな体つきを、笑顔を、甃介は、生涯、忘れなかった。


閏《うるう》四月四日——

この年の暦では、四月が二回あった。

甃介と官三郎は、若狭国小浜をへて、大雨の朝、みやこについた。

甃介にとって、十三年ぶりの京だった。嘉永六年に上京して二年間、中沼塾になんで以来である。

ところが、青春の記憶に残る都大路《みやこおおじ》の華やぎは、失われていた。

編八《あみはち》旅館で合流した毅男が言った。

「蛤《はまぐり》御門《ごもん》の変の大火で、三万戸近くが焼けたけんのう。御所に近い中沼塾も燃えてしまったし」

だが、大火から四年がすぎても、焼け跡には間にあわせの粗末な小屋が残り、甍《いらか》をつらねた市中の賑《にぎ》わいをとりもどしていない。

もし、みやこが大坂や江戸へうつれば、なおのこと京はすたれ、平安より千年をこえる洛中の歴史は途絶えるだろう。それはとりもなおさず、朝廷と皇室の伝統が失われることを意味する。

遷都《せんと》をしてはならぬと、甃介はあらためて思った。

毅男は、新政府が占拠した二条城へ出むき、鎮撫使庁へあがった折りのもようを、語った。

……藩役人の放逐を伝え、藩につきつけた問責状、山郡の屈服状の写しを、さし出したところ……。

応接した役人は、参謀の長州藩士、小笠原美濃介《みのすけ》、その部下、鳥取藩の柴捨蔵《しばすてぞう》だった。

いずれも鎮撫使として山陰道をくだり、官軍にしたがわせた武士だ。柴は、のちに京都府知事になるが、当時は、下級官吏《かんり》だった。

柴はすこぶる愛想がよく、勤王の同志に好意的だった。いっぽう小笠原は、流人の島から来た農民ごときが、なんの用かと冷淡にふるまい、返事もしなかった。

「隠岐は、天朝領になりましたでしょうか」毅男がたずねると、

「もちろんでございます」柴は丸顔をほころばせた。

「しかし、松江は、藩のあずかり地と申しておりますが」と返せば、

「それがしには、なんとも、わかりかねまする」柴が答える。

「おそれ多いことですが、確認のため、西園寺様におとりつぎを、お願いできませぬか」大久村の村之助がきけば、

「西園寺殿は、東山道《とうさんどう》の軍事総督となられ、ご不在にございます。ほどなく、北国鎮撫使にも、なられるよし。しばらくお留守かと」

「いつごろ、ご帰京に」

「それがしには、なんとも、わかりかねまする」また柴が答える。

要領を得なかったという。

甃介の胸に、いやな予感が広がった。

西園寺は、鳥取に滞在中、隠岐は天朝領になったと公簡を送ってよこした。そこで藩の役人を追放した。だが、本当に天朝領になったのか。


閏四月六日——

晴天。

一行は、みやこに駐屯する十津川郷士の屋敷に宿をうつし、中沼了三と清蔵の訪問をうけた。

ひさかたぶりに再会した恩師の了三は、総髪に霜をおき、ゆたかだった頬はくぼ

んでいた。

だが老いの翳りだけでなく、かつて師のまわりに常に漂っていた精気とも英気とも言える力強いなにかが失われていた。

「中沼先生……」鷲介は、しわばんだ了三の手を握りしめた。

恩師の学舎を去って十三年……。

鷲介は帰郷しておきよと縁組みしたものの、疫病が流行《はや》り、可愛い盛りのおもとが死んだ。黒船から隠岐をまもるため、農民に剣を指南したところ、その荒事を嫌い、いや、自分の未熟さを嫌って、妻は去っていった。凶作の年は、飢えた小作が刃物をもって押しかけ、母屋に燃えうつるほど大きな焚《た》き火《び》をして威嚇《いかく》した。文武館の嘆願書を出して藩役人から殴られた。嵐の日本海を漂流して船が沈没しそうになり、たどりついた浜田では、長藩の侍に刀を突きつけられた。

自治政府の樹立、おちかとの再縁という幸いはあったが、命の危険に、たびたび遭遇した。

にもかかわらず、気落ちせず、挫《くじ》けず、歯を食いしばって乗りこえることのできた胆力《たんりょく》は、旧師から教わったのだ。それは了三が講じた『論語』から有徳、剛志《ごうし》の生き方をまなんだだけでなく、王政復古と天皇親政を成しとげんとする先生の強い意志、みずから善をなして世を改革せんとする高潔の人柄、その使命をなすためのたゆまぬ努力と、けじめある暮らしぶりに、感化されたのだ……。甃介は師にぬかずいて、謝意を伝えた。

「教え子よ。隠岐で御一新をなした偉業。甃介と毅男の手柄でありますぞ」

「されど先生、安心はできませぬ。松江の藩士が上京しております。朝廷になんらかの陳情をしているはず。松江が報復をせぬよう、先生からも、政府のお歴々に、おたのみください」

甃介、毅男、官三郎がそろって居住まいを正した。

ところが了三は、かぶりをふった。

「まことにすまぬが……。ふるさとの一大事であろうと、わたくしは、もう役にはたてぬ」

政府の参与にして、十二の宮家に儒学を指南する了三が、なぜ……。

いぶかっている同志に、清蔵が話した。

「父は、政府の中枢から距離をおいているのです。岩倉様、大久保様と意見が対立しているそうにございます」

大坂、江戸への遷都を提言したのは、薩摩藩士の大久保利通だった。

また天皇の諸州への行幸《みゆき》を決め、大坂湾での軍艦と大砲発射の観閲式を計画したのは、岩倉である。

「みかどの全国行幸など、嘆かわしい。天下は朝廷に変わったとしめすための見世物です。みかどの政治利用であり、不敬であります。軍艦や大砲の観閲式も、武士《もののふ》の大将、いわば下々のなすこと。天子さまがなされることではありませぬ。皇室が汚《けが》されます」

　みかどが軍事を司《つかさど》る意味について、このときの甃介は、まだ深くは考えていなかった。

　了三は、十代の睦仁親王による大坂湾での軍艦天覧《てんらん》を反対したが、聞き入れられなかった。そればかりか、政策決定の場から、遠ざけられたのだ。

「わたくしは儒学の徒です。政治の実権を失うことなど、なにごとでもありません。王政復古がかなったいま、老い先短いわたくしの使命は、天子さまの君徳を、ご指導するのみです」

　儒学の教授に、徹する心がまえだった。

　しかし、その了三も、徳川時代には武家も町人も素読をした『論語』をはじめとする漢学を、新政府が国民の教育から廃止するとは、想像もしていなかった。

「中沼の門弟と知れると、かえって朝廷で不利になるかもしれません」清蔵が言った。

了三の力ぞえが得られないと知った三人は、ふたたび二条城の鎮撫使庁にあがり、隠岐の管轄をたずねた。だがやはり、曖昧《あいまい》な返答である。

そこで太政官政府にあがったところ、朝から夕方まで待たされた挙げ句、追い返された。

柴と小笠原の私邸には、隠岐の串鮑《くしあわび》、海苔、鯣《するめ》をたずさえておとずれた。

柴は、「松江藩あずかりになることはない」とくり返す。

だが根拠をとえば、柴の希望的観測にすぎないことが、しだいに甃介にもわかってきた。

立ちあがったばかりの新政府は、江戸、会津での決戦がせまり、混乱、繁忙《はんぼう》を極めているのだろう。待つほかない。宙ぶらりんの心もとない状況だった。


閏四月八日——

晴天。

鎮撫使庁にあがると、小笠原、柴はやはり不在だった。

ただし、みかどが大坂から還幸《みゆき》なさると聞いて、甃介は、御所へ通じる道ばたに正座して、奉拝した。

露はらいは、鉄砲をかついだ黒い洋装の衛兵、つづいて二刀の薩長藩士がまもり、直衣《のうし》姿の公家がつづく。かつぎ手が恭《うやうや》しく運んでいく黒漆塗りの鳳輦《ほうれん》の天辺《てっぺん》には、鳳凰《ほうおう》が乗っている。そのなかに天子さまはおいでになるのだろう。

行列が近づくと、群衆はしずまり返り、真昼の静寂のなかを、行列は進んでいく。絢爛《けんらん》にして荘厳な一行を、毿介はただ感無量で見送った。

さらにこの日、三条大橋の河原で、梟首《きょうしゅ》があるという。さらし首を見るのは初めてだった。毿介は、ひとりで行く度胸はなく、同志とつれだって出かけた。

立て札《ふだ》に書かれていた。

……元新撰組
　近藤勇事《いさみこと》
　大和《やまと》

このもの、凶悪の罪あまたある上、このたび甲州勝沼、武州《ママ》流山《ながれやま》において、官軍に敵対せし段、大逆たるによって、かくのごとく梟首を令《のりご》つものなり……

押すな押すなの見物人がつめかけていた。近藤の死を喜ぶ町人もいれば、両手をあわせて嘆く女もいた。

「近藤はんは、甲州で鳥取藩、土佐藩と戦って負けて、逃げはったさきの流山で、大久保大和《おおくぼやまと》やゆうて、嘘の名《なあ》を言わはったんやけど、素性を見やぶられてしもて、首を斬られたんやて」と涙ぐんでいる。

「こやつは、幕藩の手先じゃ」毅男が憎悪もあらわに言った。「尊王攘夷の志士を、斬りに斬った、わしらの敵じゃ。わしが中沼塾におったころ、肩で風を切って、みやこを歩いておったが、こんなざまになりおって」

「会津藩あずかりときいたが」鼕介が言った。

「そうじゃ。会藩《かいはん》の松平容保《かたもり》という殿さまの配下にあった」


会津の噂は、みやこへのぼる鼕介と官三郎が小浜に上陸した日、波止場で聞いていた。ついに会津が、官軍に反旗をひるがえした……。

ということは、薩長の兵を乗せた艦隊が、会津を討ちに、日本海を北上するだろう……。北前船の船乗りたちは、その話題で持ちきりだった。戦さが始まれば、兵が集まり、食糧や材木の特需が、東北にあろう。船頭が声高に商売の話をしていたのだった。

「会津おかかえの近藤勇の首を、わざわざ京に持ってきて、さらす……。それはすなわち、会藩が朝敵となったこと、幕府から朝廷の世へ変わったことを、みやこ人に知らしめるためだろう」官三郎が言った。

官三郎の分析を聞きながら、鷲介は不思議なことに、近藤に、同情にも似た憐憫《れんびん》をおぼえていた。

近藤という男、聞けば、天保五年、午《うま》の生まれの毅男と同い年、鷲介とも同じ歳のころだ。もとの身分も、鷲介と同じ農民という。

近藤は佐幕、鷲介は倒幕と、信条は異なるにしろ、この男はこの男なりの信念と愛国心に忠実に生きて粉骨砕身し、幕臣にまでのぼりつめた。

ところが権力者がかわると、一転して罪人とされ、武士の誉れたる切腹も許されずに首を斬られ、河原に、灰色の生首をさらされている。その首が、どこか自分の首のように思えてきたのだった。

鷲介は、王政復古に理想を燃やして藩を追い出し、勤王の政府をつくった。ところがいまは、たよりにしていた新政府のあいまいな返答に途方にくれながら、松江藩の逆襲と処罰を恐れている。そんなわが身を思えば、近藤に奇妙な共感すらわきあがっていた。

天下の逆転、権力者の非情さが、近藤に死をもたらしたのなら、自分にも同じ影が忍び寄っているのではないか。暗い予感に慄然《りつぜん》としながら、塩と焼酎に漬けられた首を見物する人混みのなか、鷲介は立ちつくしていた。

閏四月十五日――

鬢介たちは、鎮撫使庁に、隠岐の人口、産物、石高を記載した郷帳を出した。二月、鳥取藩に来た西園寺は、隠岐が天朝領になったゆえ郷帳を役所へ持参するよう、隠岐の庄屋に命じた。それをうけて提出したのだ。

ところが、「ご苦労であった」と官吏は言うのみだった。

ほかは、なんら進展もなく、徒労感に襲われながら十津川屋敷へもどった鬢介たちのもとに、西郷の同志が、押切早船をしたて、急ぎ上京してきた。

「松江の藩兵が、島前に来たぞっ。別府に、大砲を陸揚げした」

「ということは、隠岐が、松江藩のあずかりに、もどったのか」鬢介が焦《あせ》り顔で言った。

「しまった、先をこされたか」毅男が怒鳴った。

毅男は鎮撫使庁へ駈けつけ、柴に、抗議の問いあわせをした。

ところが、柴にとっても寝耳に水であり、狼狽の体《てい》だった。

「それがしも、初耳であり、わかりかねますが、松江藩あずかりになったならば、徳大寺殿の独断ではないかと……」しどろもどろに答える。

鎮撫使庁では、さっそく協議をもち、

「隠岐は、松江のほかに、長州、鳥取の三藩が、合同で管轄する」と正式な回答を示した。

時勢は、激動のさなかにあった。

会津征討の中止をもとめて、奥羽越《おううえつ》の二十五藩が同盟をむすび、新政府と敵対する動きが、みやこに伝わっていた。

東北の動乱をおさえるため、これから薩長の軍艦が日本海を北上していく。その途上にある隠岐を、軍艦を二隻もつ親藩松江に支配させては、危ない。官軍の長州と鳥取も介入して、雲藩《うんぱん》に目を光らせるべきだ……。

これは、親藩の鎮圧をつとめとする鎮撫使庁ならではの政治判断だった。

「鳥取、長州も、隠岐を管轄する。すなわち、松江の単独支配は脱したのだ」毅男が飛びあがった。

甃介は、京へ来て初めて満面の笑みをうかべ、毅男、官三郎と、肩を叩きあった。

「だが松江藩は、まだこの回答を知らない。このままでは、明日にでも西郷の陣屋を襲い、奪い返そうとするだろう」

甃介と官三郎は、至急、島へ帰ることになった。

「万が一の応戦にそなえて、銃を買っていけ」毅男が言った。

資金はあった。中沼塾で尊王攘夷をともにまなんだ毅男の同窓、近江国《おうみのくに》の松江貞蔵が、大店《おおだな》の近江商人をまわり、五百両をたずさえて、もどってきたのである。

この大金を元手に、輸入の新型銃、弾丸、火薬を買いそろえた。施条銃《ライフル》だった。旧式の丸い弾ではなく、とがった椎《しい》の実形だ。銃身には螺旋《らせん》の溝があり、回転しながら弾が出ることで、命中率、殺傷率ともに高い。

甃介と官三郎は、閏四月十九日、帰国の途についた。

いっぽう毅男と村之助はみやこに残り、太政官政府へあがって、隠岐の管轄を、あらためて問いあわせた。

「ふむ、隠岐とな……。松江藩のあずかりである」官吏は、こともなげに答えた。

毅男と村之助は、唖然《あぜん》とした。そして顔を赤黒くして怒った。

激昂した毅男は、政府の二枚舌を難詰する文書を、太政官に出した。

……鎮撫使は、山陰道へ出張中、隠岐は天朝領になったと公簡で知らせた。これは勅命であろう。それをなぜ太政官政府に伝えなかったのか。

いっぽう、太政官政府は、このたび松江藩に隠岐あずかりを命じた、これもまた勅命であろう。

いたずらに勅命を出し、民を混乱させている。ふたつの勅命の是非を説明し、正しいところを伝えて頂きたい。……

だが、すでに一か月前、政府と松江藩の裏取引が成立していた。

松江藩は、重臣の平賀縫殿《ぬい》を上京させて、徳大寺、岩倉などの政府要人に、隠岐の支配権回復を陳情していたのである。

松江藩十八万六千石が、隠岐一万二千五百石の百姓に負けては、武士の沽券《こけん》にかかわる。

金穀《きんこく》おびただしく京にのぼらせて公卿に面談し、なりふりかまわぬ朝廷工作をくり広げた。

平賀は、岩倉に面会して言った。

「伏しておうかがいを申しあげます。隠岐を、わが藩のあずかり領に、もどして頂けませぬでしょうか」

岩倉はあえて無愛想にそっぽをむいた。が、胸中では思いめぐらしている。

隠岐を松江に与える代わりに、政府への献金をもとめよう。

はて、その額《がく》は、いかほどにしよう。十万両、十五万両という大枚《たいまい》をはらう余裕が、松江にあるや、なしや……。八雲丸の不審行動もあり、こちらは弱みを握っている。岩倉は切り出した。

「たとえばの話だが、十五万両、用意はあるか」

暗に、隠岐を金で買え、という取引だった。

平賀は汗をかいた。十五万両といえば、松江藩の歳入、歳出にほぼ匹敵する。

千両箱にして百五十箱……。その嵩《かさ》を思い浮かべ、平賀は身ぶるいした。

「わが藩、不如意《ふにょい》につき、かような金額を、すぐには」

「ならば、会津藩松平家を征伐するため、出兵してもらおうか」岩倉は、顔色も変えずに命じた。

岩倉は、老獪《ろうかい》だった。松江と会津は、ともに松平家であり、家康にさかのぼり、葵の御紋をいただく同門。出兵はできぬはず。

平賀はさらに脂汗をにじませている。

「ひとたびもちかえり、協議させて頂きたく存じます」

二条城に近い松江藩邸では、隠岐奪回《だっかい》のため献金するか、徳川同門の会津へ出兵するか、定安もまじえ、侃々諤々《かんかんがくがく》の議論がつづいた。

後日、平賀は、ふたたび岩倉に面会した。

「同門への出兵は、さしさわりがございますゆえ……」岩倉の顔色をうかがいながら、おそるおそるつづける。松江は朝敵会津と通じている、と疑われてはならないのだ。「しかしながら、十五万両を、一時《いちどき》にはむずかしく……、まずは半分にて、お願いできますれば」

　岩倉は、新政府の副総裁、三条実美へ書簡を送った。

「資金がなくては、孫子《そんし》の兵法《へいほう》があろうとも、奥羽（福島、宮城、岩手、青森、秋田、山形）を鎮《しず》めることはできない。決してよくないことだが、少々不当の金策で、七、八万両から十万両を、京都の会計へ内密に、近く調達するから、大久保利通、大村益次郎の手で軍費に使われたい。いずれはわかることだが、いまは、極秘に」

　松江からの献金は、官軍が奥州諸藩と戦う費用にあてられることになった。

　こうして政府と松江藩の取引が成立した。

　もっとも、政府内にも批判はあった。隠岐について、二月には天朝領と言い、四月には松江藩あずかりと公布するとは、まさしく朝令暮改《ぼかい》ではないか。

　内国事務総督の徳大寺が、抗弁した。地方を監督する役職である。

「情勢が変わったのだ。二月に弟の西園寺が山陰道へくだったときは、西国の諸藩が官軍に屈服するかどうか、まだわからぬころ。ことに松江は徳川親藩であり、隠岐が天朝領になったと公言して、出雲国における幕軍の力を弱めねばならなかった。隠
　ところがいまは、どうだ。さきの四月十一日、江戸城は落ちて、徳川の本城がひらいた。

　そうなれば、一揆だの暴動だのを起こしてお上《かみ》にたてつく隠岐の土民は、厄介で

ある。もとからの松江藩にあずけるほうがよい」

四月十三日、太政官は、松江藩に通達を送った。

……かねて旧幕府より、あずけおきし隠岐国は、当分、そのほうの藩へ、取り締まりを仰《おお》せつける。
ただし、近来、隠岐の人心は不穏と聞いている。ひときわ厳重に取り締まりをいたすべし。万が一、土民どもが、役場に不法のしわざあれば、始末してとりあげて糾《ただ》し、旧幕府あずかりであることは考慮せず、刑法にのっとり相当に処罰すべし。
慶応四年四月十三日　太政官通達……

だが、この通達は、鎮撫使庁には伝わっていなかった。官吏の柴も、知らなかった。

十六　松江藩の逆襲

慶応四年（一八六八年）陰暦閏四月、五月

通達がみやこから届いた松江城では、家老と鈴村が、祝杯をあげた。

隠岐の支配権をとりもどし、さらに、島民を取り締まってもよいと、お墨つきを得たのだ。すなわち、武力攻撃も場合によっては許される。

藩は、部隊を召集し、武器と弾薬、船舶の準備をはじめた。

総指揮官は、乙部勘解由の世子《せいし》、勝三郎となった。

勝三郎は、平賀縫殿の三男であり、家老の乙部家へ養子として入っていた。老いた勘解由に代わって、屈強な勝三郎が、隠岐へむかうことになった。

閏四月十二日――

勝三郎ひきいる先発隊七十名が、松江大橋から藩船観音丸で出帆。前線基地の島前へむかった。後発隊の二百五十名も、ほどなく渡海することになった。

出陣を前に、定安も京を離れ、雲州へむかった。


閏四月十九日――

松江の家老は、藩兵とは別に、山郡の後任として、新郡代の志立範蔵《しだちはんぞう》を、西郷へ送った。

まずは話しあいで、陣屋の明け渡しをもとめ、平和的な解決をさぐる。と同時に、交渉決裂にそなえて、武力闘争の準備もととのえる。慎重な両面作戦をとっていた。

郡代となった志立は、西郷につくなり、正義党がまもる陣屋へ直行した。

ところが、門に冬之助が立ちはだかり、一歩も動かない。色白の引き締まった面がまえには、甃介から留守をまかされた責任感と気迫があった。

志立は、説得にかかった。

「前郡代の非をみとめよう。藩として、正式に謝罪いたす。だが、隠岐はわが藩あずかりと太政官から通達が来たからには、陣屋を明け渡すべきである」

加茂の庄屋、與平太が表へ出てきて、応じた。

「政府からの指令ならば、雲藩のみならず、われわれにもくだるはず。いまは同志が上京して、朝廷に確認しているゆえ、帰国してから返答する」

松江城へあがって高橋伴蔵に面会した安部運平も、応対した。

「尊藩が上陸してより、島の民衆が動揺している。人心の平穏を保つよう、願いたい」

堂々たる態度だった。慕っていた高橋に裏切られた運平は、もはや松江藩も、武士も、信用していなかった。

志立は、謝罪と交渉の使者を、たびたび陣屋へ送った。しかし同志は頑《がん》として聞き入れず、門前ばらいに徹した。

交渉の難航をうけて、島前に控える総指揮官の乙部勝三郎は、出撃を決めた。


閏四月二十一日――

甃介と官三郎は、京から東海道を歩いて大津へ、さらに琵琶湖を舟で北上し、みやこをたって二日目に、ようやく日本海の小浜《おばま》に到達した。

買いこんだ木箱入りの新式銃と弾丸が重く、人夫《にんぷ》なしでは運べない。思ったよりも日数がかかっていた。それが、最初の誤算だった。

一刻も早く西郷へもどらねば、陣屋が襲撃される。

隠岐へわたる船は……と、港を探せば、これぞ天の祐《たす》け。

西郷と福浦の船問屋が所有する五百石船が二隻、碇泊していた。甃介は、ただちに帰国の便を予約した。

ところが風がなく、出帆できない。

閏四月は終わり、五月一日、二日と、日はすぎていく。

船乗りは慣れたもので、若狭湾を前にして、暢気に風待ちをしている。だが帰りを急ぐ甃介はいてもたってもいられなかった。

いまごろ、大砲を島前に陸揚げした松江の武装兵は、隠岐でなにをしているのか。もう島後へ移ったか。われらの自治政府は、同志は、無事だろうか。

いっぽう、官三郎は悠然とかまえて港の船宿をたずね歩き、飛船《ひせん》を手配した。八本の櫓《ろ》を、それぞれふたりの漕ぎ手があやつる特別な早船だ。

だが、人力で漕ぐ急ぎの船に、目方のある銃は積めなかった。

「これほど大量の銃が、果たしてわしらに、いるのだろうか」積みあがった木箱を前にして、甃介が言った。

「わしらは天子の民として、島を治める大義名分がある。正義をおこなうわしらに、武器は不要であろう」官三郎が答えた。

鉄砲は、小浜の港に残すことにした。この決断が正しかったのか、甃介は、後々まで反芻《はんすう》することになる。

武器は風待ちをしている福浦ゆきの帆船で、のちほど別送することにした。五月三日、ふたりは急ぎの飛船で小浜を出港した。

五月六日――

甃介と官三郎が、日本海を櫓漕ぎの早船でわたっていたころ……。

松江藩は、陣屋前に、立て札《ふだ》をかかげた。

　太政官通達
　隠岐は松江藩あずかりとなった
　逆らう者は刑法に応じて処罰する

札に群がる人だかりのなか、同志たちは、驚きと危惧《きぐ》のいりまじった表情で読んだ。

「隠岐は天朝領になったはず。これは、雲藩の挑発だ」倭文麿《しずまろ》が、怒りの声をあげた。

槍を立てて、札を警護する松江の藩兵二名が、険しい目で、倭文麿を睨《ね》めつけた。

「みやこで、なにがあったのだろう。二月に来た鎮撫使は、天朝領だと布告したのだが……」冬之助が、案じ顔になった。

そもそも、勤王のため、世直しのために追放したばかりの松江の藩役人を、なぜ朝廷はまたすぐに送りこんできたのだ。冬之助は、天朝への誠《まこと》が裏切られた思いだった。

「この立て札が、本当に朝廷の通達ならば、わしらは勤王の民ゆえに、したがわねばなるまい」大宮司の正弘が言った。

「松江が陣屋を明けわたせと命じたときは、無抵抗に徹して、退却すべきであろう。そもそもわしらに、武士と戦える力があるとは、とうてい思えぬ」正弘は会議所の四長老のひとりである。無抵抗は、自治政府の方針となった。


五月九日――

甃介と官三郎の乗った早船のかなたに、鳥取の雄峰、大山《だいせん》が、夕空に灰色の影となって浮かびあがってきた。

「隠岐まで、もう一息、急げよ、急げっ」漕ぎ手を励ましながら、甃介は、みずから櫓をとりたいほど、気がせいていた。

神よ、松江藩が早まらぬよう、隠岐を護《まも》りたまえ。祈念しながら、ふるさとの島影を、遠く水平線に探す。西空のむこうに見えているのは、雲の峰か、陸地か、なんども目を凝らす。

後方からは、小浜に残してきた福浦の帆船が追いかけてくる。銃器を積んだこの船も、うまく風をとらえ、隠岐へ、飛ぶように進んでいた。

そのころ、乙部総指揮官ひきいる松江の藩兵三百名を乗せた観音丸は、島前を離れ、西郷に接岸していた。

刀と銃で武装した兵がぞくぞくと西郷の港町に上陸、列をなして通りを進軍していく。黒光りする大砲をひく部隊もある。

物々しい武装兵の行軍に、町人はおびえながら様子をうかがい、商家は早じまいをした。


五月十日——

夜明け前、甃介、官三郎の早船は、ようやく島後の沖合に帰りついた。目の前には懐かしい西郷の町が曙光《しょこう》のなかに横たわっている。

火の手、煙はあがっていないようだ。遠くから帰りついた甃介は安堵の涙を浮かべた。

だが、水をもとめて寄った鳥取の水夫《かこ》より、松江藩が西郷に上陸したと、聞いていた。このまま港に入れば、つかまるだろう。

船は、島の北西へ遠まわりして、福浦の港に碇をおろした。銃器を載せた船も、ほどなく到着した。

「西郷の同志に、わしらがついたと報せねば」砂浜におりるや、甃介が言った。

軍事方頭取の官三郎が、司令を口にした。

「京の情勢は、のちほど伝える。藩が武力を使えば、陣屋をしりぞけ。われらは、朝命もなく干戈《かんか》をまじえてはならぬ」

甃介は、砂浜に立ったまま筆を走らせて書きとり、馬早飛脚《うまはやびきやく》にたくして陣屋へ送った。

ふたりは、どこかで藩兵を信じていた。

蜂起の日、隠岐の正義党は、松江の役人をだれひとり傷つけることなく、餞別《せんべつ》までわたして送り出した。雲藩の兵も、武士であるならば、修身、有徳を知る者であろう。

甃介と官三郎は、福浦の港から西郷をめざして南下した。この急ぎに、重い鉄砲は持っていけない。港に残していった。

重栖川を小舟でさかのぼっていく。両岸の水田に青い稲が風にゆれ、水がきらきら光る。のどかな景色だが、初夏《はつなつ》の日光が照りつけるもと、ふたりは汗みずくになって川底に棹さし、ひたすらに舟を進めた。島の中央にそびえる山は、歩いて越えた。八尾川の上流までおりると、ふたたび舟に乗り、流れをくだっていった。

　真昼の西郷では、三百人の藩兵が、陣屋を包囲していた。筒袖の上着は釦《ボタン》でとめ、洋式ズボン、紺足袋にわらじの戦闘服である。刀と新式銃もたずさえている。かれらは、外夷にそなえて射撃の経験をつんだ熟練の砲術兵だった。

　松江藩の使者、飯島羽右衛門《はうえもん》が、表門まで談判《だんぱん》にあらわれた。

「ただちに陣屋から退去せよ」

「上京中の同志に話を聞くまでは、応じられぬ。同志がもどり、政府の決定を聞き次第、交渉に応じよう」大宮司の正弘があらわれて、毅然としてこたえた。

　表門では、冬之助をはじめ、義勇局の面々が、仁王立ちになっている。裏門は、揮刀《きとう》局の当番と、倭文麿が死守していた。

　同志と藩兵のにらみあいがつづいた。

　松江藩の総指揮をとる乙部勝三郎は、三百人の部隊に発砲を禁じ、島民がみずから陣屋をしりぞくのを待った。

　やがて夕日が、陣屋の土塀を赤々と照らし始めた。だが、退出の気配はない。

陣屋のなかでは、血気盛んな若者が戦うべし、と気勢をあげていた。いっぽう年長者は、慎重論を唱える。

原田村の吉田丑之助《うしのすけ》が言った。

「表へ出て、雲藩にあいさつしてくるぞな」よく通る声だった。「隠岐の男の度胸を見せてやろう」

背は低いが、胸板厚い美丈夫が、くぐり戸を出た。藩兵がいっせいに銃をかまえ、丑之助にむけた。

丑之助は臆することなく、太い声をはりあげた。

「おうおう、出雲国からおいでのお侍がたよ。わしは、隠岐の貧しき百姓なれど、憂国の情《じょう》、武士にも勝《まさ》れり。隠岐国は、われら島びとの手でまもる。よってお帰り願いたい。われらには、神のご加護がある。このわしも、なにぞ弾にあたろうぞ」

たくましい胸を叩いてみせた。踵《きびす》を返し、堂々とくぐり戸を通ろうとしたとき、一発の銃声が響いた。

丑之助が前へつんのめり、倒れた。

「やられたっ」陣屋に、悲鳴のような怒号があがった。

血だまりが、みるみる地面に広がっていく。丑之助の両脚を抱えて、引きずり入れると、弾丸は頭に命中、こと切れていた。

「丑之助の仇を討つっ」

若い同志がまなじりを決して刀に手をかけ、つづけざまに門から飛び出した。

正門の義勇局長、冬之助が両手を広げ、立ちふさがった。藩兵に、背をむけていた。

「待てっ、松江を討ってはならぬ。忌部様は、武器をおさめよと、おっしゃっている。甃介、官三郎からも、さきほど使いがきて、退却せよとの指示だ。松江を討つな」

突然、銃口が火をふき、冬之助の体が衝撃にゆれた。冬之助は、信じられない、といった顔をして、藩兵にふりむき、ゆっくり斃れていった。口から、鮮血がふき出した。

一発、左脇腹に命中していた。長州戦争の実戦をへた熟練兵にとって、至近距離からの銃撃は、赤子の手をひねるようなものだった。

冬之助の絶命を見て、七、八人の同志が、次々と刀をぬき、雄叫《おたけ》びをあげて藩兵めがけて躍りかかっていった。

そのとき、呼子《よぶこ》の笛《ふえ》が、夕闇を裂いて鳴りわたった。

銃撃開始の合図だった。

三面からひとしく発砲、銃弾が雨霰《あめあられ》とふりそそぎ、門の前にいた同志がうめき、身をよじり、斃れていく。

つづいて大砲が轟音《ごうおん》とともに火をふき、陣屋の土塀がふきとんだ。着弾したさきで、土煙があがり、同志が紙くずのように舞いあがり、重なりあって倒れる。

正義党は総くずれとなった。

大混乱のなか、裏門へむかって殺到、暮色《ぼしょく》に包まれていく町へ、散り散りに逃走していった。

松江藩は陣屋を奪回した。自治政府は、八十日間で終結した。

甃介と官三郎が、夕空をうつした八尾川の河口、西郷の町はずれまでたどりついたとき、爆音が聞こえた。

「あれは……」

舟から伸びあがって陣屋の方角へ顔をむけると、ふたたび砲撃音が鳴り響いた。

「間にあわなかった……」甃介が悲痛に声をふりしぼった。

町民が走って逃げてくる。

「雲藩が、鉄砲をうった、大砲もうった。陣屋で人が死んだ、正義党を捕まえているぞ」蒼白になった商家の丁稚が、切れ切れに叫んだ。

「ひとまず、わしの家へ逃げるのだ」官三郎が言う。

仲間の誰が死んだのか、案じながら八尾川をさかのぼり、横地家へ帰ると、

「西郷は、どげなった」おかっつぁんが土間にあらわれた。

「散々の大失敗であります。死人が出ました」

「官三郎、負けて、よくも、おめおめともどってきたな」おかっつぁんは罵った。

「のし（おまえ）の顔なぞ、見たくもない」

奥へ入り、ぴしゃりとふすまを閉めた。

母もまた無念だった。

蜂起の前日、よっぴて正義党の男衆《おとこし》に握り飯をこしらえながら、島民の自治政府への期待に胸をおどらせた。その夢が、意気ごみが、灰燼《かいじん》に帰したむなしさが、憤りの言葉となって息子にほとばしったのだった。

日が沈み、宵闇のなかを横地家に逃げてきた同志がつたえるところによると、藩兵は、提灯をさげて同志を探して捕えている。町人のなかには、藩兵から金をうけとり正義党の家を教える者もある。出雲党の多久治、亦十郎も、松江藩に協力して、同志の名を伝えている。寺の坊主は、宗門人別帳《しゅうもんにんべつちょう》をもとに、同志の家を教えている。あらぬ疑いをかけられぬように、西郷の町民は、出雲、と書いた鉢巻を巻いている。

「とすると、わしの家も危ない。うちに正義党の本部をおいたのだから」官三郎が言った。「甃介、加茂へ帰れっ」

「官三郎、死ぬなよ」

「甃介、おまえも、死ぬな」

目と目でうなずきあうと、甃介は闇のなかへ走り去った。

どの道をいくか……。いつものように八尾川をくだって西郷へ出れば、藩兵につかまる。街道には見張りがいる。

甃介は、上西村から、南西の都万村《つまむら》へ抜ける険しい山道をのぼっていった。峠を越えると、歌木《うたぎ》の沢の流れにそって、小道をくだっていく。うかつに手提灯をさげると、藩兵に見つかるかもしれぬ。月明かりをたよりに、細い山道をおりた。

湿気の多い晩だった。渓流から川霧のたちのぼるなかを、蛍《ほたる》が乱舞して、人魂《ひとだま》のようにぼうっと光っている。死んだ同志の魂に見えた。

そのとたん、甃介は、追われる身となった恐怖に襲われた。縄で縛られ、獄に入れられ、どんな責め苦をうけるのか。藩兵は加茂の家にも来たかもしれない。自治政府の会議所に名をつらねる父は、捕縛されたのではないか。おちかは無事だろうか。子どもは……。不安にあえぎながら夜道を走っていった。

加茂の集落は、月夜の薄闇に包まれていた。

夜の静寂《しじま》が広がっている。耳を澄ますと、水田から蛙の声が、入江からは潮騒が響いていた。異変はないようだ。それでも用心しながら家に近づいた。

おちかが飛び出してきた。

「よう帰らしたなぁ」あとは言葉にならず、甃介の胸に顔をうめて泣いている。

加茂庄屋の與平太が、泥に汚れ、憔悴《しょうすい》しきった顔で、いろり端に座っていた。命からがら逃げ帰り、権之丞へ報告にあがっていた。

「冬之助が死んだよ、銃で撃たれた」與平太は涙を浮かべた。「弾だけじゃない。刀傷もあった。胸から腹にかけて、むごたらしく斬られていた。様斬《ためしぎり》だ」

四月の終わり、上京する甃介を港に見送って、笑顔で手ぬぐいをふってくれた……。あの冬之助が撃たれて、死体が切り刻まれた。

甃介は憤怒につき動かされるように立ちあがり、両の拳《こぶし》を握りしめて、怒鳴った。

「出雲の賊軍め。弾に斃れた冬之助を、さらに斬るとは、なんと卑劣な」

「冬之助の遺体は、親爺《おやじ》さんとせがれが、荷車で運んでいる。南方村まで、山越えをして、つれて帰るそうな」

「わしも運びにいく」甃介が涙もふかず、土間へ出ようとした。

「行ったら、いけません」おちかが血相を変えた。「松江の兵が、正義党を、血まなこになって探して、つかまえとるそうです」

「わしは、冬之助に政府の留守を頼んだ。あいつの弔《とむら》いをしてやらねば、ならん。子どもの時分から、水若酢神社の祭りで遊んだ冬之助を、つれて帰ってやらにゃ、ならん」

なおも出ようとする豁介に、おちかが、細い腕でしがみついた。

「それでも行ったら、いけません。ややこが、おなかにおりますけん」おちかは腹を抱くようにして、しゃがみこんだ。「おまえさまに、生きちょってほしいのです」

透明な涙を、あとからあとからこぼす。

豁介は呆然と面《おもて》をあげて、ふり返った。「ややこが……」おちかの小さな顔をじっと見つめた。

おちかは、ゆれる目で見つめ返した。豁介はくずおれ、むせび泣いた。

「冬之助、わしを許すな。おまえの亡骸《なきがら》を運びにもいかぬ、薄情なわしを、許すな。おまえの敵《かたき》は、きっと取る。松江へ仇《あだ》討ちにいく。だから許してくれ、不甲斐ないわしを、許してくれ……」

五月十一日――

襲撃の翌日も、藩兵は、正義党を捕らえようと、同志の家々を探して、襲った。会議所の長老、玉若酢命神社の億岐家《おきけ》には、藩兵十数人がかけつけた。

朝廷から支給されて億岐家に伝わる駅鈴《えきれい》、三代前の当主が光格《こうかく》天皇より賜《たまわ》った朱塗りの唐櫃《かろうど》といった宝物をそなえる名門に、土足であがりこみ、主が逃亡したと知ると、家人を脅《おど》しつけ、刀を抜き、大黒柱を九段にわたって狂ったように斬りつけた。

腹いせに、土間から厨《くりや》へ通じる板戸にも発砲して、穴をあけた。神をも畏れぬ、罰あたりの乱行だった。

西郷港の近く、水祖《みおや》神社の神官、倭文麿の家にも兵が来た。

倭文麿は逃げる間もなく、あわてて屋根裏へあがり、息をひそめていた。足もとの天井板から、いきなり槍の刃がつき出た。槍が抜かれ、また別の板をつきやぶって、刃先がとび出る。

倭文麿はとっさに、いましがた槍が引きぬかれた跡に足をおいて、しのいだ。同じところをつづけて二度、藩兵がついていたら、命はなかった。

下にいる藩兵は奇声をあげ、けたたましく騒いでいる。家鳴《やな》りがするほどの激しい物音だった。

ようやく雲藩が去って、静かになった。

倭文麿は、こわごわ屋根裏からおりていくと、わが目を疑った。

家具は倒れ、ふすまも障子もやぶれていた。畳は剝《は》がされ、泥の足跡に汚れている。簞笥《たんす》の引き出しは落ち、着物、茶道具は盗まれ、足の踏み場もなかった。

お勝手では、水瓶《みずがめ》が叩き割られ、いろりの灰が散らかり、炊いた飯も、端午の節句のちまきも盗まれていた。米びつも空になっていた。

庭の葉陰に、橙黄色《とうこう》にふくらんでいたびわの実まで、もぎとられていた。

倭文麿の体が、小刻みにふるえた。

「これが松江のしたことだーっ」倭文麿は喉がつぶれるほど絶叫した。「おれは、死ぬまで、忘れんぞ。この悪行《あくぎょう》を、雲藩のしわざを、死んでも忘れんぞ」

家中を荒らされ、盗まれた悔しさが大波となって押し寄せ、倭文麿は地団駄を踏んで、泣きわめいた。

蘭医の大西玄友、西郷港に近い目貫村の東太の家も、凄まじい暴行と略奪をうけ、床の間にいたるまで壊された。

中沼了三の出身地、北海岸の中村では、足軽が、禿鷹《はげたか》のような目をして家々をまわり、新婚の夫を斬り殺した。興奮した兵は、その妻も射殺した。

同志は、十四人の男盛りが死んだ。陣屋の坂のなかほどで腰を撃ち抜かれたもの、滅多斬りに斬られたもの。そのうち三人は首が胴体から切り離され、ふたりの首がすげ替わっていた。家族は泣く泣く頭をとり替えに行った。最初に撃たれた丑之助の女房は、亭主の死を嘆くあまりに衰弱死した。

負傷者は十九名、すべて鉄砲傷だった。ほかにも、山中や島外へ逃げた同志の多くが、けがをしていた。

入牢が十九人、捕縛が六人。

捕縛者のなかには、流人の西村常太郎もいた。

松江藩の急襲を聞きつけた常太郎は、陣屋へむかった。身元引受人として十五歳から世話になった黒坂弥左衛門の身を案じたのだった。

なによりも、世直しのために甃介が始めた自治政府に、幕藩が武力をむけたと聞いて、安穏《あんのん》としていられなかった。

常太郎の父は、済世救民を志して大塩の乱に加わったものの、幕兵に鎮圧されて死んだ。その亡父の無念が乗り移ったように、常太郎は無我夢中で走っていた。

陣屋に負傷者がいれば、手当てをせねばならぬ。

陣屋の表門につくと、武装した藩兵が、赤い血に濡れた刀をさげて怒号をあげ、群がっていた。

逃げるように裏門へまわり、敷地に入った。地面に血を流して男たちが横たわっていた。抱き起こせば、みな冷たく息絶えていた。ひとりひとりの顔をあらためたところ、弥左衛門はいなかった。そこを捕縛されたのだった。

藩兵は、名前と身もとをたずねた。

流人が、流刑先で罪を重ねれば、死罪となる。

常太郎は、とっさに、藩御用達《ごようたし》の商家の雇い人を名乗った。

といって、やすやす取り逃がすほど、藩兵は甘くはない。

ただちに常太郎を連行して、くだんの商家をたずねた。

店の主は、縄につながれた常太郎の目を見て、その無言の訴えかけに、すべてを察した。

島民の命をすくってきた高潔の医者をまもるため、主は、とっさの機転で口裏をあわせ、常太郎は釈放されたのだった。

十七　薩長の軍艦

慶応四年（一八六八年）陰暦五月　西郷

藩兵は、執拗《しつよう》に同志の捜索をつづけた。

正義党のうち百二十名が、捕縛をのがれるため、また長州と鳥取に救援をもとめるため、船で島を離れていった。

だが出雲国は松江藩が治めている。港に入ったところを藩役人につかまるだろう。そこで鳥取藩へ、石見国浜田へ、萩へ、また京へ、わたった。

船頭《ふなおさ》の仙助も、毅男の兄、喜一郎とともに萩城へむかっていた。長藩の援軍を請《こ》うため、死にものぐるいで帆をあやつり、舵をとり、一睡もせずに波をこえていった。

五月十三日——

官三郎が、風呂敷をかついで加茂へ逃げてきた。

「甃介、わしらも島を出よう。藩兵の捜索は、西郷から北へ広がっている。蜂起を指導した者の責任として、島に残らねばならぬと思ったが、このままでは、わしらも捕まる」

藩兵の乱暴は、熾烈《しれつ》をきわめていた。同志の家と目されたが最後、雨戸は叩き割られ、土壁は落とされ、梁《はり》、柱も、刀傷だらけとなった。

松江の藩兵は、鳥羽伏見で新政府軍に敗れて明日をも知れぬ武士の命運に、集団の狂気のなかにあった。

「かように乱暴な兵に捕まったら、なぶり殺しだ」

甃介は、父の権之丞、官三郎らと、境港へ避難することにした。藩兵の暴行がつづく島に、身重の妻と子どもたち、老母を残して去る、まさしく断腸の決断だった。

おちかは、家族をつれて、実家に身をよせることになった。

夫婦《めおと》になってより、甃介が加茂を離れるのは四度目だが、逃亡は初めてだった。

松江藩が陣屋を再開すれば、甃介は蜂起の首謀者として、終生、追われる身となる。

島に帰る日は、二度と来ないかもしれない。

別れに際し、甃介は胸がつまり、やっと言った。

「おちか、達者でいておくれよ。腹のややこを大事にな」

「ややこは……あれは嘘でした」おちかが首をすくめた。「ごめんなさい」

松江藩が逆襲にきた日、甃介を外へ出してはならぬと焦って、つい口にしたのだという。

甃介は怒らなかった。むしろ笑った。十八歳の幼い妻が、ますます愛しかった。

「あとのことは、まかせてください」おちかは気丈に言った。「一家をまもります」しっかりした口調で、くり返した。


逃亡ゆえ、夕方、人目につかぬように、加茂から古い船で出帆した。白い砂に浜昼顔のつるが伸びていた。その小さな桃色の花だけが見送りだった。

山陰沖を逃げわたる途中、薄暮《はくぼ》のなかに船灯りが見えてきた。

「どこの船だろう」甃介が目をこらす。

漁船ではない。といって、商船でもない。

船べりに、侍の姿が見えた。

「松江藩の船だっ」同志が叫んだ。

捕まれば、蜂起にくわえて、逃亡の罪にも問われる。

だがこの船上では逃げ場がない。海に飛びこみ、波間に身を隠そう。隠岐の男は、素もぐりも達者だ。

だが、息つぎに浮かびあがった頭が、鉄砲でねらわれるだろう。老いた父も、夜の海には入らぬだろう。

甃介は、船底に積んだ木箱の銃を思い出した。京で買った新式銃は、射程が長く、命中率も高い……。

謎の帆船が、近づいてきた。甲板には、大勢の武士が乗っていた。


それは勤王藩、鳥取の船だった。奇《く》しくも、景山龍造が乗っていた。

景山の名は、もちろん甃介も知っていた。境港の名門塾をひらく景山粛《しゅく》の子息にして、鳥取藩の儒官。医師の池淵の義兄でもある。さらにアメリカ船が西郷に入ったとき、異人の艦長と堂々とわたりあった勇士。

松江の武力行使を知った景山は、鳥取藩主池田慶徳《よしのり》の命をうけ、松江藩総指揮の乙部勝三郎と談判するため、西郷へわたる途上だった。

甃介は初対面の景山に、うやうやしく頭をさげ、敬礼の意をしめした。

「ご高名は、かねがねうかがっておりました」

景山は、殺された同志のために哀悼の言葉を語り、捕縛をのがれて離島する甃介たちを気の毒がった。「雲藩の横暴を糾弾いたします。一日も早く、みなさんがご帰国できるよう、尽力しましょう」

避難先として、鳥取の知人まで紹介してくれた。


五月十四日——

陣屋奪回から四日後、松江藩の二番八雲丸が、汽笛を高く鳴らしながら、西郷港へ入ってきた。

鳥取藩が隠岐へ介入した、との情報を得た松江城では、牽制《けんせい》のため、蒸気動力の軍艦を、追加部隊として送りこんだのだった。

アメリカ製の八雲丸は、艦尾を陸へむけて錨をおろすと、西郷の町へ、空砲を撃った。

ドーン、ドーン、ドーン。

雷鳴のごとく、天地が轟《とどろ》く。

港をとりかこむ山々にこだまして、隠岐の主峰、摩尼山《まにさん》（大満寺山《だいまんじさん》）まで響きわたる。港の海面もふるえ、さざなみが立った。

松江藩の勝利の宣告、さらには、官軍鳥取藩への威嚇《いかく》だった。

陸兵がぞくぞくと下船してきた。

ところが、ほどなく、二隻の見慣れぬ蒸気軍艦も、入港してきた。

西郷の町人、漁民たちが岸に集まり、ひるがえる旗の御紋を見れば……。

一隻は、丸に十文字、薩摩藩の乾行丸《けんこう》。

もう一隻は、一に三つ星、長州藩の丁卯丸《ていぼう》だった。

仙助と喜一郎の援軍要請をうけた長州では、藩主、毛利敬親《たかちか》の英断により、会津征伐のため日本海を北上する軍艦を、西郷に寄港させたのだった。

浜田の長州藩士、徳富は、甃介との約束をまもり、隠岐有事の援軍要請を、たしかに萩城へ報告していたのである。

薩長の二艦は、徳川の葵の御紋はためく八雲丸をはさんで、左右に錨をおろした。官軍の二艦に、親藩の八雲丸が封じられた形となった。大型の蒸気船が三隻、青い海面に雄姿を浮かべ、壮観であった。

松江の乙部は、薩摩の乾行丸に、呼び出された。

船室には、鳥取の景山、長州の山田顕義《あきよし》、薩摩の本田親雄《ちかお》が、待ちうけていた。

「百姓に兵器を使うとは愚かなこと。すみやかに、松江へ帰藩なされよ」

鳥取の景山が、毅然として命じた。だがその口ぶりにはまだ、隣藩への遠慮がうかがえた。

しかし薩長の二藩は、容赦なかった。

「尊王の民に銃をむけるとは、王命にそむく大罪。謀反として朝廷に報告するぞ」

長州の山田顕義が、洋装に包んだ胸をそらせて言った。

山田は、萩の吉田松陰の門で尊王攘夷をまなび、大村益次郎のもとで洋式兵学をおさめた二十五歳。鳥羽伏見では、軍事参謀の中沼了三につかえて勝利を得た。さらに会津、箱館戦争をつうじて陸海軍の参謀となり、のちに陸軍中将、司法卿、司法大臣を歴任する。この日、山田は、同志の死者十四人の香典を包んでいた。

薩摩の本田親雄も、激しい口吻《こうふん》だった。

「もとより貴藩の治め方がよくないにもかかわらず、島民相手に武力に訴えるとは、不当である。逮捕者を放免し、藩兵を撤退させよ。もし異議あらば、わが薩摩が、相手となろう」

官軍の三藩から傲然《ごうぜん》と非難され、乙部は屈服するほかなかった。

二日後の十六日、松江藩は、逮捕した同志を保釈すると、わずかな小部隊のみを残し、八雲丸で退却した。

松江藩の統治は、五月十日から、わずか六日で終わった。

同日の夜、松江城の定安へ、太政官より詰問書が届いた。

隠岐での武力行使は、鳥取藩、ならびに離島した同志により、みやこにも伝わっていた。

五月十八日には、明治天皇臨席の太政官会議でとりあげられることが決まり、国政にかかわる事件となっていた。

その騒乱の非を、藩主が問われたのだ。

書状をまわして読んだ松江城の家老一同に、重苦しい沈黙が広がった。

薩長は、政府の権限を握っている。謝罪と恭順をしめさねば、いかなる報復があろうか。せっかく八万両の大金をかけてとりもどした隠岐を、また手放すことになろう。ふたたび藩存亡の危機となった。

ではいかにして、謝罪と恭順を示すか。

島民へ発砲を命じたのは乙部の世子、勝三郎だ。

だが若い勝三郎の切腹では、重みがない。

養父にして家老の乙部勘解由みずから腹を切り、首を朝廷にさし出す。これが筋であろう。

ところが、乙部は固い面もちで、沈黙をまもっていた。

かつて、鎮撫使に割腹を申し出た大橋とちがい、乙部は老身ながら、この世に執着もあれば、死への恐れもあった。

定安も、唇を一文字にむすんでいる。藩を守るため、だれかを犠牲にせねばならぬ。その心痛に、苦渋の色を浮かべていた。

長い沈黙がつづいた。

やはり老臣、乙部家老の詰め腹しかなかろう……、そうした気配に傾いていた。

ようやく、大橋が口をひらいた。

「山郡宇右衛門に、腹を切らせる」

乙部は、驚いて息をのんだ。

命が助かった安堵よりも、実直だった大橋の変節に、部下に罪をなすりつける意外な狡《ずる》さに、目を見はった。官軍に冷徹に痛めつけられ、大橋は、武士の道義を、捨てたのか。

にもかかわらず、乙部も言いつのっていた。

「そうじゃ、もとはと言えば、山郡の不始末により、一揆が起きたのじゃ」

「では、一揆をまねいた山郡に、厳罰をくだす。身内を切り捨てる覚悟を見せねば、藩をすくうこと、かなわぬ」大橋がまとめた。

大橋の結論に、藩主は異論をはさまなかった。定安の次男は、大橋家へ養子に入り、親戚関係にあった。

島民に危害を与えなかった山郡を罰し、殺傷した乙部家は罪をまぬかれる。

その理不尽を、問いただす家老はいなかった。

退室するとき、乙部と大橋は、たがいに目をあわせなかった。相手の面ざしに、おのれと同じ醜さを見るだろう。それを嫌悪した。

翌五月十七日、謹慎中の山郡に、突然、藩から切腹が命ぜられた。

「隠岐の治め方よろしからず」という名目だった。

それが表むきの口実にすぎないことを、山郡は知っていた。

おのれは生け贄《いにえ》となった。殿と藩をまもるため、人身御供《ひとみごくう》にされたのだ。

島後で略奪暴行を働いた愚かな兵の尻ぬぐいをさせられる、その悔しさ、怨《うら》みが、ふつふつとわきあがった。一揆の日、鈴村の制止をふりきって槍で突撃していたら……、後悔の念もよぎった。

だが山郡は、士道の者だった。やがて動揺がおさまると、心は変わった。

武士道といふは、死ぬことと見つけたり。

この一節をしるした『葉隠《はがくれ》』は、座右の書だった。

葉隠とは、主君への陰《かげ》の奉公。

切腹の命をつつしんでうけるも御奉公《ごほうこう》、死身《しにみ》の覚悟で殿にお仕えする、それが武士の本懐《ほんかい》、この世のことはすべて夢幻……。『葉隠』は、そう説いていた。

ならば定安公をお守りするため、藩存続のため、一命をなげうつ。そこになんの悔いがあろうか。

そう思えば、鈴村を恨む心も、消えていた。

おそらく鈴村は、正しかったのだろう。槍をふりかざして蜂起の群衆へ飛び出せば、島民をまきこみ、流血の大惨事となっていた。おのれも犬死にするところであった。

そもそも幕府が倒れ、武家が衰退《すたれ》ていく世に、どう生きていくべきか……。鳥羽伏見で幕軍が敗北してより、山郡は、考えつづけていた。

一揆により職務をとかれた恥辱をかかえ、百姓に負けた腰ぬけ侍と、城の内外で後ろ指をさされながら、栄達ものぞめぬまま、肩身も狭く、鬱々と老いさらばえていく。

その惨めさを生きるより、殿のため、潔く命を絶つ。その誉れを選ぼう。

「黄泉《よみ》で、あおうぞ」山郡は、家中《かちゅう》に言いおいて、私邸を出た。

門の前で足をとめ、曇り空にそびえる松江城の天守閣を見あげた。定安公が帰国していることは、知っていた。城へむかって一礼して、駕籠に乗りこんだ。

城下から、大橋を南へわたっていく。

梅雨の小雨がふり出し、宍道湖は、黄ばんだ灰色にけぶっていた。

城郭《じょうかく》の南、寺社の集まる寺町、善導寺についた。山郡家の菩提寺《ぼだいじ》だった。

深夜、庭にかけられた小屋で、山郡は眼《まなこ》をつぶり、腹に短刀をあてた。

介錯人の太刀《たち》がひるがえり、鈍い音がした。

寺の裏門あたり、暗がりに身を隠すようにたたずみ、傘もささずに両手をあわせる者がいた。

果たして、鈴村祐平だった。

この日、鈴村も処罰をくだされた。「郡代への協力よろしからず」として、武士の身分と禄《ろく》をとりあげられて一庶民に、さらに親族の屋敷にて永禁錮《えいきんこ》処分となった。

かれも、藩の生け贄だった。またそれを、悟っていた。

翌朝、家を去る鈴村は、この男の魂であった刀をはずし、娑婆《しゃば》の最後の夜、すぼめた肩を蕭々《しょうしょう》とふる雨にぬらしていた。

十八　仇討《あだ》ち

慶応四年（一八六八）陰暦五月

隠岐を攻撃した乙部勝三郎に、松江藩は、謹慎という軽い処分をくだした。
しかし新政府は、乙部への糾問の手を、ゆるめなかった。
現地の実情を調べるため、攻撃からわずか三日後の五月十三日、政府の刑法官判事をつとめる鳥取藩士、土肥謙蔵《どひけんぞう》を監察使に任命。みやこから西郷へむけて、飛船で急行させた。

春より上京していた毅男と村之助たちは、松江藩の捕縛をさけるため、監察使の一行と同じ船に乗り、もどってきた。

すると島後には、松江藩の平賀縫殿《ひらがぬい》が来ていた。

平賀にしてみれば、実子の勝三郎が総指揮として砲撃をおこない、死傷者が出たのだ。恨みをもつ島民を慰撫するため、米五百俵を島にはこび、村々をまわっていた。

みやこから来た監察使は、平賀などの松江藩士と、正義党の双方から、一か月にわたって事情聴取をしたすえ、松江藩に罪あり、とした。

さらなる取り調べのため、その夏、太政官政府は、乙部勝三郎をはじめ攻撃にかかわった藩士に、上京を命じた。

乙部と、新郡代の志立範蔵は、禁錮一年半となった。即日、刀を取りあげられ、みやこにある但馬国（兵庫）村岡藩邸の座敷牢に収容された。

松江の家老たちがかばった乙部の養子を、政府は、厳正に裁《さば》いたのだった。

もっとも政府には、松江藩を罰するほかに、選択肢はなかった。

地方の勤王勢力が、藩に武力弾圧される事例が全国に広がれば、天朝による政権そのものがくつがえされる恐れがあったのである。

つづいて隠岐正義党の尋問も、みやこの太政官政府でおこなわれることになった。

六月なかば、監察使が京へ帰ると、同志は、ふたたび陣屋に自治政府をひらいた。

鳥取にいた甃介も、権之丞、官三郎とともに、加茂へ帰ってきた。一か月ぶりの帰宅だった。

二度と島にもどれないかもしれない……。

覚悟を決めて去った加茂の浜は、夏の日に、まばゆいばかりに照らされていた。

おちかが、熱く焼けた砂浜を走ってきた。途中で下駄がぬげても、そのまま白いすねを見せて、裸足《はだし》で駈けてきた。

七月、新政府は、江戸を東京とあらためた。

すでに上野の彰義隊はやぶれ、奥羽越列藩同盟の多くは降伏したが、会津藩は、いまだ抗戦をつづけていた。

隠岐では、離島していた同志がつぎつぎと帰り、自治政府の持ち場にもどった。

松江の攻撃で死んだ者の役には、新しい同志がついた。

だが甃介は、義勇局長だった冬之助の不在に、悲しみと憤りを、新たにしていた。

同志のなかには、鉄砲傷がもとで足をひきずって歩く若者、膝を撃たれて正座もあぐらも組めなくなった者もいた。

仲間が殺され、傷つけられ、同志の家が壊され、私財が盗まれた、その怒りだけではない。

正義党は、郡代の山郡を傷つけなかった。餞別をわたし、隠岐の誇りをかけて、無事に松江へ送り返した。その山郡を、藩はむざむざ切腹させたのだ。隠岐の男の真心が、踏みにじられた思いだった。

いっぽう、島民を殺した乙部勝三郎は牢に入ったものの、しゃあしゃあと生きのびた。しかも親の平賀が島へ来て米など配り、ごまかそうとしている。

馬鹿にしている。

許してはおけぬ……。

仇討《あだう》ちは、西洋人には野蛮な風習にうつるとして、近々、禁止されるといううわさが広がっていた。

いまなら間にあう。

敵討《かたきう》ちは、野蛮ではない。儒学の『礼記《らいき》』にあるように、復讐は人の義務である。死者の魂を弔《とむら》い、その無念を晴らす忠義だてだ。


夏の終わり、八月、明治天皇の即位の礼が、御所でとりおこなわれた。

九月には、慶応の元号《げんごう》が、明治へあらたまった。

西村常太郎は、徳川時代の罪をとかれ、ふるさと河内《かわち》へ、帰国が許された。十五の歳に大坂奉行所から配流されてより、二十二年ぶりに、帆船に乗り、島を離れるのだった。

蟄介は、別れを惜しんで、西郷の港へ見送りにいった。

深まりゆく秋に、港は群青の色を深め、満ち潮に、海面は盛りあがっていた。空も澄みわたり、遠く対岸には、初雪をのせた大山《だいせん》の峰々が見えていた。

波止場には、常太郎に診てもらった島民も集まっていた。

……常太郎がいなくても、あの蜂起は起きたかもしれない。

だが、世直しのため幕府に叛旗《はんき》を翻した大塩門弟を父とする常太郎が、敬愛される存在として島にいたからこそ、庄屋たちも、藩への謀反《むほん》に、勇気をもって踏み出せたのではないか。そして自分も、漢医学の勉強を始めたのではないか。……

蟄介は、土産の鯣《するめ》の束、さらに蜂起を記録した書面の写しを、常太郎にさし出した。

「なんで、このわたくしに書類を……」

「このさき、わしの命があるかどうか、わからんからです。

わしらが追放した郡代は、切腹を命じられて、死にました。陣屋を攻撃した松江の指揮官も、みやこで牢に入っています。このわしも、どんな処罰がくだされるかわかりません。このさき、蜂起の書類は燃やされ、歴史から消されるかもしれません。

だから生き証人の常太郎さんに、この書類を託します。大坂へおもちください。

わしが死んでも、わしの書類が焼かれても、この写しが、隠岐の御一新のすべてを、百年後、二百年後に伝えてくれます」

「心得ました」常太郎は旅嚢《りょのう》の奥深くにしまった。「おあずかりした書面は、子々孫々までつたえます」

すがすがしい朝風を満帆にうけて、船は西郷の港を出ていった。常太郎は、河内へもどる前に、出雲の大社へ参詣すると語っていた。

あの人は、神に、なにを語るのだろう。

朝日を照り返して、まばゆい海のむこうに、白い帆が遠ざかっていった。

わしが死んでも、わしの書類が焼かれても……。そう語った理由が、甃介にはあった。

松江藩への復讐に、取りかかっていた。

奇っ怪な事件が、発端《ほったん》だった。

この夏、となりの島前も、島後と足並みをそろえて、自治政府を組織した。別府の藩役所には総会所がおかれ、松江藩は、隠岐全島から撤退することになった。

ところが、追いはらわれる藩の役人が、邪悪な呪《のろ》いをかけたことが、表沙汰になったのだ。

島前の宇受賀命《うつかみこと》神社にて、政府監察使の土肥、副監察使の椋木《むくのき》を呪い殺す調《ちょう》伏《ぶく》がおこなわれ、会津藩の戦勝と官軍敗北が、祈願されたのだ。

実際に祈禱《きとう》をおこなった祝人《はふりと》が調べをうけ、五人の神官が処罰された。

松江藩士の呪詛《じゅそ》を知った甃介は、冬之助惨殺の怨みもあって、憤恨《ふんこん》、骨髄に徹する思いだった。

「松江藩の者どもは、わが同志を殺して罰せられたはずが、いまだ懲《こ》りずに、正義党と官軍に敵対している。わしは出雲へ、征伐《せいばつ》に行く」

ひそかに仲間をつのった。

冬之助の南方村から二名、加茂から一名、あわせて十八人の同志が、名乗りをあげた。甃介は隊長となった。

官三郎と毅男は、くわわらなかった。

官三郎は庄屋であり、造り酒屋もいとなんで家業がある。毅男は、人斬りはしない信念の持ち主であり、膺懲館《ようちようかん》で青年に漢学を教えている。

それもやむなし……。

甃介は、ふたりの立場をくみとり、男三人のよしみに亀裂が入ることはなかった。

もっとも、官三郎はとがめに、加茂までやって来た。

「浜へ出てくる」

鰲介は、官三郎を家からつれ出し、入江へ歩いていった。

おちかも父も、出雲征伐を知らないからだ。

さざ波のよせる渚《なぎさ》に、舟小屋がならんでいる。柱に屋根を乗せた簡素な造りである。そのひとつに入り、柔らかな砂に腰をおろした。

乾いた砂が、尻に冷たかった。冬が近づいていた。官三郎が言った。

「鰲介よ、わしら正義党は、無抵抗ではなかったのか。陣屋が襲われたときも、無抵抗を貫いた。それを忘れたか」

「ああ、かつてのわしらは無抵抗だった。だがな、その美しい心がけは、松江藩には通じなかった。無抵抗のために、冬之助が死んだ。無抵抗なんぞ、溝《どぶ》に捨ててやる。武力で、ぶちのめしてやる」

「島の素人が十九人で、まもりの固い松江の城を攻められると、本気で思っているのか。全員が死ぬぞ」

「そのつもりだ」鰲介は真顔で答えた。「十九人とも、生きて帰るつもりはない。だがな、素人集団ではない。鳥取藩の侍と一緒に戦う」

「鳥取の侍……」驚きに、官三郎は、二の句がつげなかった。

「因幡《いなば》二十士《にじっし》の生き残りよ」

官三郎は、ますます驚愕の顔になった。

「あの本圀寺《ほんこくじ》の暗殺やら、仇討ち事件やらで有名な……」

「そうだ、剣豪ぞろいで知られる、あの因幡二十士だ」


因幡二十士は、鳥取藩の過激尊攘派である。

文久三年（一八六三）八月。

京の本圀寺にて、藩内の佐幕派の重臣を襲撃して、四人を死に追いやり、みやこの尊攘派の公家や長州藩士の称賛をあびた。

重臣四人の命をうばった二十士は、重い処罰もなく、みやこで謹慎ののち、鳥取藩黒坂の泉龍寺へうつされ、遺族の仇討ちをふせぐため、鳥取藩の家老、荒尾家の別邸などに幽閉された。

この本圀寺事件は、甃介も知っていた。

文久二年から毎年、鳥取藩の境港に通い、池淵玄達の門で漢医をまなぶ甃介は、勤王の廻船問屋や商人から、鳥取藩の誉れとして、河田左久馬、詫間《たくま》樊六《はんろく》、足立八蔵といった二十士の名を、くり返し聞かされていた。

だが本圀寺事件は、これでは終わらなかった。

殺された重臣たちの家族が、壮絶な復讐劇をはじめたのだ。

慶応二年（一八六六）夏、第二次長州征討がはじまり、幕軍が長州に攻撃をはじめると、尊攘の二十士は、長州にむかうため、鳥取の家老屋敷から脱走。日本海を船で西へくだっていった。

ところがその途上、野分《のわき》の大雨にはばまれ、松江から北西へひと山こえた手結浦《たゆのうら》の港に、船は避難した。

そのころ浜田城は落ち、長州藩は石見国を占領、出雲国の国境まで迫っていた。そこで松江藩は長州の侵入を警戒して、手結浦の港も、藩役人が警護にあたっていた。

二十士は捕らえられ、尋問をうけた。

変名を使って切り抜けようとしたが、藩役人は不審に思い、出港をみとめない。やむをえず、二十士は五人を人質として残し、主導者の河田、足立らは出帆した。

いっぽう、殺された重臣の遺族は、復讐を誓いながら、虎視《こし》眈々《たんたん》と、敵《かたき》を討つ機会をねらっていた。

二十士が家老屋敷から脱走すると、遺族のうち十八人が、追跡をはじめた。二十士の船が出雲国に入ったと知ると、松江藩に問いあわせ、五人がいる手結浦に駈けつけたのである。

遺族は、藩役人の手引きにより、五人が滞在する家をつきとめた。

童顔の若侍が「父上の敵っ」と高い声をあげて刀を抜き、白髪の老父が「せがれの敵じゃ」と叫んで切りかかった。十八人がかりで切りむすび、五人の首を切り落として、三年がかりの仇討ちを果たしたのだった。

つづいて、ほかの遺族と家臣も助太刀《すけだち》せんと、鳥取から四十人以上が刀や脇差をたずさえて馳《は》せ参じ、小さな港町は騒然となった。

手結浦の壮絶な仇討ち事件は、船乗りによって、西国《さいごく》の津々浦々に広まり、さかんに語られ、対岸の隠岐にも届いていた。


「あの二十士の生き残りが、鳥取にもどっておられるのだ」と言うと、甃介は、浜の砂に、棒きれを荒々しく突き刺した。

前月の八月、甃介は鳥取藩へわたっていた。

自治政府は再開したものの、年貢を徴収していないため、財源がない。

鳥取藩に、援助を申しこみに行ったところ、財政難につき断られたが、景山の尽力で、米二千五百俵を、二十五年償還で借りることができた。

そのおり、因幡二十士の生き残りが、長藩の南国隊で洋式教練をうけたのち、鳥取に帰ったと、知ったのだ。

「二十士は、五人が殺された仇討ちとして、松江藩に報復なさる。そこでわしらも共闘することになった」

官三郎は、胸騒ぎがした。

二十士は、百戦錬磨の強者《つわもの》だ。農民の甃介たちは、いいように利用されて、松江藩兵の矢面《やおもて》に立たされ、無駄死にするのではないか。

言いあぐねていると、甃介が語った。

「近々、二十士のひとり、足立八蔵殿が、島においでになる。藩の弓始《ゆみはじめ》で射手《いて》をつとめるほどの達者らしい」

「わしは仇討ちには反対だからな」

官三郎は念を押して立ちあがり、暮れかかる薄闇のなかを、ひとり帰っていった。

甃介も浜から屋敷へ砂利道をたどった。日足が短くなり、寒さがしのびよった。草むらの虫は死に絶え、静まりかえっていた。北からわたってきた雁《かり》の群れが、たがいに呼びかわし、灰色の空を飛んでいった。

文を交わすと、足立はすぐさま島後へわたってきた。

迅速に動きまわる男だ……。甃介は感嘆した。

勤王の甃介とやら、どんな農民か、品定めに来るのだろう。かれはわかっていた。

といって、羽振《はぶ》りよく見せようとか、二十士の真似をして六尺の長い刀をもとうなど、くだらぬ見栄ははらなかった。

ただ、身だしなみのよい男とは思われたかった。男ぶりも女ぶりも、結い髪で決まる。髷《まげ》ひとつで、風格も、色気も出る。

西郷の髪結いでととのえ、顔も丹念に剃刀《かみそり》をあてた。母が手織りした節くれの厚手木綿ではなく、呉服屋で誂《あつら》えた紬《つむぎ》を着た。

足立は、細面、体つきもほっそりしていた。二十代と見た。だが目つきは鋭く、動くたびに、若い獣のような体臭がにおった。

甃介は、文武館嘆願にはじまり、松江藩の攻撃、自治政府再開までを語り、あらためてたずねた。

「なぜ、足立様が、松江藩に報復をなさるのです」

「拙者が殺《あや》めた重臣のお身内が、父上のため、兄上のためと、仇討ちをなさる、それは当然の 理《ことわり》 でありましょう」上品な口ぶりだった。

「されど、わが鳥取藩内の仇討ちに、なぜ、松江藩が、介入するのです。聞くところによると、松江の役人は、港に残った五人が因幡二十士と知るや、復讐の一行が手結浦につくまで港から出すまいとした上、仇討ちの現場にもいたのです。

横槍を出して、わが仲間を死に追いやった。これは復讐せねばなりません」

足立によると、二十士は、この年一月、鳥羽伏見の勝利ののち、本圀寺暗殺の罪を許されていた。

二十士の頭、河田左久馬は、鳥取藩付属の山国隊《やまぐにたい》隊長となって上京、みやこから中山道をくだり、この春は、甲州勝沼にて、近藤勇ひきいる幕軍の甲陽鎮撫隊と戦って打ち負かした。江戸の開城後は、宇都宮で大鳥圭介と土方歳三《ひじかたとしぞう》の軍を敗走させ、いまは会津藩と奮戦中という。

「近藤勇といえば、今年、閏《うるう》の四月、みやこの三条河原で、さらし首を見ました」

甃介が言った。

「おお、あの賊徒、近藤の首を」足立は身を乗り出してきた。

甃介は、松江の藩役人が、会津藩戦勝を祈禱した調伏事件も語った。「雲藩《うんぱん》め、ますますけしからぬ」足立がこたえた。

もとより尊攘の甃介と足立は、気脈を通じて、意気投合した。

「松江を襲うなら、いまが好機です」甃介が、調子よく言った。「去る九月十九日、松江の大橋から五百人近い藩兵が出帆、日本海へ出て奥羽へむかったそうです……。北前船の船頭から聞いた、たしかな話です」

松江藩は、政府の命令で、四百六十人の兵を、東北鎮圧のために出陣させていた。八万両の献金をして隠岐をとりもどし、会津への出兵はまぬかれたはずが、結局は、隠岐を失った上に同門への出兵も命じられ、新政府に重ねて裏切られたのだった。

足軽たちは松江から、はるばる秋田の港へ、内陸の盛岡（岩手）へ、また日本海の酒田（山形）へ、雪のちらつく奥羽路を、寒さに凍えながら転戦していった。

「松江から実戦部隊がいなくなったいまこそ、たしかに仇討ちの好機である」

足立はうなずいた。

では、いかに……。

隠岐攻撃の指揮をとった乙部勝三郎は、みやこの牢獄、松江にいない。代わりに、養父の家老、乙部勘解由を殺《や》る。駕籠で登城するところを急襲する。

つづけて、手結浦で五人を留めおいた渡部、小泉など、七人の藩士も襲って斬る。同志に生き残った者があれば、松江城の大手門の前まで、大砲に筵《むしろ》をかけて引いていく。門に砲弾を撃ちこみ、銃を発射して番兵を殺してから、斬りこんで討ち死にする。

甃介は、おのれの剣が、鍛錬された侍の刀に勝つとは、思っていなかった。だが最期は、命がけで突き進み、藩士と刺しちがえる腹を決めていた。

それにしても、隠岐の同志十九人と足立では、とうてい兵力が足りない。

足立の助言をうけて、甃介は、鳥取藩家老の荒尾光就《みつなり》に、請願書をしたため、十月に送った。

長い書簡となった。

まずは、隠岐の自治政府の発足、松江藩の逆襲、その殺戮、暴行、収奪の凄まじさをつたえ、救援のため鳥取藩がすみやかに景山龍造らの藩士を渡海させた御礼、大量の米穀を拝借した謝意を述べたのちに、賊軍の雲州を征伐する兵力を依頼した。

返事はなかった。

十一月四日、待ちあぐねた甃介は、ひとりで鳥取へわたることにした。

荒尾家老の返書をうけとり、報復の準備をととのえてから、同志十八人が渡海する手はずとなった。

加茂から出る帆船に乗ろうとすると、後ろから、肩を叩く者がいた。

「おお、官三郎か」甃介は、こわばった笑顔を見せた。さすがに、気楽な船出ではなかった。「偶然だな、おまえも地方《じかた》（本土）へ行くのか」

偶然ではなかった。官三郎は舟小屋にすわり、甃介を待っていた。初冬の浜で冷たい風に吹かれ待っていた顔が、青ざめていた。

「ひとりで行くのか」官三郎が言った。

「ああ」

「馬鹿もんっ」いきなり拳が、飛んできた。

よろけた甃介の顔に、もう一発、見舞った。

「武力でぶちのめす、とはこういうことだっ」三発目も、手加減しなかった。打たれるまま、甃介は無抵抗に徹した。

官三郎がまた腕をふりあげたところで、甃介の鼻から血が流れた。官三郎は、やっと手をおろした。

「おまえが松江藩を討って、なんになる」官三郎は泣いていた。

甃介は答えなかった。

「冬之助が松江の兵に撃たれ、おまえまで殺《や》られたら、わしは、どうなる。おまえを止められなかったわしは、死ぬまで後悔するんだぞ」

「後悔など、するな」甃介も泣いた。

「おちかさんは、どうなる」

妻には、出雲征伐《せいばつ》を話さなかった。

言えば、ややこができたなどと、可愛い嘘をついたり、泣いたり、すねたり、怒ったりして、引《いと》き留めるだろう。

十八の妻が愛しかった。愛しすぎて、なにも言えなかった。ゆうべは、おちかを抱いた。今朝は、いつも通りに朝飯をとり、境港へ漢医学の本を買いにいくと告げて、家を出た。

松江から、「生還は期さず」と文を送るつもりだった。「父と母をたのむ。新太郎を立派に育ててくれ」と。

「たのむ、黙って行かせてくれ」

甃介は鼻血に手ぬぐいをあて、官三郎の濡れそぼったまつげを見やり、顔を伏せた。

さきごろ甃介は、ある不正を働いていた。不正の大金を、懐に、隠し持っていた。後ろめたさに、律儀な官三郎とは、目をあわせられなかった。

「見送りは、せんぞ」なにも知らない官三郎が言った。

死にに行く友の船が見えなくなるまで浜に立っていることなど、できなかった。

涙の筋が残る怒り顔で、官三郎は立ち去った。

甃介を乗せた帆船が出ていった。加茂の入江は、冬空をうつして、濁った深緑だった。陰鬱な色に、甃介の心も染まった。官三郎に殴られた横っ面が疼《うず》いた。

〽沖じゃ寒かろ　着て行きしゃんせよ
　あたしの部屋着の　この小袖

　わしとお前は　闇夜の星よ

眺《み》れつ隠《かく》れつ　また出会う

船べりの甃介は、寒さに首をすくめながら、追分を小さく唄った。

不正とは、公金横領である。

復讐するにも、先立つものがいる。物価高のおり、あとから来る同志十八人の渡航にも、鉄砲の運搬にも、費用がかさむ。

さかのぼって三月十九日の蜂起、自治政府の樹立、浜田への渡海、そして京の滞在に、甃介は蓄えを使い果たし、借金までしていた。

自治政府は鳥取藩から米二千五百俵を借りたが、これを出雲征伐にあてるわけにはいかない。

金策に窮した甃介は、島を出る前、加茂の庄屋、與平太の名を使って、隠岐の郡札を無断で発行した。

正義は捨てた。冬之助への義理を選びとった。

罪悪感はなかった。

半年前、上洛したおりは、鎮撫使庁へ、太政官政府へ、たらいまわしにされた。

鎮撫使庁の怠慢と太政官政府の二枚舌に、甃介たちは一喜一憂して翻弄されたあげく、同志が十四人も死んだ。

そもそも朝廷は、攘夷を謳《うた》って尊攘の志士を扇動しながら、新政府になると開国和親を布告した。その欺瞞《ぎまん》にも、失望していた。

思いかえすたびに、悔しさが、よみがえった。

役所の郡札など、ただの紙切れじゃ。どうせ死ぬ身の上、出雲征伐に、使い果たしてやれ。

もちろん郡札は、正規の紙幣である。

境港に船が入ると、諸国の藩札をあつかう為替《かわせ》商にて、本州で使える紙幣に両替した。

書簡を送って一か月。

いまだ鳥取藩の荒尾家老から返事はない。

鹜介は諦めなかった。

協力をもとめて、米子《よなご》城にいる別の家老に、面談を申しいれた。

一農民が、重臣に会うことは、かなわなかった。

それでも諦めなかった。

松江藩を許せなかった。

農兵隊を集め、一方的に廃止し、陣屋でおのれを殴り、同志を斬殺した。呪いの祈禱までであげた。絶対に、許せぬ。

陣屋に銃弾が飛びかって同志が斃れたとき、なんの力にもなれなかった自分の無力さも、許せなかった。

このままでは、藩兵を信じて背をむけて、撃たれた冬之助が、成仏《じょうぶつ》できぬ。

このわしも、冬之助と同じように、武装した雲藩に、対峙《たいじ》せねばならぬ。

三百人の武装した兵に包囲され、いっせいに黒い銃口をむけられた冬之助の恐怖を、その戦慄《せんりつ》を、逆流するほどの熱い血を、この身に感じながら、わしも刀で斬りこまねばならぬ。

家老の返事はなかったが、十一月二十七日、待ちかねた同志十八人が隠岐から境港へわたってきた。意気盛んな十八人分の飲み食い、宿賃に、日々、飛ぶように金が出ていった。

甃介は、足立八蔵が副総督をつとめる鳥取藩の軍隊、新国隊に助けをもとめた。

新国隊は、日本海に面した淀江《よどえ》の港町に、本営をおいている。近くの称名寺《しょうみょうじ》を宿所とさだめ、甃介と十八人は、本堂に寝起きすることになった。一同は、水で手を清めてから、寒中の剣術を練り、英気をやしないつつ、出陣のときを待った。

十二月十六日、鳥取の家老からようやく返事があった。

「東北が鎮定にむかうとき、西国を動かすにあらず」

家老の反対をうけて、藩士の足立八蔵は仇討ちを取りやめた。

それでも鷲介は、諦めなかった。

ほかの同志たちも、「期するところ唯一死のみ」と決意していた。

家老の使者として、儒官の景山が鷲介をたずねて、寺をおとずれた。

「鷲介どの。官軍は、会津城に、大砲の弾を千三百発、撃ちこんで、ついに陥落せしめました。盛岡藩（岩手）、庄内藩（山形）も、政府の軍門にくだりました。されど箱館では、旧幕の脱走軍が、幕臣の榎本武揚《えのもとたけあき》、大鳥圭介らの指揮のもと、いまだ抗戦をつづけています。そのおり、西国に動乱を起こしてはならぬのです」

「景山どのまで、反対なさるのですか」鷲介は、ついに落涙した。「松江藩が、島でどれだけひどいことをしたか、その暴虐ぶりを、よくご存じの景山どのならば、友を殺されたそれがしの無念、口惜しさを、きっとわかってくださると信じておりました……」鷲介はすすり泣いた。

この秋、隠岐の管轄は、松江藩から、鳥取藩へかわっていた。

鳥取藩が治める隠岐の農民が、松江の藩士を殺して城を銃撃するとあっては、ただごとでは済まされない。鳥取の殿は、さきの将軍慶喜公、岡山藩主、元浜田藩主三人の兄である。下手をすると、中国全域を巻きこんだ動乱となる。

景山は、諄々《じゅんじゅん》と説いたが、鵄介を説得するには、この一言が、もっとも効《き》いた。

「いま松江を撃てば、皇国の妨げとなりますぞ。それでもよろしいか」

景山は千石船に米二千五百俵を満載して、西郷に運んできてくれた。鵄介の逃亡先まで手配してくれた。また漢医の師、池淵先生の義兄にもあたる。

鵄介と同志は、やむなく断念した。

景山は、鵄介と十八人の男たちを慰撫するため、廻船問屋がいとなむ境港の栢木《かやぎ》旅館に泊まらせ、三十三両三分を与えた。

一同は、鬱憤《うっぷん》ばらしに、芸者と舞妓を呼び、盛大に遊んだ。

夕方から、ぼた雪がふり出していた。大山《だいせん》は雪雲におおわれて見えなかった。座敷で燗酒をやり、松葉蟹《まつばがに》をむしって三杯酢につけ、寒鰤《かんぶり》の刺身、河豚《ふぐ》のちり鍋《なべ》も食べた。

冬之助の仇を討つ……、死ぬ気で鳥取にわたった鵄介の暗い情念は、にわかには消えなかった。それどころか、むしろ捨て鉢な気分に転じていた。

諸州の船乗りが泊まる港町では、鵄介も旅人である。放蕩《ほうとう》、無頼へのあこがれに、体がうずいた。

鵄介は、同志が飲み騒ぐ旅館を去り、ひとり雪のふるなかを歩いた。馴染《なじ》みの娼妓のもとへ、足がむかった。

鶴松《つるまつ》は、別れた妻おきよに似ていた。長い黒髪の冷たさも、白い肌の柔らかさも。笠にぼた雪を乗せてきた甃介に、鶴松は、島の謡《うた》を唄ってくれと、甘えた。鶴松は、長い裾をひいて座ると、三味線をかかえ、つま弾きはじめた。炬燵《こたつ》の甃介が首をふりながら、しげさ節をうなった。

〽ゆうべ来たのは　猫じゃと言わしゃったが
猫が下駄はいて　傘さして
筑前絞《ちくぜんしぼ》りに　縮緬《ちりめん》しごきで来るものか

しげさとわたしが酒飲んで　しげさ
しげさが一升飲んで、わたしが五合飲んで
酔うた　酔うた

甃介は酒に赤くなった目をつむり、酔うた、酔うたと、また唄った。

しんしんと深まる静けさのなかに、音もなく大きな雪ひらがふり積もり、外は白い夜がふけていく。

掻巻《かいまき》の下で、ぬくい女の胸に、唇を押しあてた。

旅館では、十八人のどんちゃん騒ぎが、すぎたらしい。影山から三十三両三分をもらったが、勘定する段になると、二十両も足りなかった。

死にぞこないとはいえ、このまま帰国しては、隠岐国の恥。

顔の広い蛩介は、知りあいの商人に借金をして、全額をきれいに払った。

だが、かれはすぐに帰島しなかった。

死身《しにみ》でなくなれば、さすがに公金横領は罪深く思われ、発覚が怖かった。境港に残り、様子を見ていた。

人として、してはならないこと、それをわきまえて生きてきた。

だが、ひとたびその垣根をこえると、蛩介のなかで、たがが外れていた。

どうやらまだ、ばれていないらしい……。

年があけた明治二年（一八六九）正月、ようやく蛩介は、冬の溟《くら》い海をわたり、ひそかに西郷に帰ってきた。

出雲征伐が不発に終わり、蛩介と同志の憤怒と闘志はくすぶったまま、きな臭い煙をあげていた。

十九　燃える仏像

明治二年（一八六九）陰暦正月

　甃介が境港から帰った明治二年正月、中沼了三は、従六位から正六位に昇進して、明治天皇の侍講《じこう》を任じられ、京都御所の講書始《こうしょはじめ》で、『大学』を講じた。

　ほどない三月、天皇は東京へうつった。

　前年の十月、明治天皇の初めての東京行幸があったが、京に住まう公家の反発を配慮して、正月はみやこに還《かえ》って御所ですごした。

　ところが、このたび二度目の東京行幸は、実質的な遷都であり、京へもどる予定はなかった。

　了三は遷都に反対していたが、天子さまが東京へ移られるとあっては、教授する身もしたがうほかない。

息子の璉三郎《れんざぶろう》とともに東京へうつり、牛込《うしごめ》の元長崎奉行屋敷を官舎として暮らした。

みかどに進講する日は、毎朝、沐浴《もくよく》して身を清めてから、東京城（皇居）へあがり、『大学』『書経《しょきょう》』『資治通鑑《しじつがん》』を読み、帝王学を講じた。

了三は、湯島聖堂の昌平学校、ほどなく新政府が大学校とする学舎でも、漢学の一等教授に任命された。

明治二年二月、島後は、島前とあわせて隠岐県となった。

明治四年（一八七一）の廃藩置県に先がけて、隠岐は単独の県となったのである。陣屋には、隠岐県庁がおかれ、自治政府は解散した。もっとも会議所、総会所の幹部は、新しい組織に組みこまれ、甃介は書記となった。自警団の三部隊も、そのまま県兵となった。

新国家としての中央集権化を進める政府は、隠岐を支配下に入れるべく、県知事を送りこんできた。

九州の久留米《くるめ》藩士、真木直人《まきなおと》である。

初めての知事が赴任してくるにあたり、同志は、早春の横地家に集まり、さかんにうわさをした。

「真木直人というは、いかなる御仁《ごじん》かの」官三郎がたずねた。

長らくみやこにいた毅男が、知るところを披露した。毅男は、暮れに養父の儒者、中西淡斎を亡くして喪に服していたが、この日ばかりは興奮していた。

「松江から来る藩役人とは、器がちがうぞな。ええか、真木和泉守《いずみのかみ》の弟御《おとうとご》じゃ」

「和泉守とは、なに者だ」甃介は、険のある目をした。

東京の馬鹿たれ政府が、どんな男を送ってよこすやら……。

中央の役人に不信をいだく甃介は、油断ならないと考えていた。

隠岐が天朝領になったと西園寺が公文書を送ってきたからこそ、松江藩を追放した。みやこの鎮撫使庁には日参して隠岐の管轄をたずねた。にもかかわらず、政府は、隠岐を松江藩あずかりにもどし、鎮圧の許可を与えたのだ。

甃介は太政官政府の裏切りを根にもち、いまだ憤激していた。

そこへ横地のおかっつぁんが、塩茹《しおゆ》でにして赤紫色になった蝦蛄《しゃこ》を大鉢に盛りあげ、湯気のたっているところを、もってきた。おかっつぁんも、新しく来る知事について知りたいのだった。

一同は尻を浮かして大鉢のまわりに集まり、殻をむしってはロに運びながら、つづけた。

「和泉守は、わしらのお仲間じゃ、安心しろ」毅男が言った。「六年前の文久三年八月、みかどの大和行幸《ぎょうこう》を計画された英雄じゃ。ところがの、すぐに政変があって、尊攘派とお公家さまが京から追放されて、和泉守も長州へしりぞかれた。次の年、池田屋事件が起きると、復讐のため、長州から大軍をひきいて上京なさっての。蛤御門の変で、獅子奮迅の働きをなすったものの、薩摩、会津、新撰組の猛攻の前に敗退、自害の道をえらばれた」

「神官とも、聞いたが……」大宮司の正弘が、好奇の顔をする。

「おお、そうよ。和泉守も、弟御の知事殿も、久留米水天宮《すいてんぐう》の神官よ。壇ノ浦に入水《じゅすい》なされた安徳天皇をお祀《まつ》りするお宮さんじゃ。とにかく、ご兄弟そろって、勤王の志厚いお方じゃ」

「それならよいが」甃介は、ようやく疑いをといた。「かりにも、親藩の侍なぞを送ってよこしたら、西郷の港に着いたところを、ぶった斬って、海に捨ててやる」

熱々の蝦蛄を顔の前にぶらさげ、甃介は、すすりこむように一口で喰らいついた。

いつのころからか、甃介の所作《しょさ》、物言いに、手荒な気配があることを、毅男と官三郎は気づいていた。

春、真木直人は隠岐県知事として着任した。すると、国学の神道論者という立場から、神仏分離を強力に進め、廃仏を奨励した。

そもそも一年前、政府は、神仏分離令を出していた。

古くより、日本は神道であったが、六世紀に仏教が大陸からつたわって広まり、神と仏が同じ社寺に祀られていた。また徳川時代になって、幕府が寺院を保護すると、僧侶が神官を兼ねることも珍しくなかった。

しかし明治の政府は、神につながる天皇の権威を高めるため、神社と仏閣の分離を命じた。すると寺院と対立していた神官が中心となり、仏像、仏具を破壊したのだ。

「日本の民は、日本の神々を奉じるべし。身毒《インド》だか西蔵《チベット》だかで悟りを開いたという釈迦《しゃか》を礼拝するのは、誤りである。経文《きょうもん》も、梵語《ぼんご》だなんだと、異国語で書かれているではないか」鵞介は中沼塾でまなんだ垂加《すいか》神道を思いかえして言った。「思えば、仏像は、みな異人の顔だちをしておるぞ。日本人の顔ではない」

官三郎も言った。

「僧侶は、藩には租税を優遇され、民には布施を強いて、富をたくわえ、壮麗な寺院を建て、絢爛の衣をまとっている。女犯坊主《にょぼんぼうず》が後家を堕落させ、願人《がんにん》坊主は不《ふ》行跡《ぎょうせき》をはたらき、国の道徳を衰退させる元凶《げんきょう》である」

正弘は重々しく言った。

「神仏分離は、王命である。この好機に、仏教の旧染汚俗《きゅうせんおぞく》を、一洗《いっせん》すべきであるぞ」

毅男は、感情的に罵った。

「坊主は、松江の手下だぞいっ。陣屋が襲われた日、坊主どもが、同志の家を藩に教えて、暴掠《ぼうりゃく》の手引きをしたのだ。藩兵と同罪じゃっ」

明治二年（一八六九）三月より、県知事の指示のもとに、甃介、官三郎、毅男、貫一郎、二郎、また神官の正弘、倭文麿が指導者となり、寺を襲った。聖武《しょうむ》天皇の詔《みことのり》をうけて、奈良時代に建立された国分寺に、大勢の島民とともに押しかけた。一年前の満月の夜、郡代追放にむけて庄屋大会をひらいた寺院である。

だが、蜂起は武力弾圧され、郡代も同志も死んだいまとなっては、見るも忌々しい、遺恨《いこん》うずまく寺でしかなかった。

甃介は、本堂にわらじのまま駈けあがり、抜き身の刀を横ざまになぎはらって、僧侶を追い出した。同志たちは、中央の釈迦如来像に、罪人のごとく太縄をかけると、白鉢巻の正弘のかけ声にあわせて、踏んばり、縄を引いた。

御堂にもうもうと埃がたちのぼるなか、仏像は末世《まっせ》の啼《な》き声さながらに軋《きし》みをたてて倒れ、階段を転がり出て、地面に落ちていった。

手に珠をのせた吉祥天像《きちじょうてん》も引きずり出し、手首を切り落とした。

そこを数十人がかりで、斧《おの》で滅多打ちにして、焚きつけの薪《まき》のごとくに切り刻んだ。その上に、寺の経文を放り投げ、火をつけた。

境内にならんで微笑を浮かべている石仏は、端から順に、斧で首をぶった切り、風雪に耐えて丸くなった頭を落とした。胴体も叩き割った。

銃撃されて死んだ同志の首を、松江藩は切り離した。冬之助の腹は、刀で刻まれていた。その惨状を思い、冬之助の無念を思い、甃介は涙をうかべて「おりゃーっ」と叫び、力まかせに斧をふるった。

本堂は、柱を切り倒し、屋根ごと傾いたところに、火を放った。松江の藩兵が家々の柱を、刀で斬りに斬って傷つけた、その報復さながらだった。

鐘、敲《たた》き鉦《がね》といった金属の仏具は、朝廷へ献納するために集めたが、寺の建造物はことごとく焼きはらった。

国分寺は、空を焦がして炎《ほむら》と黒煙をあげつづけた。

一年前の三月十九日、蜂起の夜明け前、西郷へむかってゆれていた松明《たいまつ》の列は、希望の灯《ともしび》となって、島人の胸を、赤々と染めあげていた。

だがいまは、忿恨《ふんこん》の炎となり、どす黒い煙をあげ、島をおおっていた。

「地獄も、修羅もあるものかっ。くたばれ、坊主どもっ」

蟄介は、青痰《あおたん》を、阿修羅《あしゅら》の仏画に吐きかけた。寺は藩と癒着した共犯だ。僧侶も憎かった。

島民たちは、道ばたの古い地蔵、庚申塚《こうしんづか》も、手あたり次第に、うち倒した。民家の仏壇もくまなくさがして、家宝の秘仏まで集め、地面に積んで焚きつけた。また汚穢物《おわいぶつ》として、海中に投じた。

九十九ある寺はすべて廃寺となった。僧の居宅は八十八棟を壊して廃墟とした。五十三人の僧侶が還俗《げんぞく》した。十数人はご本尊《ほんぞん》を島から運びだして逃亡し、京都の本山《ほんざん》に訴えた。

全州で同じ光景がくり広げられていると、蟄介は信じていた。隠岐と十津川が、極端に破壊的だったと知ったのは、あとになってからだった。

焼け跡には、黒焦げになった御堂の骨組みだけが残り、煙が細く立ちのぼっていた。境内には、菩薩の胸と片腕が燃え残っていた。そこに経蔵の典籍を小山のごとく積みあげ、また火をつけた。

灼熱の陽ざしのもと、油蟬《あぶらぜみ》が、耳鳴りするほど、けたたましく鳴いていた。

燃えあがる火のなかで経典の表紙が、身もだえするように黒くよじれていく。横たわる仏像の木肌を赤い炎がなめて広がり、音をたててはぜた。熱気がゆらめいてのぼった。太陽は頭上にあり、影は、同志の足もとに小さく落ちていた。

甃介の顔も足も焼けて、痛いほどだった。だが汗みずくの同志たちと、激しい火の勢いを見守った。

煙が目にしみるのか、興奮か、陶酔、畏《おそ》れか、あるいは歓喜か、死んだ同志への悲憤か、滂沱《ぼうだ》と涙を流す者、すすり泣く者もいた。

松江藩に復讐したくとも、もはや藩兵は島にいない。出雲征伐は、官軍の鳥取に阻《はば》まれた。やり場のない怒りが、一挙に炸裂していた。

蜂起の前に農民が歓喜した年貢半減を、政府は、有耶無耶《うやむや》にして取り消した。倒幕と勤王のために決起した愛国の同志を、こともあろうに、親藩松江に弾圧させた。

燃えさかる炎にあぶられながら、甃介の胸に、政府への怨みの火焔《かえん》が燃え広がり、猛《たけ》り狂っていた。

寺という寺を壊し尽くした明治二年（一八六九）八月、甃介は、隠岐県の書記を辞めた。

政府はけしからん。インドの仏《ほとけ》、紅毛《こうもう》の耶蘇教を奉じてはならぬなら、なぜ西洋の文物をありがたがって移入する。欧米に媚《こ》びへつらい、わが国の誇り、日本国の文明を捨てようとしている。みやこを東国へうつし、天子さまを武士のいた江戸城に住まわせ、奈良、京から連綿とつづく朝廷の雅《みやび》な伝統を棄《す》て去った。

王政復古は正しい。だが、政府は大間違いをやらかしている。

政府を打倒すべし。

御一新をやり直し、新しい国をつくるべし。

甃介は病気と偽って県庁を去り、京の反政府勢力と極秘に連絡をとりはじめた。

二十　みかどを京へ

もとはといえば、みやこの若い公家、外山光輔《とやまみつすけ》と、久留米の勤王藩士が、政府の転覆をはかったことに始まる。

外山は、御一新に不満をもっていた。

幕府が倒れ、天皇親政は復活したものの、まつりごとは薩長の武士が恣《ほしいまま》に動かし、公家は遠ざけられている。天皇は明治二年の春に東京へ行幸なさったあと、西京《さいきょう》への還幸《みゆき》はなく、みやこの衰退、甚《はなは》だしい。攘夷は実行されず、西洋の珍奇な風俗が流入している。

これはすべて、外夷排斥をもとめられた先帝《せんてい》、孝明天皇の叡慮《えいりよ》に反する暴政である。今のみかどはまだお若いゆえ、まわりで国を動かす者の悪政であろう。

……みかどに京へお還《かえ》りいただき、攘夷を決行すべきである。皇国の基本に立ちかえり、天皇の仁政に、民が敬服する政治へ改正すべし。……

外山は政府に建言したが、うけいれられなかった。

そこでみやこの公家に、還幸と攘夷を説いてまわり、新政府を倒す密約をむすぶうち、北は津軽、秋田から、南は久留米、大分《おおいた》、薩摩まで、驚くほど賛同者が広がっていった。

王政復古に期待したものの、開国と遷都《せんと》に怒り、危機感をつのらせている尊攘の武士、草莽《そうもう》の志士、勤王の富農が、全州にうなりをあげていた。

そのひとりが、加茂の鷲介だった。

みかどを京へおつれし、尊王と攘夷の国をつくり直す……。密約の動きは、京のみならず、鳥取、備前（岡山）、久留米の勤王家からも、島に届いていた。

隠岐では、庄屋の渡辺助蔵《すけぞう》と村上謙吉《むらかみけんきち》が、盟約をむすんだ。蝦夷《えぞ》との交易で財をなし、江戸の長者番付に載る商人にして、代々、後鳥羽上皇の御陵《ごりょう》を守ってきた島前海士村《あまむら》庄屋の村上助九郎《すけくろう》も、天野新九郎《あまのしんくろう》という名でくわわっていた。

鷲介は、井上船九郎《せんくろう》、亜上礼八郎、乱八郎と、変名を使って参加した。

明治三年（一八七〇）正月、神官の倭文麿《しずまろ》は、みかどの還幸をもとめて兵をあげる同志として、西郷港周辺から、四十五人の署名を集め、血判を押した。

署名帳の巻頭に、倭文麿は、大書《たいしょ》した。

明治三年庚午《こうご》正月成之
同志　誓旨連鑑《せいしれんかん》
　同志とは、すなわち同死なり。死をもって尊王を奉唱する同志なり。たとい奸邪《かんじゃ》が、時に乗じ姦威《かんい》をふるい、正義を妨害するといえども、少しも顧《かえり》みる所なし。
　ただ勤王の義志をもって、万天《ばんてん》の旨《むね》を貫き、血を刺して盟約す。

　甃介は島後から、渡辺助蔵は島前から、義兵をつのり、四百人が加わった。

　翌二月には、対岸の鳥取米子で五百人、備前に四百人、備中《びっちゅう》に三百人、美作《みまさか》に三百人が兵として名乗りをあげたことが、あきらかになった。

　同じころ、公家の愛宕通旭《おたぎみちてる》も、天皇還幸と政体転覆をめざして、東京、秋田などの東国に兵をよびかけていることが判明し、東京と西国での挙兵が計《はか》られた。

　手順は……。薩摩から兵が船で東京と京にのぼる。東京では、各所にいっせいに放火する。消火と避難におわれる混乱に乗じて、みかどを東京城からつれ出し、大軍の護衛のもと、京へお還《かえ》りいただく。

　その京では、中国地方の盟約者数千人が集結。武装して御所を包囲し、官軍の侵入をふせぐ……。全州をまきこんでの大規模な義挙が、練られていた。

盟約者たちは書簡をかわし、また各地を行き来して、挙兵にむかっていた。

その動きを、政府は、着実につかんでいた。

明治四年（一八七一）陰暦一月

ときは、まさに挙兵決行の直前、隠岐の県庁に、政府から召喚状が届いた。

そう聞かされた甃介は、内心、おびえた。

外山殿の密計が、露見したか……。

召喚状にいわく。

……慶応四年の蜂起と松江藩の武力行使について、取り調べる。正義党の幹部は、東京の刑部省《ぎょうぶしょう》に出頭されたい。……

松江藩が島後を襲撃した直後の慶応四年夏、新政府は、藩士を京へ呼びよせて尋問したのち、つづいて正義党を調べる予定だった。

ところが、明治への改元、東京へ遷都、箱館で戦争と、国家の大事がつづいて、事務手続きが遅れ、明治四年になって、ようやく同志は呼びだされたのだった。

「代表として、三人ばかり上京することになるが、だれがよいかの……」上西村の横地家に集まり、大火鉢を囲んでいる同志にむけて、毅男が言った。

本来ならば、文武館嘆願と蜂起を指導した毅男、甃介、官三郎の三人が、出頭すべきであろう。毅男はわかっていた。

だが、中央の役人から厳しい尋問をうけると思えば、戦慄《ぞっと》するほど恐ろしかった。ましてや、毅男が死んでもその地を踏まずと高言した東国へ、隠岐からはるばる遠い旅路をゆかねばならぬ。

そもそも、この三人は、松江藩が逆襲した時、現場の陣屋にいなかった。毅男は京にいて、太政官政府の二枚舌を詰問する抗議文を叩きつけ、啖呵を切っていた。甃介と官三郎は、小舟で八尾川をくだっていた。

だが、それを口にすれば、尋問をのがれたい一心の卑怯な言い訳に聞こえるだろう。

毅男は、言いだしかねていた。

黙っていると、官三郎が、迷いもなく言った。

「わしが行く。この家に、正義党の本部をおいた。蜂起の日は、交渉役として、陣屋の代官と話もした。わしにはすべての責任がある。刑部省の取り調べをうけよう」

「官三郎は、立派だのう」甃介は吐息まじりにもらし、官三郎の動じぬ顔を、つくづくと見つめた。

だが鷲介は、いましも、政府転覆をはかる身の上である。ほどなく挙兵となれば、みやこへ馳せ参じて、御所を護らねばならぬ。政府軍と一戦をまじえねばならぬ。その自分が役所へおもむいて、あれこれ突《つつ》かれるうちに藪蛇《やぶへび》となり、挙兵が漏れては、盟約者に申し訳がたたぬ。

ちなみに、公金横領は、前年の明治三年（一八七〇）正月に、露見していた。庄屋の與平太と村民から糾弾され、いっとき、加茂から追放される騒ぎになったが、刑法の罪には問われなかった。

郡札を不正に発行した時期は、慶応四年九月、徳川時代からつづく松江藩あずかりのころである。着服した金で、私腹を肥やしたわけでもなく、寛大な処置がとられたのだった。

鷲介は、挙兵にはふれずに、言った。

「わしは、臑《すね》に傷もつ後ろ暗い身だ。郡札の無断発行やら、出雲征伐やらを、東京で白状させられたあげくに、牢屋にぶちこまれては、かなわぬ」

「それもそうだな」官三郎が、鷲介の肩をもち、同志も納得した。

東京へは、鷲介の代わりに加茂村庄屋の與平太、上西村庄屋の官三郎、毅男が行くことになった。

明治四年一月、東京へ出立する三人を、百人をこえる同志が、西郷の港に見送った。

はるかな旅路である。冬の海を若狭小浜へわたって京へ、陸路を神戸へ、さらに神戸の港から大型船で横浜へ、あとは東海道を歩いて東京へむかう。横浜から新橋への汽車は、まだ開通していなかった。

松江藩が有罪になったからには、決起した自治政府の幹部も、無罪にはならぬだろう。下手をするとそのまま監獄につながれ、しばらく帰郷できぬかもしれぬ。同志たちは永遠《なが》の別れさながらに、船出の三人を見送った。

「達者でな」

「道中、無事に行けよ」

口々に声をかける。

真冬の日本海は暗い。強い風に、沖合は白浪が立っていた。

「かたじけない」甃介は、尋問をのがれる後ろめたさを恥じて、身をすくめるようにして言った。「官三郎、きっともどってこいよ」

官三郎は、二度、うなずいた。

乗船した三人は、船べりから、西郷の港町へ、かなたにそびえる摩尼山（大満寺山）へ、見納めのように目をむけている。

出航の銅鑼《どら》が鳴った。

帆船は大風に左右にゆれながら、別れの港を出ていった。

二月上旬、東京に着いた。

三人が出頭した刑部省は、東京城、すなわち、旧江戸城の桜田門前にあった。

深緑の水をたたえた幅広のお濠ばたを歩きながら、城郭のあまりの広大さ、いまも残る白壁の櫓《やぐら》の壮麗さ、巨大な石垣に、三人は驚嘆して、二百六十年にわたって権勢をふるった徳川家の威信を、つくづくと思い知った。

「桜田門といえば……」毅男が言った。「ここは、先のみかどのお許しを得ずに、アメリカと条約をむすんだ大老の井伊直弼が、水戸の浪士に斬られた所じゃ」

当時、みやこの中沼塾にいた毅男は、尊攘に燃える若者として、井伊暗殺の報せに喝采した。

その現場に初めて立ち、感無量のはずが、桜田門のたたずまい、内濠《うちぼり》の水辺を見やりながら、毅男は、ただ困惑の表情を浮かべていた。

いまだ攘夷を信奉している官三郎にむけて、ぼそりと言った。

「開国派の井伊が殺されたのは、たったの十一年前じゃ。ところが東京に来てみれば、お江戸の人は、開国なんぞは、当たり前の顔をしておられる。ほれ、むこうの道を、西洋の馬車ががらがら走って、あっちの日本の男は、丁髷《ちょんまげ》を切って、夷服《いふく》を着ている。異人も、よおけ歩いちょるし、西洋人が食うという牛の肉を鍋にして出す料理屋もあったぞな。隠岐から出てきたわしは、浦島太郎になった気がするぞい」

文明開化の流れを止めることは不可能だ……、毅男は理解したのだった。

刑部省の取り調べは、執拗だった。

官吏はたずねた。

「正義党は銃を撃たなかったと言うが、松江の兵がいっせいに撃ったなら、ひとりくらい、撃ち返した者がいても、よかろうに」

「それがしは、藩逆襲の日、陣屋におりました。わが同志は、ひとりとして、発砲いたしませぬ」與平太が証言した。

「ふんっ、隠岐の男は、そろいもそろって弱腰か」官吏は、髭をひねりながら、せせら笑った。「だがな、おぬしらの仲間が鉄砲にあたり、ばたばた倒れていく、それを目の当たりにすれば、悔しさに、撃った者がいただろう」

「おりませぬ」ふたたび與平太が、毅然として言う。

「隠岐の男は、大事な仲間が死んでも、その仇《あだ》も討たぬのか。不甲斐ないことだ、情けない」

官吏は挑発した。

正義党も攻撃した、という言質《げんち》をとる魂胆だった。

刑部省は、松江藩を有罪にするだけでなく、騒動を起こした民衆も、今後の見せしめのため、罪状を与える方針だった。役場を占拠する民を、野放しにする訳にはいかない。

だが三人は、「発砲しなかった、刀で斬ることもなかった」と答えるばかりである。

官吏は、意地になった。正義党も攻撃したと白状するまで、島に帰さぬ。

朝早くから、ろくに休みも与えずに三人を尋問しつづける。朦朧《もうろう》とした同志がやっと表へ出ると、桜田門外はとっぷり早春の日が暮れている。連日、そのくり返しだった。

二月は終わった。

いつ島へ帰ることができるのか……。だれにもわからなかった。

毅男は尋問の厳しさに、やけ酒に逃げて荒れた。與平太は江戸前の濃い味つけに食が細くなり、痩せ細った。

ある日、官三郎が、小石川《こいしかわ》に家を借りてきた。

三人は宿に泊まっていたが、尋問はいつ終わるか、予測もつかない。宿屋で気をつかって寝起きするより、気心の知れた三人で、一軒家に暮らすほうがよかろう。造り酒屋の商《あきな》いがうまくいっているらしい官三郎が、家財も手配してくれた。

「それにしても、官三郎、なぜ小石川なのだ。桜田門まで、遠いぞな」家の上がり口で、わらじのひもをむすびながら、毅男がこぼした。

官三郎は懐から色刷り版画の東京地図をとりだして広げ、指でさしながら、

「ほれ、ここ小石川には、水戸の藩邸があるだろう。よって、大江戸における勤王の地といえば、小石川に決まっておるのだ。

わしは水戸藩を敬服している。『大日本史』を編纂なされ、勤王と攘夷の藩士が多いと聞く。

しかも、中沼先生がお住まいの牛込は、ほれ、目と鼻の先だ」

「実はの……、先生は、去年の暮れ、天子さまの侍講を、お辞めになったんじゃ」

毅男が声をひそめた。「いまは湯島聖堂の大学校でのみ、教えておられる」

「なぜ、そのようなことに」官三郎が、眉を曇らせた。過酷な尋問がつづくようなら、宮仕えの了三の力を借りる腹づもりだったが、そのあてが外れた。

「お若い天子さまのご教育方針、国体におけるお役割をめぐって、政府の要人と激

論なすったそうな。公卿の三条様、徳大寺様、岩倉様、また薩摩藩の大久保様と……」

了三には、確固たるみかどの理想像があった。それは長年、中沼塾にいた毅男も、知るところだった。

仁と徳によって国を治め、社会に秩序を、民に平安をもたらす天子、いわゆる、孔子の徳治主義である。

また神聖なる天子は、血なまぐさい軍事から、距離をおかねばならぬ。

しかし富国強兵をかかげる政府は、翌年から徴兵を始めて、天子を皇軍の最高位におこうとしていた。

さらに大久保利通は、天皇に西洋の知識が足りないと考え、翻訳書の講読を増やすこと、いずれはみかどの御髪《おぐし》を洋髪に切りそろえ、洋装、洋食へ改良することを検討していた。

「断じて承知できませぬ」了三は血相を変えた。「もしも、オランダ国や朝鮮国の王が、日本の着物をまとって帯をむすび、月代《さかやき》をそって髷を結い、箸で米飯をすれば、それは何を意味するか。

すなわち、わが国に屈服し、日本の属国に転落したことを、世界にしめすことになります。

貴殿らは、かような屈辱を、みかどに強いるおつもりですか。わが国が、西洋の従属国に落ちぶれますぞ」

了三の真剣な反論は、一笑に付《ふ》された。

漢学の軽視も、儒官の了三には、ゆゆしき事態だった。

みかどの即位式は、古くより、隋や唐の漢式でおこなわれてきた。ところが明治天皇の即位式は、初めて神道式でおこなわれ、宮中の千年をこえる伝統が葬られた。

湯島聖堂の大学校でも、国学派と漢学派の抗争が激化。漢学派の力が弱まり、了三も参列した明治二年の学神祭は、孔子の霊廟でありながら、儒教式ではなく、烏《え》帽《ぼ》子《し》をかぶった神主が榊《さかき》をささげて、神道の作法でおこなった。

「日本人の礼儀、誠実、忠孝といった美風は、儒学によって培《つちか》われたものです。洋学と国学のみを重視し、漢学をないがしろにする方針は、民の精神を荒廃させ、ひいては世が乱れ、わが国を滅ぼすでしょう」

岩倉、大久保、三条、徳大寺とは、夜を徹する激論となった。

結果、根本的に意見が一致せず、と見るや、了三は、明治三年十二月、潔く辞表を出した。かれもまた、熱血たぎる島後の男であった。

毅男が言った。

「先生は、牛込の屋敷に帰宅されるなり、息子の璉三郎さんの目も憚《はばか》らず、大粒の涙を流されたそうな。お若い天子さまの君徳培養に、生涯を捧げるお覚悟であられただけに、さぞかしのご無念であられたであろう」

こうして公職を離れた了三のもとに、挙兵の密約がもたらされた。かつて京の学習院で指導した外山《とやま》と愛宕《おたぎ》が、天皇の京都還幸《みゆき》、御一新のやり直しにむけて動いている……。

官三郎たち三人が、刑部省へ日参するうち、季節はうつろい、東京の桜が咲いて三月になった。

隠岐では、加茂の甃介のもとに、郵便が届いた。この月、新政府は郵便業務を始めていた。

差出人は、東京牛込の中沼璉三郎だった。

裏山から鶯《うぐいす》のさえずりが長閑《のどか》に響いていたが、手紙を読み進むうちに、聞こえなくなった。

……去る三月七日、外山光輔と愛宕通旭が捕縛された。両人とも、死刑になると思われる。

三月二十二日、牛込の屋敷にも官吏が押し寄せ、父の了三は後ろ手に縄をかけられた。

罪状は、外山の謀った政府転覆への関与。

身柄を拘束され、東京の薩摩藩邸へ連行された。牢屋ではなく、了三の門弟が多い薩摩屋敷にあずけられた点に、若干の恩情がうかがえるものの、永禁錮になると思われる。

嵆介殿の身辺にも、官吏の探索の手が伸びているかもしれませぬ、用心されたし。


そのころ、岩倉具視は、義理の兄にあたる公家、中御門経之《なかみかどつねゆき》に書簡を送っていた。

「愛宕外山の事件は、さてさて面倒なものである。このたび、厳重の処置がとられると思うが、公卿中、ふたたび心得ちがいのないようにしたいものである」

自分たちと同じ公家が、政府打倒と天皇還幸《みゆき》の挙兵を画策した……。岩倉は慄然《りつぜん》としていた。

政府は、かかわった諸国の藩士、公家など三百三十九人を逮捕。安政以来の大獄《たいごく》事件となった。


中沼先生が捕まった……。嵆介の背筋が冷たくなった。

ならば、わしも捕まるだろう。先生が薩摩藩あずかりなら、わしは牢獄ゆきだ。

動転をしずめようと、唾を呑みこもうとしたが、口が乾ききっていた。

父には盟約を隠していた。こうなっては打ちあけるほかない。

権之丞は、新緑に華やぐ庭へむいて、縁側にすわり、釣り竿を手入れしていた。

青ざめた息子に、父は、ただならぬ気配を察し、じっと目をすえた。

「どうした」

「中沼先生が、逮捕されたそうです」

父は、言葉を失った。

了三は、島後の誇りである。京の学習院で公家を教え、鳥羽伏見の戦いでは参謀を、新政府では参与をつとめ、いまは東京城で、みかどに儒学を指導していると聞いている。

「先生に、なにがあったのだ」

了三が政府要人と論争して下野した経緯、さらに外山の還幸挙兵に関与して捕縛されるまでを、話した。

それから幾分、言いよどみながら、切り出した。

「実はわたしも、外山殿の盟約に加わりました」

権之丞は、一瞬、虚《うつ》ろな目をした。

同じ屋根の下に寝起きする息子が、政府転覆の動きにかかわっていた。衝撃のあまり、父は無表情になった。

思えば、前年あたりから、息子がなにか粛々《しゅくしゅく》と企《たくら》みを進めている気配はあった。

みかどをめぐって勤王の若者が動いていると、漏れ聞いても、いた。だが権之丞は隠居の身、まして井上家はもはや庄屋でもない。老爺が余計な口出しをして島民に煙たがられても……と、遠慮していた。

もっとも、息子の紺介には、出雲征伐をあきらめて帰ってきたときも、廃仏に血道をあげていたころも、井上家の主としての自覚をもて、と口を酸っぱくして意見した。

だが、いまだ懲りないらしい。父は深々と嘆息した。

「お前も捕まるのか」

「わかりません。書簡や署名には、偽名を使いました」また口が乾いて、舌がもつれた。

「どうするつもりだ」

「鳥取へ、逃げるべきでしょうか」

権之丞は、思案顔になった。

父は、みかどの還幸そのものに、異論はなかった。

と同時に、東京へ遷都した政府にも、深慮があるのだろうと理解していた。徳川の本拠地だった大江戸へ天子がうつれば、東国の民心も宥《なだ》められ、日本全土がすみやかに統一されるだろう。

いずれにしても、政府転覆という治安紊乱《びんらん》に手を染めた息子を逃がすことは、人の道にもとると、父は考えた。

「官吏が来たら、刑に服しなさい」

「承知しました」

父に見放された、とは思わなかった。権之丞は、正義と公平を重んじる庄屋として生きてきた。その背中を見て育った息子は、父の心をわかっていた。

「おちかには黙っていてください」

父は、当然だと言わんばかりに、息子をにらんだ。怒りをふくんだ目だった。

その夜、鬶介は眠れなかった。

せめて中沼塾の同門、毅男が島にいてくれたら、不安な胸中を打ちあけ、了三先生のゆくすえもふくめて、心やすく相談できるのだが……。

そもそも毅男は、島に帰ってくるだろうか。東京で同志の有罪が決まれば、どのみち、おのれも投獄され、囚人となる。

毅男は、官三郎は、東京でどうしているだろう。

五月下旬、刑部省はようやく結論を出した。

正義党は、全員無罪。

松江藩士に負傷者がないこと、同志が銃を発射せず、無抵抗に徹したことが、決め手となった。

毅男はさっそく甃介に、郵便で速報を送った。

受けとった同志たちは、倭文麿も、貫一郎も、東太も、泣いて喜びあった。

三人が帰郷する帆船は、六月、雨ふりの西郷港に入ってきた。

同志たちは、大歓声をあげて、下船する三人をむかえた。

伊達《だて》の甃介でさえ、官三郎がおりてくる姿を見るなり、雨のなかを走りよった。

そのころには、外山事件も、晴れて無罪放免となっていたのである。

盟約者は全国にあって膨大な数にのぼったこと、諸州の勤王商人や富農まで一網打尽に捕縛すれば、かえって農村部において政府への反感が強まる、という判断だった。

「これですべての決着がついた。わしら隠岐の正義党は、もうなんの罪にも問われぬ。もう一点の曇りもないぞ」毅男が、手柄顔で言って、笑った。

万歳の声が、波止場にこだました。

「松江藩だけが断罪された。ざま見やがれ、藩兵どもっ」慤介も大声をあげた。

「これで冬之助の墓に報告ができる。墓に酒をかけて、話してやろう」

やがて滝のような土砂降りとなったが、西郷の料理屋で、放歌乱舞の宴《うたげ》がひらかれた。

剣には及び腰でも、酒には強い同志たちは、隠岐の旨酒《うまざけ》をやりながら、真鯛の姿焼きの祝い膳、鮎《あゆ》の塩焼き、もずくの酢の物、ゆでた天豆《そらまめ》、素麺《そうめん》に茗荷《みょうが》、貝の炊きこみ飯《めし》の大御馳走《おおごちそう》を、心ゆくまで愉しんだ。

毅男はまた万歳を叫び、裾をからげ、ひょっとこの面をつけて、滑稽な身ぶりで踊っては、笑いと喝采をあびた。

慤介も、十八番《おはこ》のしげさ節を、上機嫌でうなった。

〽しげさ　しげさと声がする
しげさ　しげさの御開帳
山里越えても　参りとや

安堵と喜びに、同志たちは袖で涙をぬぐいながら、声をあわせて唄った。毅男が言ったように、たしかにおのおの胸には、一点の曇りもなかった。

ただ官三郎は、なにごとか沈思する目をして、ひとり盃を口にふくみ、激しい雨音に耳をかたむけていた。

二十一　罪を待つ

明治四年（一八七一）陰暦十月

その年の秋、稲の刈り入れ、脱穀も終わり、農村が安らいだ静けさに包まれるころ、官三郎が、思いがけない行動に出た。

「蜂起と廃仏の責任をとりたいと存じます。いかなる刑も、甘受《かんじゅ》します」

西郷の陣屋におかれた浜田県隠岐出張所に、出頭したのである。隠岐県は、長州支配の浜田県へと変わっていた。

……郡代追放の是非はともかく、島内をさわがして人々に迷惑をかけ、十四人もの死者を出した。自分が庄屋をつとめる上西村でも、四十三歳の農民を死なせ、妻子に取り返しのつかない悲運を負わせた。

廃仏毀釈《きしゃく》においても、廃仏そのものは正しかったと確信している。だが、仏像

たい。……

と経典を焼いたふるまいは、浅はかで心ない仕打ちだった。よって進んで罪に服しとする待罪書《たいざいしょ》を、役場に持参したのだった。

廃仏を指導した正弘も、同様の文書を提出した。

聞き及んだ甃介は、官三郎の清廉のふるまいに、あいつらしいと感服しつつも、ためらった。

甃介にしてみれば、蜂起も、公金横領も、外山事件も、すべてが無罪となり、ようやく枕を高くして寝られるようになったところである。

役場に名乗り出れば、旧悪を蒸しかえされ、また罪科《つみとが》に問われるだろう。出雲征伐の企《くわだ》ても、弾劾されるかもしれぬ。

わざわざ自分から捕まりにいく阿呆《あほう》がいるものか。

そのいっぽうで、良心に胸が痛んでもいた。

この春の刑部省出頭のとき、おのれは外山事件にかこつけて、逃げた。

官三郎は二月から五月まで、四か月にもおよぶ厳しい尋問の日々を耐え抜いて、無罪判決を勝ちとってくれた。その友をふたたび見過ごしにして、頬かむりをして逃げてよいものか。

甃介はみやこの中沼塾でも使った古い『論語』をひもといた。

過《あやま》ちを改めざる、これを過ちという
内《おのれ》に省《かえり》みて疚《やま》しからず
己に克《か》ち、礼に復《かえ》る

若き日にまなんだ了三の張りのある声が、耳によみがえった。

黙介は、西郷の役場へ出かけた。

「官三郎だけに、罪を着せることは、できません。拙者も蜂起を企て、廃仏をおこないました。同じ罪、同じ罰を、お与えください」

人が人としてすべきこと、してはならぬこと。

それを官三郎は身をもって、黙介に思い出させたのだった。

黙介の出頭を知って、毅男、貫一郎、弟の二郎、信左衛門もつづいた。

浜田県から来た役人は、大いに当惑した。東京の刑部省が無罪にした人物を、地方で有罪にすることはできない。

しかし、同志たちの篤《あつ》い友情、奇特《きとく》な志を尊重して、やむをえず処分を言いわたした。

官三郎　徒刑《ずけい》一年半
忌部正弘　禁錮一年
蟄介、毅男、貫一郎、二郎、信左衛門　杖百《じょうひゃく》

「官三郎と同じ刑罰にしてください」

蟄介は、ふたたび申し入れた。官三郎は、労役のある懲役一年半。それにひきかえ、自分の杖《つえ》うち百回は、軽すぎる。

だが、こちらは却下された。

蟄介は失望したが、出張所が出した判決文には、さらに落胆した。同志の罪が、単なる騒乱罪とされていた。

官三郎が、主旨をかみ砕いて説明した。

「判決文は……、下々のわしらが松江の藩役人を追い出したのは、けしからん、また藩が陣屋を明けわたせと言ったのに、武装して抵抗したから、死人が出て、民家が襲われた、すべては同志の騒動がけしからん。

早い話が、お上が幕府だろうが朝廷だろうが、民はおとなしくしたがえ、さもなくば徒党を組んだ罪人として罰する、ということだ」

黜介は、杖百と刑が軽いだけに、なおさら馬鹿にされた気がした。

「わしらは、騒動など、起こしてはおらぬ。王政復古の一助とならんと、徳川親藩の松江を追い出した。幕府の苛政《かせい》を糾《ただ》さんとして、世直しの蜂起をした。それが、騒乱の罪なのか」

「わしは、政府に利用されて、裏切られたのか……」毅男が、この男にしては珍しく、力なくつぶやいた。「幕府を倒すときは、隠岐が天朝領になったと勤王のわしらを喜ばせて、徳川に近い松江を、島から追い出させた。ところが官軍が天下をとると、自治だ、攘夷だ、と騒ぐわしらが邪魔になって、武士に鎮圧させたんだ」

「思えば……、勤王を説く中沼先生も、倒幕のために利用されて、廃《す》てられたのかもしれない」

黜介はつい口にした言葉の恐ろしさに、息をのんだ。

官三郎は、もうなにも言わなかった。

進んで労役の刑に服する覚悟を、切れ長の目ににじませ、空《くう》を見ていた。

明治四年（一八七一）十一月七日、西郷にある浜田県隠岐出張所の庭で、黜介、毅男ら五人の同志に、杖打ちの刑が執行された。

かつての陣屋の庭である。

黧介が希望に満ちて政府をおき、理想を抱いて自治を始めた庭で、罪人として、叩かれることになった。

空は灰色の雲におおわれ、雪起こしの雷が、冬の港町に海鳴りのように低く轟《とどろ》いていた。陰鬱な空をうつして、日本海もくすんだ鈍色《にびいろ》によどんでいた。

黧介は、紋つき羽織袴の正装であらたまり、刑にのぞんだ。

浜田県の役人にうながされるまま、袴のひもをほどき、背の腰板をはずした。凍える地面に、四つん這《ば》いになった。

杖刑《じょうけい》は、皮膚がやぶれ血が出るほど打ってはならぬ、という決まりは、あるそうだが……。

黧介は身を固くして痛みにそなえ、歯を食いしばった。

節をけずった固い木の枝が、ふりおろされた。

「一つ、二つ、三つ、四つ、五つ」

驚いたことに、腰帯のあたりを、軽く打つのみだった。

「六つ、七つ、八つ、九つ、十、二十、三十、五十、八十、百」

短く数えて、終わった。浜田県の執行人は、黧介に同情して、形ばかりの杖打ちだった。

うつむく黧介が、嗤《わら》い声を、低くもらした。

「なにがおかしい」

執行人が、いぶかったところ、甃介の頰が、濡れていた。

大《だい》の男が、無様なかっこうで尻を打たれ、恥辱に泣いた。そう勘違いした。

「ご苦労であった」執行人は、いたわりの言葉をかけた。

だが甃介は立ちあがらなかった。冷たい地面にうずくまったまま、また低く嗤った。同志たちの赤い血が散った土に、甃介の涙が、したたり落ちた。

この陣屋に、冬之助が仁王立ちになり、命がけで守ったものは、勤王倒幕の自治政府だった。王政復古への輝かしい希望だった。幕藩の圧政は終わり、平和と繁栄の王道楽土をつくる夢だった。

騒乱だの、騒動だのというくだらぬ罪や、この馬鹿げた罰のために、冬之助は死んだのではない。

甃介は泣きながら、痴《し》れ者のように、御一新という憑《つ》きものが落ちたように、大声で嗤いはじめた。

だが、その心を、執行人はわからぬだろう……。絶望に、嗤い声は、ますます高くなった。

甃介の馬鹿笑いを解するものが、ひとりいた。

筵《むしろ》に正座して、刑を待つ毅男が、顔がゆがむほど大口をあけ、傷ついた野犬の遠吠えのように、長い咆吼《ほうこう》をあげた。白い雪が、はらはら降り出してきた。

この月、岩倉具視、大久保利通は、西洋の文明をとりいれるため、政府の使節団を組み、米欧十二か国へむけて横浜から出港した。

翌十二月、公家の外山と愛宕は、死刑を命じられ、切腹した。享年二十九、二十六。

年が明けた明治五年（一八七二）、甃介は、その名を捨てた。髷《まげ》も切り落とした。

甃介として生きた歳月は、慚愧《ざんき》と虚無という心の闇に、葬り去った。

二十二　神と語って夢ならず

明治十年（一八七七）陽暦十一月

五年の歳月がすぎた。

かつて甃介と名乗り、いまは井上香彦《かひこ》と名をあらためた男は、加茂で医業をいとなんでいた。

長女のおもとがはしかで死んでより、農閑期に境港へわたり池淵玄達の門で漢方をまなんでいたが、蜂起、出雲征伐、廃仏、天皇還幸の義挙……と、尊王攘夷に東奔西走、腰をすえて勉強をする暇《ひま》はなかった。

ところが、ひとり息子の新太郎が、流行《はやり》風邪にかかり、幼くして息をひきとった。

裏山の墓所に埋葬すると、香彦は涙をはらって漢医学と薬草学にうちこみ、明治七年、数えの三十九で医者になった。

父の権之丞は、やっと腰を落ちつけた一人息子の姿を見届けてから、翌年、この世を去った。

香彦には、まつりごとへの興味は、もはや薄れていた。

明治六年、政府は地租改正をおこない、年貢半減どころか、幕藩時代と変わらぬ重税を課してきた。御一新も、蜂起も、無意味だった。その絶望にも、権力の醜悪さにも、また自分のなかの抑えがたい烈しさにも、辟易《へきえき》する思いがあった。

ひとりの医者として村人の暮らしをすこやかに支え、心の拠《よ》り所とされる道を生きる。そこにひそやかな決意と自負があった。

この日も、小作が慌てて呼びにきた。

「井上先生、せがれが、腹がさしこむように痛いと、うめいちょります、どうか診てやってくだされ」

香彦は往診用の薬箱をさげ、走って出かけた。

屋敷にもどると、若い婦人が、つわりがひどいと、青白い顔で待っている。

患者の訴えを注意深く聞く。脈をとり、腹を触診し、舌の表裏をよく観る。薬を見たてて、さまざまな薬を小さな分銅秤《ふんどうばかり》ではかって調合してわたし、煎じ方を教える。

患者が去り、明るい日が西の座敷にさすころ、加茂の浜におりていく。小舟にかけた綱《つな》を力いっぱいひいて、波打ちぎわへ運ぶ。

釣り竿とたも網《あみ》をもち、ぐらぐらする舟に乗りこむと、櫂《かい》をとり、穏やかな入江を進んでいく。海水は透きとおり、舟が宙に浮いているようだ。

波のもようが、海底の白い砂地に、網目となって光っている。赤紫や黄緑の鮮やかな海草も、ゆらめいている。立ちのぼる潮の匂いに包まれながら磯へまわり、岩場の近くで釣り糸をたれる。それが一日の終わりの悦びだった。

春は、銀色に光る細魚《さより》を釣りあげ、糸づくりにするか、酢味噌であえるか、迷うのが楽しい。

夏の夕なぎは、西日にきらきら輝く温かな海水に入り、ゆっくり両手をかいて泳ぎ、もぐって栄螺《さざえ》をとる。

こちらは醬油をたらしてつぼ焼きだ。おちかも喜ぶだろうと、ひとりでに微笑が浮かぶ。ふたりの間には、新しく男児がひとり、女児も三人、生まれていた。

この日は、鯵《あじ》が釣果《ちょうか》だった。丸ごと塩焼きにして、柚《ゆず》をしぼろう。

気がつくと、高く澄んだ秋空にいわし雲がつらなり、桃色に光っていた。

明くる日は、別れた妻のおきよに、十四年ぶりに会うのだった。

『論語』には、四十にして惑わず、とある。

だが香彦のうちには、不惑とはほど遠い、甘いものがたゆたっていた。

おきよと別れたのは十四年前だった。

以来、会いたいという思いと、今さら会ってどうするのだという大人の分別に、引き裂かれていた。

島の南部に住まう香彦が、島の最北、伊後村の庄屋家に再縁したおきよと出会う機会はなかった。正弘にたずねるのも気兼ねして、くわしいことは知らないまま、十四年がすぎていた。

小作が鎌や鉈《なた》を手に押しかけてきた突き上げの翌朝、おきよは、ふたりの娘をおいて出ていった。

ひとりは十四で亡くなったが、次女のおつきは、母親の面影をうつした美しい娘に育った。ほどなく、となりの都万村《つまむら》に輿《こし》入れをする。

「お嫁にいく前に、わたしを生んでくれたお母さんに、会わせてください」

優しいおつきは、継母《ままはは》のおちかに遠慮して、だれもいないときを選んで打ちあけた。

いじらしさに、香彦は、うなずいた。

母娘《ははこ》は、おきよの里、水若酢神社で再会することになった。香彦は、おつきをつれて行った。

秋の明るい日がさしこんでいた。

正弘は、竹箒《たけぼうき》で落ち葉を掃きよせていた。廃仏を指揮した罪をうけ、正弘は禁錮一年の判決をうけたが、ほどなく取り消されていた。

国家神道のもと、水若酢神社は、国幣中社《こくへいちゅうしゃ》の指定をうけ、政府から祭礼の幣帛《へいはく》が奉じられていた。

「おきよは、もう来ているぞ」正弘が、落ちつかない様子で近づいてきた。妹と前夫の顔あわせには、神職にある男でも、胸にさざ波が立つらしかった。

香彦は、屋敷に入らぬことにした。

生みの母と娘、ふたりだけの水入らずのひとときを、おつきに贈りたかった。別れた夫がいては、おきよも気づまりであろう。

母子の会食の間、香彦は、近くの南方村へむかった。

冬之助の墓参りだった。

重栖川の流れにそって歩くと、刈り入れの終わった乾いた田が遠くまで広がっている。道ばたに手をのばし、薄紫の野菊の花をつんでいった。

三十六歳で逝った友の墓は、蜂起から十年をへて、墓石に彫った名に、土ぼこりがたまっていた。丁寧に汚れをはらい、野菊をたむけた。

冬之助に語りかけながら、小春日和の日だまりに腰をおろし、ときがすぎるのを待った。

母娘《ははこ》の会食が終わったころを見計らって、娘をむかえにいった。おきよは北の村へ、とうに帰っているはずだった。

ところが、香彦を待っていた。

青紫の御召《おめし》をきれいに着付けていた。さえざえとした濃い色が、白い頬によく映った。

「お久しぶりでござんす」

いまも形のよい小さな手を畳について、大きく結った頭をさげた。三十八になったおきよには、馥郁《ふくいく》とした気品があった。

「このたびは、おめでとうござんした。おつきを、よい娘に育てていただき、まことお世話になりました。奥さまに、よろしくお伝えください」ふたたび手をついた。

親方の奥方にふさわしい口ぶりだった。あとはなにも語らなかった。だが、充分に心は伝わった。

香彦を待っていた。そこに、おきよの無言の想いがあった。

おきよは、しとやかなしぐさで塗りの下駄をはいて、女中をつれ、境内へ出ていった。

コウモリ傘という洋傘をさげていたことに、香彦は、やっと気づいた。オランダいちごやら、しゃれたものを好んだおきよらしいと思いながら、後ろ姿を見送った。うなじの黒髪がけぶるようにほどけ、白い首筋が青みがかって見えた。おきよに会うことは、もうないだろう。かすかな悲しみが、香彦の胸に広がった。

境内裏の木立では、村の子どもらが、斜めにさすまばゆい西日のなか、鬼ごっこをしていた。長くのびる小さな影が、地面を走りまわっていた。

冬之助、官三郎、毅男と遊んだ少年の日を重ねて、香彦は見守った。境内の白い砂地も、おやしろも、老松も、あのころと変わらなかった。

「おかあさま」

子どもの遊びの輪から、男の子が駈けだしてきた。

丈の短い絣《かすり》のきもの、裸足に白下駄をはいている。遊びに使ったのか、短い縄を引きずったまま、おきよのたもとによりそった。

おきよは男の子に笑みかけると、手をつなぎ、女中に風呂敷をもたせて、田舎道を帰っていった。

自分とおきよの間に、あんな男の子がいたら、運命は変わっていただろうか……。

瞬《まばた》きも忘れて、香彦は立っていた。金色の夕日のなかを、落ち葉焚《た》きの白い煙が風に乗って流れていく。そのむこうに、三つの影が遠ざかっていった。

かつて同じ風に吹かれていた同志は、やがて別々の風をとらえ、それぞれの海路へ旅だっていった。

正義党の庄屋たちは町村の戸長となり、学校ができると校長をつとめて島に残った。

だが同志の一部は、この年、西南戦争が始まると、みかどのために戦わんと官軍に志願して、九州にわたり、西郷隆盛の軍と戦い、十人が死亡した。中沼了三の弟子だった桐野利秋は、西郷軍の副総督となり、鹿児島で戦死した。

ふるさと河内《かわち》へ帰国した西村常太郎は、廃絶された家を再興した。この年、明治十年、大阪《おおさか》で、新聞小説家、記者として名をあげていた江戸生まれの宇田川文海《ぶんかい》に、大塩の乱、隠岐への流罪、島民蜂起、松江藩の武力弾圧を語った。それをもとに、明治十五年（一八八二）、文海は小説『浪華異聞《なにわいぶん》　大潮餘談《おおしおなごり》』を書いた。

中沼了三は、薩摩藩邸幽閉からほどなく釈放されたが、正六位の官位を剝奪、大学校教授の職も罷免され、東京を去り、住みなれた京へ帰った。

明治十年ごろ、岩倉から、政府にもどるように働きかけがあった。

自由民権運動が高まり、西洋流の権利意識が台頭してきたため、主君への忠義を重んじる儒学を復活させたいと、岩倉は考えたのだった。了三は断った。

明治十五年（一八八二）、滋賀県令、籠手田安定《こてだやすさだ》の依頼をうけて、大津に儒学の学舎をひらき、多くの師弟を集めたが、西洋化の時流にあわず、三年で閉校。京の東山《ひがしやま》に隠棲《いんせい》した。

明治二十七年（一八九四）、日清戦争が始まり、日本軍が朝鮮を制圧して中国本土へむかうころ、了三は大本営のおかれた広島へおもむき、天皇に面会した。髷を結った頭に大礼服《たいれいふく》という異様な姿であった。

天皇は、恩師との二十四年ぶりの再会を喜んだ。

しかし了三は、みかどが軍服を着こみ、サーベルという刃物をたずさえた軍人の姿であったことに衝撃をうけ、言葉もなく涙をこぼした。

五年前に発布された大日本帝国憲法により、天皇は、陸海軍を統帥《とうすい》する大元帥《だいげんすい》となっていた。

徳と愛で世を治める聖帝へお育てしようと心に誓った、その遠い夢がやぶれた失意のうちに、京へもどり、一年半後の明治二十九年（一八九六）、老衰により他界。八十一歳だった。

逝去から十九年たった大正四年（一九一五）、了三は、政府によって正五位を追贈された。

了三の愛弟子だった元老、西郷従道《つぐみち》の尽力だった。

従道は、了三の不遇と、亡き兄、隆盛《たかもり》の最期に、どこか重なる悲運を見ていた。兄の隆盛は、倒幕と江戸開城に大きな功績をあげながら、反政府の不平士族にまつりあげられて西南戦争をおこし、逆賊とされ、鹿児島城山《しろやま》で、自刃した。

了三もまた、学習院と私塾で多くの勤王の志士を指導して維新回天にみちびき、鳥羽伏見でも貢献しながら、下野したのちは、政府転覆への関与を疑われ、表舞台から消えていった。

西郷従道は、松江藩出身の大蔵大臣、若槻《わかつき》礼次郎、首相の大隈重信《おおくましげのぶ》、浜口雄幸《おさち》ら十人に協力をとりつけ、維新に尽くした志士として、亡き師を顕彰。恩師の名誉を回復したのだった。


幕末維新の動乱期に、藩政のかじとりをして、官軍に降伏することで松江の城下町を戦火から守りぬいた最後の松江藩主、松平定安は、明治四年、廃藩置県により藩が消滅すると、出雲国を去り、東京へむかった。二千人をこえる民草《たみくさ》が、殿との別れを惜しんで国境《くにざかい》まで最後の大名行列につきそって歩き、見送った。明治十五年（一八八二）、四十八歳で逝去した。

同志の中西毅男は、杉林にかこまれた山田村の小学校で仮校長をつとめたのち、明治十五年、四十九歳の若さで亡くなった。裏表のない人柄、情熱的な指導を慕った教え子たちが、費用を出しあい、墓をたてた。

碑文には、「献　門人中」ときざまれた。

神官の吉岡倭文麿も、小学校校長、戸長をつとめたが、明治二十三年、第一回帝国議会選挙に出馬して当選、衆議院議員になった。蜂起の敗北、松江藩の激しい略奪を、身をもって経験した倭文麿は、地方の者がじかに政治に参画せねばならぬ、という信念から、国政に身を投じた。

日比谷にたてられた木造議事堂に初登院した日、死せる同志十四名の名をしるした巻紙を、礼服の胸にたたみ、明治天皇に拝謁した。

二期目も当選し、保守系の大成《たいせい》会に所属。神道の国粋主義者として活動した。

三期目の選挙は、島根県会議員を五期つとめていた同志の八幡信左衛門にやぶれ、国会を去ったが、県議を二期つとめ、明治三十年（一八九七）、四十八歳で世を去った。

郡代の首を斬れ、と息まいた医者の長谷川貫一郎は、原田村に剣術場をひらき、のちに小学校になると、意外にも子ども好きの一面を見せ、貧しさから食事を欠く児童のために私財から昼食を与え、給食のさきがけとなった。明治三十六年（一九〇三）、六十三歳で他界した。

松江藩士の渡辺紋七に飛びかかり、縄をかけた高梨東太は、大久村庄屋の村之助の娘と結婚。上京して山岡鉄舟の門弟となったのち、長藩出身の外務卿、井上馨《かおる》の弟子となった。明治二十二年、井上の紹介で、筑豊《ちくほう》御三家と呼ばれた貝島炭鉱《かいじまたんこう》の顧問となった。博多汽船監査役をへて、明治三十五年、島根県選出で国会議員に当選、立憲政友会に所属した。大正二年（一九一三）死去、七十二歳。

貫一郎の実弟で、同志中最年少だった戍兵《じゅへい》局長の船田二郎は、杖刑をうけると上京。山岡鉄舟の門でさらに剣を磨き、司法卿、江藤新平の秘書となった。江藤が明治六年に下野したのちも、助手をつとめた。二郎は、民衆の自治、デモクラシーの価値を信じていた。薩長の藩閥《はんばつ》政治ではなく、国民が選挙で代表をえらぶ民撰《みんせん》議院をもとめる江藤を、敬服していた。

江藤が佐賀の乱を起こし、敗北しても、土佐で逮捕されるまで、決してそばを離れず、身を守った。大久保利通の指示により、江藤が佐賀城で処刑されると、遺骨の埋葬まで見届けて、恩義をつくしてから、島後へ帰ってきた。これも隠岐の男の真心だった。

明治三十一年（一八九八）、蒸気船を購入して、島後と本土を直航する汽船会社をおこし、島の発展に寄与。大正八年（一九一九）、七十歳で逝去した。

ちなみに、隠岐が天朝領になったと公簡に書いて蜂起のきっかけを作った西園寺公望は、明治三年十二月、フランスへ留学。あくる年、「世界初」の自治政府とされるパリ・コミューンの成立と崩壊を目の当たりにした。

一八七一年春、プロイセン（ドイツ）との戦争にやぶれたパリでは、労働者が自治政府（コミューン）を樹立した。だがフランスの政府軍が「血の一週間」と呼ばれる市街戦をしかけ、二万五千人の市民が死亡。自治政府は、七十二日で倒れた。

隠岐の自治政府から三年後にたちあがったパリの市民自治を、西園寺は痛烈に批判。コミューンが崩壊すると、賊が討伐されて愉快だ、と手紙に書いた。二十代の西園寺は、民衆も、自治も、信じていなかった。

自ら刑罰を願い出て、明治四年（一八七一）に一年半の懲役刑をうけた横地官三郎は、その労役として、西郷の港を見おろす岬の開墾を命じられた。

原生林におおわれ、人家もない山中に小屋をたて、一年半、独りで寝起きした。森を斧で切りひらき、根を掘りおこし、道を作った。晴れた日には、煙を吐いて沖合を自由にゆきかう外国の船を眺め、もの思いにふけりながら、ひと振り、ひと振り、鍬《くゎ》をふるい、畑を耕した。

十四人の犠牲者を出して、明治の隠岐はなった。その犠牲に値する隠岐になったのか……。

官三郎は、政府に利用されてやぶれた失意と絶望を、溶けない氷山のように冷たく胸に抱えつづけていた。

明治十六年（一八八三）、長男の信太郎が家督をつぐと、四十六歳にして、妻子を残して島を去り、二度と隠岐に暮らすことはなかった。

東京小石川で、漢文を教えていたが、老いては広島の次男のもとに身をよせ、明治四十一年（一九〇八）二月、死去した。七十一歳だった。

父の訃報を、上西村でうけとった長男は、漢詩をしたためた。

神語夢不成　　神と語って夢ならず
訃聞幾玉音　　訃聞《ふぶん》、玉音《ぎよくいん》を幾《こいねが》う
四時蒼翠色　　四時《しいじ》、蒼翠《そうすい》の色

清風涼味声　　清風《せいふう》、涼味の声

神と語って夢ならず。
その無念を生きた父の訃報が、玉のごとく清らかに島の人々に伝わりますように。
四季をつうじて青々としている竹林に、
清風が、涼やかな音をたてて吹きわたるように……。

同志を死なせて刑罰をうけ、島を離れた父の死後が穢《けが》されることのないよう、生前の尽きぬ郷土愛が正しく伝わるよう、父と生き別れた息子は、切に願ったのだった。

官三郎が骨になって、ふるさとに帰ってきた。
春浅い三月、上西村の屋敷で、弔《とむら》いがいとなまれた。
正義党の大会をひらいた三間つづきの座敷に、喪装の香彦はすわり漢詩を読んだ。
神と語って夢ならず……。
香彦は、老いに窪《くぼ》んだ目を濡らした。この一行は、まさしく香彦の心だった。
そのとき、庭の竹林に風がわたり、さわさわと音をたてすぎていった。

二十三　山桜

大正年間

香彦は、同志の死をすべて見届けて冥界へ送り、もっとも長く生きた。医業をしながら、釣りを楽しみ、漢詩と和歌をよくした。蜂起の文書も集めた。倒幕は、薩長の侍や公家の力だけで成し遂げられたのではない。王政復古に純然たる夢をかけて戦い、散った男たちの血潮と屍《しかばね》の上に、御一新はなった。だが、かれらの心意気は歴史には残らない。

歴史は、生き残った勝者が作る。勝者の名とその正義だけが、後世に伝わる。斃れた者の思いは、歳月の流れに沈み、やがて忘れ去られていく。

せめてその流れに浮かびあがる小さな草舟でも残したいと、香彦は、のちに井上家文書と呼ばれる膨大な書類を残したのだった。

ランプの灯りのもと、一枚ずつ、細い筆で書き写していく。それは、あの蜂起はなんだったのか、なぜ十四人が死んだのか、維新とはなんだったのか、ひとり反芻《はんすう》する時間だった。

かつての香彦は、尊王攘夷の思想を、時代をこえて永遠不滅の真理だと信じていた。かれだけではない。多くの男たちがその思想を奉じ、命を賭けて戦った。

だが、攘夷はすたれ、世はなべて西洋流に変わっていった。廃仏で焼きはらった島の寺も、復興した。

思想はうつり変わっていった。明治は尊王攘夷から自由民権運動へ、つぎは大正デモクラシー、近ごろは、共産主義とやらに、知的な青年が、心魂をかたむけている。

永遠不滅の真理、思想などない。それが香彦が出した皮肉な結論だった。

島も変わった。

本土に鉄道がゆきわたって北前船はすたれ、年に二千の帆船が入った西郷の港は静かになった。蒸気船の航路がひらかれ、日清、日露戦争の軍艦が寄港。乃木希典《のぎまれすけ》陸軍大将も、来島した。島後の若衆《わけし》は、中国大陸へ出征して、戦死した。

隠岐は、紆余曲折《うよきょくせつ》をへて、結局は、島根県となった。

黒瓦の陣屋は、白く塗られた華麗な木造洋館の役場に建て替わり、松江から官吏が赴任している。表門には電灯がともり、ステッキに背広の役人が、革靴で歩いている。

ただ隠岐の海だけが変わらず、香彦を慰めた。

夕暮れどき、八十代になった香彦は、杖をついて、加茂の浜へむかい、曲がった腰を伸ばすようにして、残照の桃色から、灰色へ翳っていく海のかなたを眺めた。遠くに漁《いさ》り火《び》がならび、瞬いていた。されど、もう舟をこいで湾へ出ることはなかった。

幕末のころ……、五十年以上も昔のあのころ、香彦は小さな帆船に乗りこみ、京へのぼるために若狭へ、浜田へ、鳥取へ、同志と青波をこえてわたっていった。いまも波は香彦の心に打ちよせ、潮騒は、永遠の声でかれに呼びかけていた。

暮雲収尽溢清寒
銀漢無聲轉至盤
此生此夜不長舟
明日明年何処看

暮雲《ぼうん》、収まり尽くし、清寒《せいかん》溢《み》つ
銀漢、声無く、轉《まわ》り、盤に至《いた》る
この生、この夜、長い舟にあらず
明日明年《みようにちみようねん》、何処《いずこ》にて看《み》ん

夕暮れの雲は残りなく姿を消し、あたりは清らかな寒さに満ちている。

見あげれば、天の川が、声もなく夜空をめぐり大きな舟のごとく流れている。だがこの生命《いのち》、この夜は、どこまでも遠く漕ぎつづけられる舟ではないのだ。明年どころか、明日の日でさえ、いずこで見るだろうか。

香彦は、衰えた足どりで、杖をたよりに、静かな波のよせる渚《なぎさ》をゆっくりたどり、息子夫婦と暮らす屋敷にもどるのだった。

多難の歳月に一家を支えたおちかは、十一人の子をなし、育て、還暦をむかえる年に他界した。

年下の妻に先立たれた香彦には、医業だけが生き甲斐であり、心の糧《かて》だった。足が弱っても、往診を断らず、竹の駕籠にゆられて出かけた。

横たわる患者の脈をとる。命の拍動が、香彦のしわのよった指先に、循々《じゅんじゅん》と伝わる。苦しむ者の痛みと苦しみをとり去り、病いを癒やす。弱っていた命が、また力強くよみがえる。

快方にむかっていく患者の笑顔、生きている命のぬくもり、たしかな脈動が、晩年にたどりついた、永遠不変の真理だった。

勉強熱心な香彦は、当時、年に二万人が死亡した脚気《かっけ》、喘息《ぜんそく》や神経衰弱といったむずかしい病い、化膿した盲腸炎さえも、漢薬で治す名医として評判をよんでいた。

疫痢《えきり》が大流行して全国で四万人が犠牲になった年も、加茂からは死者を出さずに病人を治し、村をすくった。

長女おもとの命をうばい、おきよが去っていく一因にもなったはしかは、ことに、たゆまぬ研究を重ねた。

発症初期の熱と咳が出るころ、赤い発疹の始まり、全身に広がるころ、顔からひく時期、解熱後の養生期、それぞれに異なる薬の配合を考え出し、効果をあげていた。

古代中国の医書《いしょ》『傷寒論《しょうかんろん》』は、急性の熱病は、症状がたえず変化するため、そのつど異なる証を診断し、投薬を変えよ、と述べている。その理論にもとづき、薬を勘案したのだった。

はしかで日に日に弱っていく愛娘を、手をこまねいて見ているほかなかった悲しみの記憶が、試行錯誤する香彦を奮いたたせた。

四十年にわたる臨床経験をもとにした処方帳と薬草栽培の手法は、大正四年（一九一五）、京都の版元から、『臨床漢法医典』として発行された。

高評を得て、香彦の生前だけで四回、版を重ねた。中国でも翻訳され、五回重版した。

そのころ大陸では、清国が一九一二年に倒れたのち、西洋の近代科学を重視し、古い中医（漢方）の廃止をもとめる議論がまきおこっていた。そこへ、香彦をはじめとする日本の漢医の書物が紹介され、独自の腹診、新処方が、衝撃を与えたのだった。

だが日本でも、漢医学は、衰亡の危機にあった。

明治七年（一八七四）、太政官政府は、医術開業試験法を発布。西洋医学の試験をうけて免許を得た者だけが医業につける、と定めていた。

香彦のように、その前から開業していた医者には既得権があり、試験をうける必要はなかったが、以来、医師を志す者は、西洋医学のみをまなび、漢医学は急速に衰退。大正時代になると、漢医も減って、伝統は根絶せんとしていた。

そうした逆風のなか、西洋医学の実効性とはまた異なる東洋医学の優秀性、復興の必要性を、国と世に知らしめたい一心で、臨床と研究に打ちこんだ。

武《ぶ》の力ではなく、文《ふみ》の力で、国を動かそう。

若き日の負けん気と情熱の残光が香彦にさして、老いの身に、内から力を与えていた。

「先生の薬は、効《き》かぬ」という患者があっても、

「そんなら西郷の洋医者へ行け」とこたえ、恬淡《てんたん》としていた。

そんな日々にも、春がくるたびに、蜂起を思い返した。

芽ぶきの淡緑の里に、山桜が白く浮かびあがって咲くと、香彦はひとり杖に両手をおいて立ち、かれんな花びらを見あげた。

蜂起の夜明け前、三十代の毅男、官三郎たちと西郷をめざして、力強い足どりで歩いていった暗い道ばたに、たおやかに咲いていた山桜を、思い出すのだった。

吹く風に潔く散れ山さくら
　残れる花はとふ人もなし

尊王攘夷と世直しに立ち上がり、若くして散った冬之助たちは、みやこのあでやかな桜ではなく、まさに隠岐の山桜だった。そのいちずさも、純朴さも、清らかさも。

残る花となった老境の香彦に、蜂起をともにした同志はすでに亡《な》く、遠い昔の御一新を問う人もなかった。

大正十三年（一九二四）三月十二日、八十九歳。

その朝、香彦は、孫娘を膝にのせて、早春の日のさす机にむかい、葉書をしたためていた。おちかに似た細長いきれいな目をした孫娘が、可愛い声をあげて去っていくと、万年筆を手にしたまま、眠るように息をひきとった。
山桜は、まだ固いつぼみのころだった。

〈著者インタビュー〉

『島燃ゆ 隠岐騒動』で描くもう一つの明治維新

インタビュー・構成 相原《あいはら》 透《とおる》
（出版社勤務）

――松本さんの著者インタビュー、『恋の蛍 山崎富栄と太宰治』以来です。どうぞ、宜しくお願い致します。

松本 こちらこそ宜しくお願いします。

――本作の執筆の前に「独立国」「政治を自分たちの手でつくっていく」というキーワードから推薦致しました、井上ひさし先生の『吉里吉里人』、読んでいただいたようで……。

松本 拝読しました。井上先生の「反戦」と「リベラリズム」の思想を元にした「独立国」の物語で、井上文学らしいユーモアもあり、面白く、すごい作品でした。

私は学生時代の専攻が政治学で、SF小説などにおける「ユートピア論」「アンチ・ユートピア論」も学んだのですが、『吉里吉里人』の東北の「独立国」は、中央集権ではなく地方分権、民衆自治の理想が投影されていて、まさに〝井上ひさしのユートピア論〟だと感じました。井上先生が日本ペンクラブ会長をなさっていた時、私は広報室長として近くで活動していましたので、井上節が懐かしかったです。

――ご紹介して良かったです。松本さんの作品に描かれる〝隠岐騒動〟もまさしく「地方自治」「自治政府」を夢みて、走り、生きていった人々の物語ですね。

松本　はい。登場人物は、実在の人ですので、主人公の庄屋・井上甃介《しゅうすけ》の玄孫《やしやご》のお二人をはじめ、大庄屋の子孫の方などにお会いしました。

小説の舞台となった島根県の隠岐島と松江城を取材して、甃介が武装した農民三千人とともに包囲した松江藩の陣屋跡《じんやあと》にも、行きました。

――この小説の構想は何年前から?

松本　十八年前、一九九五年からです。五木寛之先生のベストセラー『日本幻論』を読んだところ、第一章が〝隠岐騒動〟で、隠岐の民衆による蜂起と倒幕を初めて知って、驚いたんです。

明治維新は、薩長の武士と京の公家が行ったのではなく、全国にいた在野の尊王攘夷の志士の働きがあってこそ、なったと知りました。それまでは官軍史観の「明治維新」しか読んでいなかったので、武士の倒幕ではなく農民の倒幕を、また徳川一門の松江藩から見た維新を、いつか書きたいと思って、勉強してきました。

実際に、取材と執筆に取りかかったのは、二年前です。

——私は、デビュー作から、松本さんの小説をすべて読んでまいりましたが、ここ最近の『恋の蛍』（太宰治と山崎富栄の波瀾の生涯の作品。現在、光文社より文庫化）、そして今回の〝隠岐騒動〟をモチーフにした作品と、まったく次に何を書かれるのか予想がつかない期待と魅力がありますね。

松本　ありがとうございます。ただ私の中ではつながっていて、日本初の『赤毛のアン』の全文訳を手がけたことも、きっかけです。この原作は児童書ではなく、カナダの初代首相や二大政党の対立が出てくるので、訳註で解説しましたが、カナダ建国は一八六七年、日本の大政奉還も同じ年で、両国は同じ時期に近代国家としてスタートしているんです。カナダ建国の経緯は調べたので、次は、日本の近代国家誕生を、書こうと思いました。

——井上甃介を主人公とし、彼を物語の軸とした手法をとられたのは何故ですか？

松本　一つには、甃介が、隠岐の勤王倒幕の蜂起を指導して、自治政府を樹立した中心人物の一人であること。二つめには、知性、財力、行動力、情熱がそろった男だからです。

まず知性は、上京して孝明・明治天皇に教授する儒者・中沼了三について儒学を学び、蜂起の書記役も務めた文の達人です。また大きな港のある漁村の庄屋家なので財力があり、船で京や長州へ自由に往来できる行動力もある。さらに情熱家で、蜂起だけでなく、その後の復讐に、さらには天皇奪回にと、獅子奮迅の働きをする。

ただ、完璧な男として描くのではなく、若さゆえの未熟さ、弱さ、挫折、放蕩、そこから男として成長していく過程を描きながら、物語を進めました。読者の方が、甃介と一緒に泣いて叫んで、感情移入してくださるように。

――はい。私も最初の一行目から、井上甃介になって、読んでいきました。前半の甃介が恋をし、結婚、子供を亡くし、離婚……その後「自治政府」立ち上げのために行動し、人間的にどんどん魅力的になっていく様が見事に描かれていますね。

松本　実在の人物といっても、史料として残っているものは家系図や年表、幕藩のお触れ、新政府からの通達なので、甃介の生々しい感情や欲望はわからない。甃介が圧政の幕府を倒して世の中を変えたいという熱意、新政府に裏切られた怒りや憎しみ、絶望は、想像で描きました。

妻との別れや、友の死に、悲しみ、打ちひしがれ、涙を流す、そんな普通の男が、理想の国造りのために立ちあがるところが、ドラマだと思います。それから甃介は、写真を見ると、「いい男」なんです。色気がある。

――「女性がほっとかない！」という男性？

松本　晩年の写真が残っているのですが、高齢なのに、袴や帽子もお洒落で、目つきが鋭い。若い頃はさぞ、モテただろうと思い、女から見ても魅力的な男に書きました。

――魅力と言えば、甃介の父が、毅男《はたお》、官三郎《かんざぶろう》、甃介を「火の男、土の男、風の男」とたとえる場面、とても好きな場面なのですが……。

松本　嬉しいです。ここは物語が後半にむけて急激にうねりをあげて動いていく大切な場面なので、蜂起指導者の若者三人を、火の男、土の男、風の男にたとえて描きました。

火のように激しい気性の毅男、何ごとにも動じない冷静な官三郎、どこへでも軽やかに飛んでいく教養ある甃介。動乱の隠岐のゆくえを、島の長老が、若い三人に託す場面です。といっても、史料に三人の性格は書かれていないので、彼らが何をしたのか、その記録から気質を読み解いて、小説らしく描き分けました。

――では、単行本のタイトル『神と語って夢ならず』に込められた想いをお話しください。

松本　もともとは、明治四十一年、官三郎の死に際して書かれた漢詩の一節です。この「神」は日本古来の神です。維新後に、政府が作り出して戦後に解体された国家神道の神ではありません。おおらかな古代の八百万《やおよろず》の神です。鷲介たちは、太古の神を大切にする思想に戻り、「仁徳《にんとく》（他人に対する思いやりの心）」のある帝《みかど》がこの世を治め、心豊かな国をつくろうという、王政復古の理想に向けて、蜂起したのです。ところが、待っていた現実は……、夢ならず、だった。

——「明治維新」は、鷲介たちが想い描いていた神や理想の国のあり方とは遠かった……。

松本　たとえば、年貢半減で、幕府の重税をなくすはずが、明治の地租改正で苛税になり、小作はさらに貧しくなる……。

この小説の中盤に、新政府の年貢半減令を布告して歩く赤報隊に感銘をうけて、二十両の大金を寄付する島崎正樹も出てきます。作家の島崎藤村の父です。藤村は、自分の父を青山半蔵という名の主人公にして『夜明け前』を書きました。『夜明け前』も、この小説も、ペリー来航の一八五三年から始まります。

青山半蔵も鷲介も、「王政復古」と「世直し」に夢をかけたのに、その理想と「維新」の現実は違っていた……さらに、思いがけない政府の〝裏切り〟が待ちかまえている……。青山半蔵は捕らえられて狂気にいたります。

鷲介の同志たちも東京の刑部省《ぎょうぶしょう》に呼びだされます。結果は小説中に書いたので、ここでは言いませんが、なぜ官軍に協力して、取り調べを受けるのか。

——島崎藤村の『夜明け前』に連なる〝もうひとつの明治維新〟なんですね。

松本　どちらも、「幕末」「明治維新」という大きな変革期に、新しい国をつくろうと燃えた草莽《そうもう》の志士の物語です。

——はい、充分にその情熱、読んでいて伝わってきました。この小説の舞台で、松本さんの故郷でもある島根にはどんな想いがありますか？

松本　『古事記』『日本書紀』の重要な舞台が出雲なので、もっと理解を深めて、いつか書きたいと思っています。

——たくさんの方に読んでいただきたいこの作品、松本さんにはどんな読者のお顔が見えますか？

松本　歴史が好きな方はもちろん、ペリー来航から維新までの出来事を、わかりやすく盛り込んだので、幕末史をまったく知らない人も、面白く、読んで頂けると思います。登場人物が三十代なので青春と恋のドラマとしても、どうぞお楽しみください。

【インタビューを終えて】

この作品『島燃ゆ　隠岐騒動』（『神と語って夢ならず』改題）は執筆前から、その構想、魅力を伺っておりました。その待望の新作がいよいよ読めるのです。みなさん、大いに期待してください。主人公・井上甃介のその魅力ある人物像が、〝隠岐騒動〟〝自治政府立ち上げ〟〝松江藩の報復〟という時代背景の中、語られます。丁寧に、真っ直ぐに作品についてお話しくださった松本侑子さん、本当に有難うございました。

相原 透

（本稿は「小説宝石」二〇一三年二月号に『神と語って夢ならず』で描くもう一つの明治維新」の題で掲載されたものです）

あとがき

●隠岐について

一般に隠岐は交通が不便な小さな離島と思われている。私は島根県出雲《いずも》市の出身だが、この歴史小説を書くまで、隠岐へ行ったことがなかった。

取材で訪れてみると、隠岐島後《どうご》には飛行場があり、東京羽田、大阪伊丹《いたみ》から出雲空港で乗り換えて簡単に行ける。船便では松江市と境港《さかいみなと》市からフェリーが出ている。隠岐というと、竹島は知られているが、竹島は約百八十四ある隠岐諸島の北にある無人島に過ぎず、隠岐は日本の国境に広大な海域を有している。人が暮らす島は四つあり、島後は日本海では三番目に大きな島だ。

江戸時代から明治時代にかけては、大阪と北海道を往復する北前船《きたまえぶね》が入り、日本海交易の拠点として栄えていた。そのため、みやこだけでなく、全州の事情に詳しい富裕な商人、富農の庄屋がいて、彼らは京で漢学や国学を学んで帰り、島に私塾を開いていた。

そうした隠岐の庄屋層の教養の高さを、取材で実感したことがある。

大庄屋をつとめた島後有木《あらき》の黒坂《くろさか》家で、江戸時代から伝わる蔵書を見せて頂いたところ、上方や江戸から船で運ばれた、和書が千冊以上、木箱に収まっていた。

たとえば、儒学では、『四書《ししょ》』（『論語《ろんご》』、『大学《だいがく》』、『孟子《もうし》』、『中庸《ちゅうよう》』）と『五経《ごきょう》』（『易経《えききょう》』、『書経《しょきょう》』、『詩経《しきょう》』、『礼記《らいき》』、『春秋《しゅんじゅう》』）。

また秦の項羽《こうう》と漢の劉邦《りゅうほう》を主人公にして古代中国の秦末から漢の興隆をつづった『通俗漢楚軍談《つうぞくかんそぐんだん》』。

日本の歴史書では、『太平記《たいへいき》』全四十巻。これは後醍醐《ごだいご》天皇の倒幕計画、隠岐への流罪、建武《けんむ》の新政から南北朝の動乱までをつづった軍記物語だ。その後醍醐天皇につき従って兵を挙げ、鎌倉幕府の大軍と戦い、最後は足利尊氏《あしかがたかうじ》に敗れる楠木正《くすのきまさ》成《しげ》を描いた『楠公記《なんこうき》』十冊もあった。

豊臣秀吉《とよとみひでよし》の一代記『太閤記』二十二巻。大坂の陣で、徳川《とくがわ》軍を苦戦させた真田幸《さなだゆき》村《むら》の雄飛と戦死をえがいた『厭蝕太平記《えんしょくたいへいき》』三十巻。

軍学者の由井正雪《ゆいしょうせつ》と、浪人の丸橋忠弥《まるばしちゅうや》が困窮の浪人と民を救うために、江戸の幕政を批判して倒幕をはかり、正雪は自害、忠弥は磔刑《たっけい》に死した十七世紀の「慶安《けいあん》事件」を、幕末に実録体小説とした『慶安太平記』。この「慶安事件」の貧民救済と幕政批判は、後の大塩《おおしお》の乱にも、「隠岐騒動」にもつながる。

このように、徳川家に敵対する武将や武士、倒幕の書物が少なからずある。

隠岐は、鎌倉倒幕の兵を挙げた後鳥羽《ごとば》上皇と後醍醐天皇が流された地であることは知っていたが、二人の天皇が挙兵した鎌倉時代や南北朝時代から、はるか五、六百年もたった幕末になっても、天皇に忠義を尽くして倒幕を志す物語が、隠岐で読まれていたことに驚きがあった。

隠岐の島民には、二人の天皇にお仕えし、お護《まも》りした聖地の民としての誇りがあり、その矜持《きょうじ》と勤王《きんのう》の気風が、「隠岐騒動」の背景にあると現地で教わった。

黒坂家には、江戸時代の旅案内もあった。南は薩摩《さつま》から、北は津軽《つがる》まで、諸国めぐりの本だ。名所風景のさし絵入りで、たとえば松島（宮城県）では瑞巌寺《ずいがんじ》などの美しい木版の風景図が入っている。街道筋の地図もある。今のガイドブックだ。裏表紙を見ると、版元は心斎橋《しんさいばし》の大坂書林。大阪から船で運ばれたことがわかる。

隠岐の人々はそれだけ全州の津々浦々に関心を持ち、また交易で出かけていたのだろう。甃介《しゅうすけ》が暮らした加茂村《かもむら》の産物帳を調べたところ、幕末の村には船が百艘、記録されていた。海に面した村々の富農たちはたくさんの船を持っていた。それは現代にたとえるなら、自家用ジェット機を持つようなものである。「隠岐騒動」の同志たちが、危急の時に、京へ、長州《ちょうしゅう》へ、鳥取へ、迅速に行き来した機動力の高さは、漁業と海運交易の島ならではの特徴である。本土の農村部の民衆一揆では、あり得ない特徴だ。

甃介たちは、交通手段に恵まれていただけではない。波高い海原を小さな船で渡っていく勇気、正義党《せいぎとう》の同志たちの憂国の情、蜂起へむかう熱血ぶり、追放する松江藩の役人に餞別《せんべつ》を贈る温かな人情、さらに自ら罪を願い出る高潔さ……。こうした島後の気質も「隠岐騒動」を特徴づけている。これらは島後の心意気であると同時に、蜂起の思想的な指導者だった中沼了三《なかぬまりょうぞう》の有徳の教えでもあったかと推察される。

黒坂家の蔵書には、江戸前期の儒学者で本草《ほんぞう》学者の貝原益軒《かいばらえきけん》が人生論をつづった『楽訓』、益軒が序文をよせた農書大系書『農業全書《のうぎょうぜんしょ》』十一巻、江戸中期の儒学者、荻生徂徠《おぎゅうそらい》の『徂徠先生答問書《そらいせんせいとうもんしょ》』、石川五右衛門《いしかわごえもん》の盗賊逸話を実録本風につづった『賊禁秘誠談《ぞくきんひせいだん》』など、ベストセラーもそろっている。島の庄屋や富農たちが貸し借りして読んだものだろう。

軍事書では、林子平《はやししへい》の『三国通覧図説《さんごくつうらんずせつ》』があった。これは、日本周辺の三国である朝鮮・琉球・蝦夷《えぞ》の地図と解説書で、ロシアの南下にそなえて蝦夷の開拓を説いた書だ。林子平は、『海国兵談《かいこくへいだん》』で海軍と海防の必要を説いて、鎖国の安眠をむさぼる幕府に警告したため、書物は発禁となり、本人は蟄居《ちっきょ》の処罰をうけている。

その気鋭の学者、林が書いた『三国通覧図説』が隠岐の庄屋宅にあって驚いたが、思えば、隠岐は、ペリーが浦賀に来て開国を迫る百年以上も前から、黒船が接岸し、外国人が上陸している。湾の奥深くにある江戸とは異なり、日本海に浮かぶ隠岐は、海防の最前線に位置するのであり、甃介のような庄屋たちの意識は、日本国内だけでなく、世界にも向いていたのだ。

●「隠岐騒動」と尊王攘夷《そんのうじょうい》

主人公の甃介、官三郎《かんざぶろう》、毅男《はたお》など、「隠岐騒動」の指導者たちは、尊王攘夷派だ。尊王と攘夷は、つまり天皇崇敬《すうけい》と異国人排斥《はいせき》であり、現代的な見方では、右翼的な国粋《こくすい》主義、排外主義と誤解されかねない。

だが、大砲を積んだ巨大な鉄の黒船がたびたび来ていた幕末の隠岐では、尊王攘夷は、切実で現実的な問題だった。鎖国が続き、西洋の知識がない当時の島民たちにとって、異国船の頻繁な接岸と、風貌の異なる大柄な西洋人の上陸は、生命の安全と家族の暮らしにかかわる身に迫った脅威だった。そこに、経済政策が行き詰まっていた幕政への不満も相まって、もとより勤王の誇り高い島は、倒幕へ、攘夷へ、そして蜂起へむかったのだ。

蜂起の慶応《けいおう》四年、攘夷は江戸や京のみやこでは時代遅れだったかもしれないが、江戸が開国したからといって、異国船が来る隠岐の不安は解消されていなかった。

こうして見ると、「隠岐騒動」は単なる農民一揆の「騒動」ではなく、勤王の島の尊王攘夷という、政治的な思想に裏打ちされていたことがわかる。蜂起後に彼らが樹立した自治政府は、長崎でオランダ医学と政治思想を学んで帰島した青年、大《おお》西玄友《にしげんゆう》が伝えた三権分立が採用され、政治の理想も実現させている。

だが、当時の山陰では、対岸の出雲国松江藩は、藩主の松平《まつだいら》家が家康《いえやす》の孫に始まるため、葵《あおい》の御紋をかかげる幕府側だ。西日本でもっとも大きな徳川御一門であり、西国の外様《とざま》の雄藩である長州の防波堤でもある。

いっぽう、隣の鳥取藩は、藩主の池田慶徳《いけだよしのり》が水戸《みと》藩出身のため、尊王攘夷派が強く、鳥羽伏見《とばふしみ》の戦いでは真っ先に官軍につく。

このように山陰の二藩が幕府側と新政府側に分かれていたこと、さらに刻々と変わっていく戊辰《ぼしん》戦争の戦況も、「隠岐騒動」の行方を左右している。

「隠岐騒動」の経緯は、本作でお読み頂くとして、「騒動」という言葉について書いておきたい。

『隠岐国維新史』（山陰中央新報社）によると、「隠岐騒動」という言葉が初めて使われたのは、島根県教育会が編纂した『島根県誌』(大正十一年)で、以後、一般的になっていく。同じような呼び方としては、松江藩の立場から書かれた『隠岐島後の騒擾譚《そうじょうたん》』(昭和八年)では「一揆」と書かれ、松江藩主安定の息子・松平直亮が書いた『松平定安公伝』(昭和九年)では「隠岐暴動」となっている。いずれも、農民が起こした厄介で面倒な「騒乱、騒動」という意識が表れている。さらに、明治政府から松江藩に届いた慶応四年四月の通達(十五章)も、島民をさして「土人」と書かれている。小説中では「土民」と変えたが、「土人」という表記にも、新政府が隠岐へ向けるまなざしがうかがえる。このように「隠岐騒動」は為政者の見方であり、「百姓一揆」や「打ち壊し」と同じような扱いだ。

だが甃介らの隠岐正義党にとっては、「隠岐蜂起」、「隠岐国維新」である。ところが鎮圧する側がつけた「隠岐騒動」という言葉のみ伝わっているため、この蜂起の本質が見えづらくなっているように思われる。

また日本の戦前から戦後への政治体制の転換にともない、隠岐蜂起の評価も逆転している。

戦前の天皇制下においては、勤王倒幕の志士は高く評価された。たとえば時代小説においても、大正時代に雑誌掲載が始まった尊王攘夷派の「鞍馬天狗《くらまてんぐ》」はヒーローだが、新撰組《しんせんぐみ》は賊軍の宿敵とされる。

同じように「隠岐騒動」に斃《たお》れた十四人も、勤王の志士とされ、後述するように、靖国《やすくに》神社に神として祀《まつ》るかどうか調査の依頼が、明治四十一年、甃介に届いている。また大正時代の隠岐では、隠岐蜂起を記念する祝賀行事が開かれ、戦時中の昭和十八年には「隠岐島勤皇護国烈士先覚者顕彰会」が作られた。

ところが敗戦後は、天皇制が否定されると同時に、天皇制にまつわる日本神話や、維新の勤王派も一緒に国粋主義的とされ、その流れで「隠岐騒動」も否定され、長らく語り継がれなかった。

慶応四年に起きた「隠岐騒動」の勤王の甃介たちは、その後の明治政府が作った絶対主義の天皇制とは無関係である。

そこで、こうした右翼や左翼のイデオロギーを越えた中立的な視点から、「隠岐騒動」を再構築、再評価する時期に来ているのではないかと思う。従来の「隠岐騒動」の理解に一石を投じたいと願って本作を書いたところもある。

だが、隠岐正義党だけが正義ではない。本作に書いたように、松江藩側についた商人と庄屋は、藩と協力して水産業と交易を進めなければ米が充分にとれない島の経済は立ちゆかないと主張した実務派、穏健派だ。

また松江藩士の隠岐での乱暴狼藉《ろうぜき》も、鳥羽伏見で幕府軍が敗れて幕藩体制が崩れて、しかも松江藩は徳川御一門から賊軍へ零落《おちぶ》れるなか、現場の下級武士たちが抱いていた先行きへの不安、恐れ、焦りから生じたものではないかと思われる。

いずれにしても、隠岐の青年富農たちの理想と夢は、政治と権力の汚濁に消えていくが、闘争に明け暮れていた甃介が、後半生は医業に情熱を傾けて大勢の人々の命を救う境地へ辿《たど》り着く。

ほかの隠岐正義党の同志たちも、蜂起に敗れた後、明治時代をどう生きたのか……。最終章に書いたように、彼らの芯の通った生き方に、隠岐蜂起の志の高さを、垣間《かいま》見る思いがする。

●松江藩襲撃と外山《とやま》・愛宕《おたぎ》事件について

これまで「隠岐騒動」の解説書はあったものの、蜂起のあと、甃介らと因幡二十士が企画した松江藩への襲撃計画はほとんど知られていない。これは私の創作ではなく、甃介の息子、井上千代彦（京都で了三の長男・清蔵に朱子学を学び、隠岐で高等女学校の教諭も務めた）が執筆した『隠岐島誌』（昭和八年）に親族ならではの克明な記録があり、それを参照した。

東京城へ移された明治天皇を奪回して京へ還幸《おかえ》り頂く挙兵、いわゆる「外山・愛宕事件」（明治四年）については、「隠岐騒動」と同様に先行する小説がないばかりか、こちらは資料そのものが少なかったが、挙兵計画に加わった志士名簿（『それからの志士　もう一つの明治維新』高木俊輔《たかぎしゅんすけ》著）に、公家の外山の同志として、井上船九郎（甃介の変名）や、隠岐の人々の名前を見つけた時の驚きといったらなかった。隠岐の同志たちは、慶応四年の蜂起で敗れたのちも、徹頭徹尾、尊王攘夷の志士だったのだ。また外山事件の盟約者が隠岐、備前、鳥取など各地に何人いるか、どのように挙兵するかといった描写は、『幕末維新期の社会的政治史研究』（宮地正人著）を参照させて頂いた。

巻頭に題辞として掲げたハーバート・ノーマンの言葉は、まさしく「隠岐騒動」と明治維新の本質を、象徴している。

倒幕と尊王攘夷は、高杉晋作《たかすぎしんさく》や坂本龍馬《さかもとりょうま》、西郷隆盛《さいごうたかもり》といった長州、土佐《とさ》、薩摩の名のある武士や公家だけが成し遂げたのではなく、名前も知られていない甃介のような全州の富農たち、諸藩の下級武士、商人が支えていた。第二次長州征討で幕府軍と戦った奇兵隊《きへいたい》も、武士だけでなく、大勢の富農、商人が参加している。そうした尊王攘夷に燃える富農や商人といった在野の志士の力と資金を、新政府は巧みに利用して倒幕をなしとげた。

ところが維新が成り立つと、政府は尊王攘夷派を裏切り、攘夷の立場を一転させて、幕府の開国政策を推し進める。しかも、みかどを京の禁裏から、東《あずま》の徳川の城へ下らせて、勤王派の怒りを買う。

そこで新政府は、倒幕に協力した尊王攘夷派を弾圧し、処罰する。それは「隠岐騒動」だけでなく、全国で起きたのであり、「外山・愛宕事件」の外山と愛宕の処刑も、同じ流れにある。

こうした明治維新の本質を、戦前の一九四三年（昭和十八年）に看破《かんぱ》して著したハーバート・ノーマンの言葉を、本書の題辞として掲げた。短い一文だが、私には、新政府の裏切りとも言える政策逆転によって死した隠岐の同志たちへの鎮魂の言葉にも思える。

ちなみにノーマンは、一九〇九年（明治四十二年）、カナダ人宣教師の父のもと日本に生まれ、トロント大学、ケンブリッジ大学、ハーバード大学で日本史を研究した後、カナダ外務省に入り、昭和十五年に日本に赴任。太平洋戦争の開戦によりカナダへ帰国したが、戦後、アメリカの要請により、外務省からGHQに出向して再来日し、日本の民主化改革に携わった。赤狩り《レッドパージ》の時期にソ連側のスパイと疑われてエジプトで謎の死を遂げるが、それはまた別の物語である。

●志士ゆかりの地へ、墓へ

・中沼了三

了三については、隠岐島後中村の生家跡、京都では了三が教えた私塾跡、御所内の学習院跡、甃介と再会した十津川《とつかわ》屋敷跡に、それぞれ記念碑が建立されている。ちなみに甃介が上京して滞在した綿善旅館（十五章）は今も営業している。東京には、了三が天皇に講義した書が明治神宮の宝物殿に所蔵されている。

墓所は京都東山《ひがしやま》安楽寺《あんらくじ》に広々とした敷地をとってあり、了三を崇敬する弟子が多かったことをうかがわせる。

了三は明治二十九年に亡くなったが、写真は嫌いだったのか残っていないようだ。鳥羽伏見の戦いの出陣姿を描いた肖像画のみ伝わる。これは絵画であって正確な容貌ではないだろうと思っていたが、ご子孫の女性にお会いしたところ、肖像画の了三に生き写しだった。つまり絵画で了三が身につけている装束《しょうぞく》、仁和寺宮《にんなじのみや》から賜《たまわ》った陣羽織、浅見絅斎《あさみけいさい》の太刀も忠実に再現されていると思われる。

天皇を軍隊と武器にお近づけしてはならないと主張する了三は、天皇を軍の統帥《とうすい》にしようとする政府中枢と対立し、彼は義憤から下野するが、日清戦争が始まると居ても立ってもいられず、大本営の置かれた広島へ馳《は》せ参じる。するとみかどは軍服に身を包み、洋剣《サーベル》を下げた軍人の姿で現れ、了三は落涙《らくるい》する。戦後の平和憲法下では、もちろん天皇は軍服、軍刀を身につけられない。明治時代に、もしも了三の主張が採り入れられていたら、日清、日露、第一次大戦、日中戦争、第二次大戦へむかう日本の近代史は、また違った歩みを辿《たど》っていたかもしれない。

・島後の志士たち

同志たちは、今は島後各地のそれぞれの村で静かに眠っている。隠岐では廃仏毀釈《はいぶつきしゃく》のために神道の墓が多く、榊《さかき》を持参した。甃介、官三郎、毅男、総指揮役の正弘、松江藩役人の首を斬れと主張した医者の貫一郎《かんいちろう》、松江藩に撃たれた冬之助《ふゆのすけ》……。墓前に佇《たたず》んで祈っていると、本作で血気盛んな紅顔《こうがん》の若者として描いた彼らに、会えたような気がした。古い墓石を一つにまとめた新しい墓もあったが、大宮司《だいぐうじ》の正弘と冬之助は亡くなった当時の墓石が残っていた。

冬之助の墓石の形は、京都霊山《りようぜん》にある坂本龍馬など勤王の志士、官軍各藩の侍と同じ、鉛筆のように細長い方柱形で、先端が尖っている。これは当時の神道に特徴的な墓石という。

隠岐蜂起で松江藩に撃たれた死者十四名を、靖国神社に祀るかどうか調査を依頼する手紙が、明治四十一年、甃介に届いた件について調べると、彼らは祭神にはなっていなかった。勤皇倒幕に協力したにもかかわらず、明治政府の政策転換によって若くして死んだ冬之助ら同志たちを、蜂起から四十年以上もたってから、その政府によって神として祀られるよりも、中央の政治や権力から遠く離れたふるさとの隠岐で静かに眠らせたい……という思いが、医者になった七十代の甃介にはあったのだろうか。

庄屋として蜂起に慎重論をとなえた黒坂弥左衛門《やざえもん》の墓所もお参りさせて頂いた。

・松江藩

隠岐郡代だった山郡《やまごおり》宇右衛門《うえもん》は、墓所がわからなかったが、切腹を遂げた松江市善導寺《ぜんどうじ》で、無縁墓に眠っていた。

・鳥取藩

甃介が境港で五年間、医学を教わった漢医の池淵玄達《いけぶちげんたつ》。今もご子孫が当地で医院を開業しておられ、墓へ案内して頂いた。正義党を助けた鳥取藩儒官の景山龍造《かげやまりょうぞう》は、境港市の正福寺北側に立派な墓があった。

因幡二十士のうち、手結浦《たゆのうら》の仇討ち事件（十八章）で十八人に斬られて三十三歳で壮絶な最期を遂げた詫間樊六《たくまはんろく》は、手結浦の禅慶寺《ぜんけいじ》にて古い墓に眠っていた。同寺は二十士の刀なども大切に保管している。ちなみに詫間樊六は大佛次郎《おさらぎじろう》の小説『鞍馬天狗』のモデルとも言われる。二十士は鳥取藩士ではあるが、京の生まれ育ちで、みやこの尊王攘夷派として活動していた。

　黙介と共に松江藩襲撃を企んだ足立八蔵《あだちはちぞう》は、蜂起の慶応四年は二十三歳だが、明治になると刑法官、地方官をへて宮内省に勤め、天皇陵の修復にあたり、男爵へ出世する。明治四十年に六十七歳で死去すると、翌年、東京の谷中《やなか》墓地に高さ三メートルにも及ぶ巨大な墓碑が建立された。碑文を読むと、足立の生涯が長文の漢文で刻まれ、幕末の京で、まだ二十歳の足立などの因幡二十士が、佐幕《さばく》派の藩士を斬り殺した本圀寺《ほんこくじ》事件（六章）も、足立の勤王の功績として記されていた。

　二十士の河田左久馬《かわたさくま》（影与《かげとも》）は、坂本龍馬と蝦夷地開拓を計画していたが、龍馬暗殺により頓挫し、本作にも書いたように戊辰戦争では甲府で近藤勇《こんどういさみ》率いる幕府軍を破り、宇都宮《うつのみや》では土方歳三《ひじかたとしぞう》の幕府軍と戦い、会津《あいづ》戦争でも官軍として参戦して戦績を挙げて、明治には鳥取県令、元老院議官、子爵、貴族院議員へ出世していく。官軍の鳥取藩出身者は明治の世に栄達の道を驀進《ばくしん》し、賊軍とされた徳川御一門の松江藩士とは対照的である。

●文庫の口絵とさし絵

　本書の単行本が発行された二〇一三年の六月、再び隠岐を訪れた。飛行機から見おろす隠岐の海は、南日本海の明るい青、翡翠《ひすい》色、水色に透きとおり、美しさに改めて息をのんだ。そして小説中に書いたような隠岐の新鮮な魚介類、また地酒「隠《お》岐《き》誉《ほまれ》」を頂いた。

その六月、隠岐の島町図書館では、展覧会「隠岐騒動資料展～小説『神と語って夢ならず』の世界～」が開かれていた。ガラスケースの中には、江戸時代の隠岐の地図、了三ゆかりの品々（肖像画、直筆の掛け軸、侍読《じとう》として仕えた孝明天皇から賜った器、死後の大正四年に了三に正五位《しょうごい》を追贈する若槻礼次郎《わかつきれいじろう》らの願書）、そして蟄介と官三郎の写真、島後の庄屋たちが共同で購読した桐箱入りの水戸藩編纂『大日本史《だいにほんし》』の現物、蟄介愛用の硯《すずり》と筆、漢医として使った薬研《やげん》と薬袋などが、詳しい解説とともに展示され、本の中の「隠岐騒動」が立体的に理解できるようになっていた。そこで文庫では、隠岐の島町教育委員会の協力のもと、その一部を口絵写真として掲載した。

文庫に入れた典雅なさし絵は、中一弥《なかかずや》先生による。本作の雑誌連載の際、当時百歳だった先生に描いて頂いた。先生は二〇一五年にご逝去《せいきょ》されたが、拙作に描いて頂いたさし絵を文庫に収載することができて無上の喜びである。文庫カバーの絵は、ご子息の逢坂剛《おうさかごう》氏の連載小説『北門の狼　重蔵始末・蝦夷篇』（「小説現代」二〇〇八年七月号）に中先生が描かれた絵を、転載させて頂いた。逢坂先生を始め、ご関係のみなさまに御礼を申し上げる。

●謝辞

執筆中はもとより、単行本発行後も文庫化に向けて多くの方々にご教示を頂いた。

とくに隠岐の島町教育委員会（当時）の藤原時造氏には、史料収集、現地取材、連載原稿と入稿原稿の校正まで、すべてにわたってご協力を頂いた。そして郷土史家で隠岐ユネスコ世界ジオパークガイドの斎藤一志氏、甃介子孫で隠岐酒造の毛利彰氏、隠岐の島町教育委員会（当時）の灘進氏、隠岐の島町教育委員会の野津哲志氏、甃介子孫の井上菊彦氏、官三郎子孫の横地為憲氏、隠岐堂書店の牧尾実氏、大庄屋の蔵書を閲覧させて下さった黒坂孝之氏、隠岐の島町長の松田和久氏、島前の後鳥羽上皇御陵守の村上助九郎氏。隠岐の皆さまのご助言とご親切、歴史への情熱、叱咤激励のおかげで本作を書くことができた。

島根県松江市では、松江市教育委員会の内田文恵氏、松江藩家老六家研究家の玉木勲氏、観光文化プロデューサーの高橋一清氏。氏には書名の「島燃ゆ」をご提案頂いた。島根県浜田市では、甃介らが漂着して投宿した「清水屋」の清水邦行氏。

鳥取県境港市では、池淵滋雄氏、根平雄一郎氏、永井伸和氏。因幡二十士関連では、本圀寺事件後に二十士が長期滞在した鳥取県黒坂にある泉龍寺の三島道秀住職、松江市手結浦にある禅慶寺の紫民芳住職、手結浦の仇討ち後に二十士が滞在した島根県江津市の旧家小川家の小川敬子氏に、武術と教養と人徳に秀でた二十士の姿を教わった。

森田康夫先生には、大塩の乱と隠岐流罪の西村常太郎についてご教示を頂いた。甃介の漢詩（口絵写真）などの毛筆文書の読解は、父、松本秀夫の協力を得た。父の読解により、活字になっていなかった古文書を小説に入れることができた。

連載と単行本の編集をして頂いた小口稔氏と吉田晃子氏、文庫本編集の堀内健史氏、原稿データ作成の江口うり子氏にも大変にお世話になった。

みなさまのご協力に心より御礼を申し上げる。

二〇一六年四月、桜の咲くころ

松本侑子

主な参考文献

『山陰沖の幕末維新動乱』大西俊輝、近代文芸社
『隠岐国維新史』内藤正中、藤田新、中沼郁、山陰中央新報社
『もう一つの明治維新　中沼了三と隠岐騒動』中沼郁、創風社
『増補・新版　隠岐島コミューン伝説』松本健一、辺境社
『復刻版　隠岐島誌』隠岐島誌編纂係、臨川書店
『日本庶民生活史料集成』第十三巻騒擾、三一書房
『松平定安公伝』松平直亮、私家本
『幕末維新期の社会的政治史研究』宮地正人、岩波書店
『それからの志士』高木俊輔、有斐閣選書
『浪華異聞・大潮餘談』森田康夫、和泉書院
『島根叢書』岡田射雁、島根県教育会
『西郷町誌』上下巻　西郷町誌編纂委員会
『島根縣史』復刻版　第八巻、名著出版

『日本現代史 Ⅰ 明治維新』井上清、東京大学出版会
『隠岐の歴史』永海一正、松江今井書店
『近江・若狭と湖の道』藤井譲治編、吉川弘文館
『松江藩烈士録』松江藩
『松江藩を支えた代々家老六家』玉木勲、自費出版
「幕末松江藩における蒸気軍艦の購入」鈴木楪實、「歴史手帖」10巻7号
「隠岐の文化財」4・5・6・7・12・13・14・16・18・19号
「大塩の乱と隠岐騒動」森田康夫、「大塩研究」第13号
「因幡二十士について」岡田年正、「伯耆文化研究」1～5号
その他にも多くの史料・資料を参照させて頂きました。

初出誌
一　黒船来〜十七　薩長の軍艦　「小説宝石」二〇一二年二月号〜九月号連載を改稿
十八　仇討ち〜二十三　山桜　書下ろし

この作品は、単行本『神と語って夢ならず』として二〇一三年一月、光文社より刊行。
文庫化に際し、改題して、加筆訂正しました。

光文社文庫

島《しま》燃《も》ゆ　隠《お》岐《き》騒《そう》動《どう》

著　者　松《まつ》　本《もと》　侑《ゆう》　子《こ》

2016年5月20日　初版1刷発行

発行者　鈴　木　広　和
印　刷　堀　内　印　刷
製　本　ナショナル製本

発行所　株式会社　光　文　社
〒112-8011　東京都文京区音羽1-16-6
電話　(03)5395-8149　編　集　部
8116　書籍販売部
8125　業　務　部

ISBN978-4-334-77284-0　Printed in Japan

組版　萩原印刷

お願い　光文社文庫をお読みになって、いかがでございましたか。「読後の感想」を編集部あてに、ぜひお送りください。

このほか光文社文庫では、どんな本をお読みになりましたか。これから、どういう本をご希望ですか。

どの本も、誤植がないようつとめていますが、もしお気づきの点がございましたら、お教えください。ご職業、ご年齢などもお書きそえいただければ幸いです。当社の規定により本来の目的以外に使用せず、大切に扱わせていただきます。

光文社文庫編集部

光文社文庫　好評既刊

グラデーション　永井するみ
戦国おんな絵巻　永井路子
ベストフレンズ　永嶋恵美
視線　永嶋恵美
ぼくは落ち着きがない　長嶋有
罪と罰の果てに　永瀬隼介
蒸発（新装版）　夏樹静子
Wの悲劇（新装版）　夏樹静子
霧氷（新装版）　夏樹静子
光る崖（新装版）　夏樹静子
独り旅の記憶　夏樹静子
すずらん通り ベルサイユ書房　七尾与史
東京すみっこごはん　成田名璃子
冬の狙撃手　鳴海章
雨の暗殺者　鳴海章
死の谷の狙撃手　鳴海章
静寂の暗殺者　鳴海章

夏の狙撃手　鳴海章
路地裏の金魚　鳴海章
公安即応班　鳴海章
彼女の深い眠り　新津きよみ
巻きぞえ　新津きよみ
帰郷　新津きよみ
父娘の絆　新津きよみ
彼女の時効　新津きよみ
智天使の不思議　二階堂黎人
誘拐犯の不思議　二階堂黎人
しずく　西加奈子
北帰行殺人事件　西村京太郎
日本一周「旅号」殺人事件　西村京太郎
東北新幹線殺人事件　西村京太郎
京都感情旅行殺人事件　西村京太郎
都電荒川線殺人事件　西村京太郎
特急「北斗1号」殺人事件　西村京太郎